雷明珠
作品

半南香

上册

团结出版社
UNITY PRESS

图书在版编目（CIP）数据

半南香 ： 全2册 / 雷明珠著. -- 北京 ： 团结出版社，2017.8

ISBN 978-7-5126-5323-8

Ⅰ. ①半… Ⅱ. ①雷… Ⅲ. ①长篇小说－中国－当代 Ⅳ. ①I247.5

中国版本图书馆CIP数据核字(2017)第160801号

出　　版	团结出版社 （北京市东城区东皇城根南街84号　邮编：100006）
电　　话	（010）65228880　65244790
网　　址	http://www.tjpress.com
E-mail	65244790@163.com
经　　销	全国新华书店
印　　刷	三河市京兰印务有限公司
装帧设计	成都天恒仁文化传播有限责任公司
开　　本	170mm×240mm　1/16
印　　张	32
字　　数	437千字
版　　次	2017年8月第1版
印　　次	2020年1月第2次印刷
书　　号	ISBN 978-7-5126-5323-8
定　　价	79.80元（全2册）

一个缅甸仰光女人在闽的每一个姓名都是一段不同的人生。她一生坎坷，也有藏在自己心底的秘密。姓名不是一个符号，是长辈的期望、祝福，是一个人一世的人生记录，甚至是一个地方、一个国家、一个世界的某段历史。

第一章　一生的理想

二十世纪六十年代的最后一个春天，斤市建筑公司大院。上午七时五十分，一位六十岁有余的妇人从家属区穿过幼儿园、食堂、职工的菜地、瓜棚，健步走向办公区，车库、仓库、招待所、自行车棚，到礼堂对面唯一的五层红砖办公楼。她的大儿子陈志广单位的党委书记约谈。没有人泄密给她，但她已猜谈话的内容。一路上她不时地向认识的人微笑点头，不紧不慢地走向办公楼。

第一次见到志广母亲的人都眼前一亮，一位罕见的妇人，岁月刻下的痕迹那么明显，依然将自己梳理得整洁精细。身着褪得泛白湛青色棉布斜襟衣、黑色阔腿裤，足蹬褪得泛白黑色万里鞋。高高的美人额上飘着数丝短细卷发，没有一丝凌乱。斑白的卷发梳束成一个整齐漂亮的圆形髻子，二个U字形的铝簪左右卡固黑髻网罩。让人眼睛一亮的还有她的南洋相貌：高额，高眉骨，淡淡的、弯弯的细眉，深深的、圆圆的大眼睛炯炯有神，直挺饱满的鼻梁，两片薄唇里整齐的白牙。光洁无斑的蛋形脸上浅浅的皱纹掩不住年轻时的美丽。

志广母一口气走上三楼，踏进会议室，呼吸均匀，没有一点喘息。刚进会议室的政工科科长老刘、政工干部老王满面笑容地迎上前与志广母握手，恭敬地请坐，敬茶。

志广母扫视一圈会议室。前门的墙上高悬毛主席标准彩色相框。后门白墙正中是一个红纸粘的长方形学习专栏，水泥地，泛黄的白墙，斑驳的绿木窗，旧的枣色木长方会议桌长木椅。老刘、老王并坐于右边，

志广之母独坐于左边。

春寒料峭。老刘、老王都穿着棉衣、棉裤。他俩都是三十余岁的泉州人，中等个，清瘦、黝黑的长方脸，高眉骨，目光深邃，鼻梁高挺，鼻头尖厚，有些异域相貌。唐宋以来，海上丝绸之路起点的东方第一港——泉州港，有阿拉伯、斯里兰卡、锡兰等许多异国人定居、通婚。泉州不少一代代的“半南番”。老刘比老王斯文，清瘦一些。

此时走进一位高大，身着褪得泛白的军绿色旧棉衣、军裤、军胶鞋的四十余岁男子。国字大脸，丰满的“咬肌”，浓眉大眼。

志广母立身，微笑地唤：“张副书记。”

张副书记笑着与志广母握手，示意坐下。自己在会议桌短边右位坐下。

这时，走进一位四十余岁、正方大脸、棱角分明，一字浓眉、小眼睛、鼻短而大，身着褪得泛白的蓝色旧棉衣，蓝棉裤，蓝胶鞋的男子。

志广母起身微笑：“李书记。”

“您好！”党委李书记笑与志广母握手，在张副书记身边的空位坐下。他要与志广母推心置腹地谈话。建筑公司外调小组查无陈志广生父的历史。招工、参军、入团、入党的政审如血液透析，将杂质、毒菌过滤掉。流入团组织、党组织的血是纯净的、新鲜的、红彤彤的。

彼此间都是熟人，见面显得宽松，自然，祥和。

张副书记国字脸露出笑容，带着浓重的山西腔看着志广母说：“你教育了一个好儿子。公司人人夸。苦活、累活、脏活抢着干。”

志广母被赞扬得双眼荡出笑光，客气道：“是你们教育得好。”

张副书记笑着继续说：“志广朴实、忠厚，热爱祖国、热爱党，组织想培养他入党。”

志广母嘴角上扬，勾起了眉梢唇角，笑眼如弯月，皱纹一瞬间都舒展开了，就像盛开的菊花瓣，每根皱纹里都洋溢着笑意说：“多谢领导对我儿子的栽培！”

李书记遗憾地说：“可惜，外调查不到志广生父的任何情况。”

志广母笑容顿失，圆大的眼睛黯然无神，默默无语。

四个大男人顿生恻隐之情。

老刘、老王外调回来，党委组织部听取外调情况汇报。会上猜测志广母提供的名字不真实。此时李书记保持着微笑，婉转地说：“你能不能再仔细回忆一下志广生父的姓名，说得准确些，外调小组才能查明志广生父的情况，志广才能入党。”

志广母听出李书记的言下之意，她显出无奈的笑容：“我说的志广生父的姓名是按闽南话翻译过来的。”

老刘浅笑：“我们按你讲的姓名到厦门根本找不到这个人的档案，也没有人认识。”

大家一时默然。

李书记换一个话题打破沉静笑问：“你的户口簿上写的祖籍是缅甸仰光？”

志广母点点头：“是。”

李书记笑问：“你几岁离开缅甸仰光？”

志广母微笑：“十八岁。”

张副书记浓浓的山东口音问：“你户口簿上的名字叫什么？”

志广母答：“林莲花。”

李书记浅笑问：“你的缅甸名字叫什么？”

“妙妙丹。”志广母微笑说。除了家人外，没有人知道她的缅甸名字。

张副书记好奇地问：“名字有什么含义吗？”

妙妙丹微笑：“缅甸语的意思是百万颗翡翠。”

老王笑道：“真气魄。”

妙妙丹瞥见他们四双眼睛相视一眼。她的静容掩饰着思索。

李书记耐心地说：“你不要有思想顾虑。为了儿子的前途，你再好好想一想志广生父的姓名。我们不会浪费人力、物力、时间。”

妙妙丹脸上的皱纹纠集成一朵委屈的云，苦笑道：“我说的志广生父的名不会错。闽南人认为直呼姓名没礼貌，都是叫土名，黑狗、赤猪或者‘阿’加名字的最后一个字。有人叫他‘大胡须’，有人叫他‘陈大胡’‘tai（泰）哥’。”

建筑公司有一半的闽南人，李书记、张副书记了解闽南人的许多习惯。李书记认真地说：“所有姓陈，有tai字音的名字老刘、老王都找过了，没有能对得上的。”

妙妙丹很委屈地说：“我不是不说，是真的只知道闽南话的读音。”

老王带着开玩笑的口气说：“是不是成分不好？”

妙妙丹平静地说：“他是码头工人。”

老刘微笑地问：“那你的一瓮金银珠宝是哪里来的？”

“一小瓮。我爸是缅甸仰光的珠宝商，那是嫁妆。”妙妙丹脸上露出一丝笑容，幸福的童年闪现在脑海里。

李书记微笑说：“你，一个仰光珠宝商的富家小姐怎么可能嫁给一个厦门的码头工人？”

妙妙丹微笑道：“姻缘天注定。志广生父生得很英俊，非常男子汉。”

李书记明白直接进行下去，谈话会进入僵局，换一个话题再引入正题才行。他笑赞：“你的普通话讲得很好。”

妙妙丹谦虚笑道：“不标准。”

张副书记、老刘、老王也跟着赞扬妙妙丹的普通话讲得好。

妙妙丹眉开眼笑自夸：“我很聪明，学东西很快。”

李书记、张副书记、老刘、老王四双眼相视微笑，心照不宣。这就是番性吧。

老刘紧问：“绰号叫‘陈大胡’，‘胡须陈’就是大胡须，志广都没大胡须。”

妙妙丹笑道：“隔代传。你们可以看一看我的孙子，长大就是一个漂亮的大胡须。”

一阵沉静。

李书记不想气氛再沉闷，见妙妙丹衣服精致的一字麦穗布扣，连忙笑说：“你衣服的扣子很好看，自己做的？”

妙妙丹自豪地说：“我所有的衣裤都是自己一针一线缝制的。”

李书记、张副书记、老刘、老王赞美妙妙丹手巧。

李书记淡笑一下问：“你的文化程度是……”

妙妙丹自嘲地笑答："没文化。"

李书记笑道："没文化？"

公司大院的人都感觉到这个大山沟来的妇人身上透着高贵、有文化、有见识的气息。她讲故事有条不紊，有成语、有对联。没有文化、没有见识是不可能做到的。

妙妙丹知道外调人员去过南安，当然知道自己曾经是扫盲老师。她补充："我母亲是中国人，小时候教过我识中国字。没有你们说的高中、大学的毕业证。"

李书记、张副书记、老刘、老王都曾从事地下党秘密工作，阅人无数，却看不透眼前这位"番婆"。他们知道要想打开这位经历风霜苦雨，如《沙家浜》中"阿庆嫂"一般厉害的女人的嘴，难。

又一阵沉静。

张副书记见妙妙丹粗糙的双手的小指头弯曲成长三角形，打破僵局："你双手小指头？"

李书记、老刘、老王的眼睛同时望着妙妙丹双手，小指头如一位罗锅小矮人立在4位修长挺拔的高个身旁。

妙妙丹看了看双手的小指头，悲叙："生小儿子时，丈夫病重，无人侍候月子，到河边洗衣物，风寒湿邪侵入，差一点没命。从阎王手中逃出，双手的小指头就不能伸直。"

四位男子汉深深地同情妙妙丹的不幸。

妙妙丹从右襟袋拿出一块从裁缝店要来的小花布块当作手帕擦眼泪。

张副书记为缓解伤感的气氛，转移话题问："你会讲缅甸话吗？"

妙妙丹轻轻地、缓缓地呼出一口伤心的闷气道："几十年没有听，没有讲了，应该还能说几句。"

妙妙丹略思索，清了清嗓子说："你好——敏格拉巴；谢谢——杰租顶巴的；很好——刚的。"

老刘、老王用汉语读音速记下三句缅语。

妙妙丹明亮的双眸如一汪深潭藏着智慧，秘密深不可测。

一个小时的谈话，李书记、张副书记、老刘、老王一直观察妙妙丹的神色、眼睛及肢体语言，没有发现撒谎的迹象。谈话无果地结束，他们微笑地将妙妙丹送出会议室。

妙妙丹努力克制难过的心情走出办公楼。大儿子如果知道不能入党一定很伤心。中国共产党深深地印在妙妙丹等劳苦大众的心坎里。共产党员受人尊敬，人人都想加入党，找对象都想找党员。党员意味着工作、生活作风正派，吃苦耐劳，个人的品德、素质等各方面优秀。意味着苗红根正，家庭关系、社会关系没问题。妙妙丹脑子里想着如何面对、安慰大儿子。

“阿婆回来啦。”一个女人的大声说话打断妙妙丹的思索。“啊”，妙妙丹不知不觉走到家门口。

家属区的房子多种多样：简易木板平房，砖木平房、二三层砖楼，新建五层红砖楼。

陈志广家在一村1号红砖灰瓦平房。二米宽的水泥走廊一边是纵向二个房间，另一边是厨房。相隔二十米的三合土路是面对面的另一幢同样的平房。三合土路的头尾各有一个露天水龙头，四周用砖块围成八平方米的水泥洗物池。从早上五点钟到午夜都有人洗物、提水。

洗物池五位中年妇女边择菜边聊天。妙妙丹笑对喊话的运动头瘦女人道：“麻烦你了。”

运动头女人笑着用闽南语道：“免客气。”

志广三岁的儿子陈念念跟在数个稍大一些的孩子后面跑来跑去，看见妙妙丹兴奋地叫着“阿嬷”奔来，抱着妙妙丹的腿。

妙妙丹掩饰心底的沮丧叫陈念念跟孩子们玩，自己回到厨房，端着小方凳、木盆、小白菜、腌菜到洗物池。

蔡婶赞酸菜味香，另四名妇女跟着赞扬。妙妙丹被赞得飘飘然。她深知“千金难买好厝边”，“远亲不如近邻”的道理，转身回厨房的大腌菜缸拿出五团腌芥菜到洗物池，一人一团。五个妇女笑嘻嘻地谢谢，倾听妙妙丹得意地介绍如何腌菜。

中午，陈志广回家迟，全家人匆匆忙忙吃饭，抓紧时间小睡一会儿。

妙妙丹猜到陈志广尚不知上午公司领导找谈话之事。陈志广心理藏不住事，若知道肯定脸色不好。

南头第一户的老林钓到一条大鱼，切成十小块烧好，一家送一块，自家留一块。红烧鱼的姜、酒、鲜飘入家家户户。一年难闻到几回鱼鲜味的男女老少喜笑颜开。

天黑蒙蒙。陈志广脸色严峻地走进屋。妙妙丹眼神与陈志广的眼神相触时便明白儿子知道上午谈话情况心情不愉快。下午，按照李书记的要求老王到建筑工地将上午谈话情况告诉陈志广。要求陈志广动之以情、晓之以理说服其母说出生父的真名。

陈盼盼、陈思思兴奋地报告陈志广：“林伯伯又钓了一条大鱼，又是每家一块。”

厨房的小方桌上已摆好六碗番薯丝稀粥，一盆小白菜，一大碗茄子、一大碗酸菜，外加老林家送来的一小块鱼。

全家人按习惯地座位坐下。妙妙丹笑对两个孙女说：“你爸做重活要营养，他食一半。我们没做事少吃。”

陈志广从小体会到“吃饭皇帝大”的道理，忍住不悦默默吃饭。

谢碧玉不知陈志广又为什么事不开心，但她已习惯丈夫的不高兴。丈夫常爱打抱不平，不关自己的事，也会愤愤不平。

妙妙丹搛一小撮鱼肉，小心地嚼着，眼睛不时地窥视儿子。

晚饭后，外间卧室陈盼盼、陈思思分别坐在靠墙一张办公桌正面和侧面，一横一竖的两张木椅做作业。

里间卧室，一张工字的大床，床尾一个矮柜上面叠着一个褪色的红樟木箱。樟木箱叠着一个上了小锁的旧藤箱。

谢碧玉坐在床沿看着陈念念开心地玩着一个大苹果一样的铜钟，旋转着时针、分针、上发条。

陈志广与妙妙丹对坐在靠窗的办公桌两边。陈志广已经讲了许久的道理，不耐烦道：“我都这么大了，你还不肯告诉我，我父的名字。”

妙妙丹暗惊：谁的种像谁，他不仅长得与其父一模一样，声音也像，性格也像，没有耐性，急躁起来声大如雷。她保持一家之主的威严训：

“有这样和老母说话的吗？”

陈志广声音顿时轻缓道：“谁能相信嫫（妻）不知安（丈夫）的名字。”

妙妙丹也缓和语气：“有什么奇怪。过去的嫫不能管安（丈夫）的事情。”

陈志广与谢碧玉无奈地对视一眼。谢碧玉微笑细声细语：“入党是一件非常神圣、严肃、认真的事情。没有查清他生父的历史，他是不能入党的。”

妙妙丹对大儿媳妇谢碧玉的爱含有客气的成分，因为谢碧玉是救命恩人的女儿，又是儿子喜欢的女人。

里间的声音不时地传进陈盼盼、陈思思的耳内。姐妹俩很崇拜爸爸。公司进门的玻璃窗光荣榜年年都有父亲戴大红花的照片。姐妹俩感到无比光荣。爸爸起早摸黑，工作辛苦、勤劳。年年除夕，傍晚五点钟就吃年夜饭。父亲匆匆忙忙吃饱就去守工地，没有与家人共享“围炉”天伦之乐。江姐、赵一曼、雷锋、王进喜、焦裕禄、李玉和、杨子荣等共产党员高大的英雄气概深深地植入姐妹俩的心中。入党多么光荣啊！因为查不到阿公的历史就不能入党，真可惜。阿嬷常讲阿公是码头工人，吃不饱、穿不暖，生活在水深火热中。姓名有什么不能说呢？

妙妙丹、陈志广又争数句。妙妙丹声音洪亮并且配合着各种手势，盖过陈志广的声音。

“你们母子两个都要有‘革命的乐观主义’精神。”谢碧玉微笑地打破僵局。

“阿玉说得对，‘革命的乐观主义’精神，入党是迟早的事。”妙妙丹借机笑说，心底愧疚，面上还是摆着一家之主的气势起身走出门，直走到小杂货店。

小杂货店前已有数位妇人在聊天。中年瘦高女店员拿出凳子请妙妙丹坐。听说“莲花来了”，家属们纷纷来到小杂货店前，围坐在妙妙丹面前。妙妙丹见老刘走过来，在一张空凳上坐下。突然想讲一讲自己和三个儿子，让老刘和更多人知道新中国成立前自己和儿子们的贫苦生活。

今晚，老刘来杂货店是想更多了解妙妙丹，得到陈志广生父的更多线索。

时间是无形、无色、无声的，历史却是有形、有声、有色的。让我们搭乘时间之光，逆时光倒回1941年秋。

第二章　惊魂而逃

1941年初冬。半夜深更，公路、水路四通八达的洪濑镇此时没有车辆往来。妙妙丹抱着三周岁的陈志广慌慌张张跑到洪濑溪边的码头，气喘吁吁地问了数位船夫行船吗，都回答不行船。她找到正在装货的船夫问是否准备启程。

“货装完就走。”黑瘦结实的船夫凝视妙妙丹：半夜三更，一个漂亮女人神色紧张抱着熟睡的男孩外出？

妙妙丹忙问：“你们要去哪里？”

船夫戒备地说：“船要去永春。”

妙妙丹镇定一下，机灵扯谎：“我娘家在南安码头镇，母亲病危，要赶去见最后一面。”

“你安呢？”船夫担心惹麻烦，警惕地看着妙妙丹。

“我安去外地进货。”妙妙丹担心儿子被抢走，不知该逃往何处落脚，不禁哭泣起来。

船夫见妙妙丹哭得伤心，同情安慰：“快上船！我摇快点，你肯定能见你母最后一面。”

船夫引妙妙丹入“船舱”，催促工人装货快点。货一装完，船夫

"开船啰！"一声吆喝，提起竹篙往溪边的石墩上一点，没有挂帆的货船便缓缓地离岸。码头越来越远，妙妙丹的神情越来越轻松。月色朦胧的水汽里，黑黑起伏的连山仿佛踊跃的兽脊都远远地向船尾跑去。船夫操纵自如，总能左拐右拐地作急转弯挤过去。遇到极窄的地方，总能平稳地穿过。

船夫见妙妙丹焦虑的心情有所好转，助人的喜悦之情布上面容，说："我已经很快了。应该能赶上看你母最后一面。"

"谢谢你。"妙妙丹的心尚未完全放下，又不知道了南安码头要去哪里落脚，眼泪就像泉眼里涌出的泉水延绵不绝。

妙妙丹再三感谢船夫后上岸。南安码头镇静悄悄。妙妙丹想：在镇上落脚，那些人很快会找到，只能到山沟里。她往有山的方向走，沿着山脚走，看是否有路。有路就有村落。快逃，逃得越远越好。她背着儿子深一脚、浅一脚惊慌地往山上跑，不知跑多远，跑多久，她太累了，找到一块石头坐下，摸了摸儿子的头发，湿漉漉，冷冰冰。她摸摸自己的衣服不知是汗水还是露水。

初冬的后半夜，风高夜黑。黑幕中的山林影影绰绰，有的如蒙面强盗，有的如怪物。她惊魂骇魄、直冒冷汗。动物一叫她身一颤，虫鸟一鸣，她心一惊。她看着幼小的儿子和自己狼狈的样，鼻子一酸，泪水夺眶而出。为了能与所爱的人过上幸福的日子，从缅甸仰光嫁到厦门。才过十年称心如意的日子，可恶的鬼子就侵入厦门，夺走自己梦寐所求的幸福生活。她做梦都未梦见过自己有一日无家可归。她恨煞鬼子，害得自己无依无靠，带着不谙人世的幼儿在这荒野不知往何处。

陈志广醒来，揉着惺忪的眼问："阿母，我们要去哪里？"

"去一个阿伯家。"妙妙丹随口答。她不知道去哪里。

陈志广用没有睡醒的声音问："阿伯家在哪里？"

"翻过这座山就到了。"妙妙丹随口答。她不知这条路通向哪里。

陈志广又问："什么时候回阿叔家？"

"你喜欢阿叔吗？"

"喜欢。"

妙妙丹不得不逃离开刚习惯了的生活。逃离儿子喜欢的“阿叔”家。

妙妙丹不敢休息久，背起儿子又走。她担心儿子睡着了会受凉，同时为了壮胆，她教儿唱《劝世歌》：“劝你做人要端正，虎死留皮啊人留名噫……”

天空破晓，黎明驱散黑夜。妙妙丹的恐惧渐减。难走的路段，她背着儿子走，好走的路段牵着儿子走。她想那些人应该找不到了，放下心来歇脚。她想到四觅无亲，无处落身，泪流满面。她擦了擦满面的泪水和汗水，牵着儿子继续走。一条蛇从她的面前穿过，她惊叫了一声，心飞跳。

“阿母。”志广紧张地叫。

妙妙丹缓了缓紧张的情绪说：“看到一条蛇。”

“在哪里？”

“跑了。”

“会吃人吗？”

“不会吃人，会咬人。蛇有毒，咬人会死。”妙妙丹见儿子有些害怕，转而说：“人不碰它，它不会咬人。”

“就像别人不打我，我也不打别人。”

妙妙丹觉得不能误导孩子，说：“也有少数的蛇人不碰它，它也会咬人。遇到会咬人的蛇就打它的七寸。”

“为什么打七寸？”

“那是蛇最怕别人碰它的地方。打别的地方，它不怕。所以打蛇要打七寸。”

陈志广似懂非懂道：“七寸是蛇怕痒痒的地方。七寸在哪里啊？”

“读书就会懂得七寸的位置了。要读书，多学本事。”

陈志广嚷嚷着肚子饿，口渴。妙妙丹也觉得饿、渴。慌忙出逃，没有带任何吃的东西。她牵着儿子小心地走在潮湿的碎石山路。两人不出声，仔细地听。她终于看到山壁上有一条手掌大壁沟，有雨条粗的水。她让儿子仰头，她用手心接水，一捧一捧地倒到儿子的嘴里。志广解了渴，缓了饥，说不要了。她自己也一捧一捧地喝了个饱。

妙妙丹想起那年回南安遭匪徒抢劫心口跳个不停。若遇强盗，可以把项链、镯子、耳环等珠宝给他们，只要不要伤害到儿子。她开始想着遇到土匪各种保命、保儿子的方法。

初升的太阳照进山林，妙妙丹背起志广，加快脚步。陈志广解了二次小便又喊肚子饿。妙妙丹担心迷路，不敢离开山路太远，沿着山路旁摘野草莓，酸酸草。她与陈跑、陈跑的嫂嫂们上山识一些可以吃的"和尚头"、"小车子"等野果、野草，陈志广喜欢吃甜甜的、红艳艳的野草莓，妙妙丹吃酸酸草。

妙妙丹怜爱地看着儿子说："阿狗，我们走快点，到阿伯家就有吃的。"

太阳高挂，妙妙丹见小山路边小沟的水清澈，放下包裹，蹲下来，双手轻轻地从水面上捧了一捧又一捧的水给儿子喝饱，自己也喝饱。她为儿子洗脸、洗手，用袖头擦干。自己也洗净脸，顿感清爽与精神起来。妙妙丹担心天黑还走不出林子，背起儿子小跑一阵，背累了就放下儿子，牵着儿子走一阵。过了一弯又一弯，一坡又一坡。妙妙丹背着儿子快跑，不料一滑，屁股重重地摔在山道上。妙妙丹转身看儿子问："摔到哪？"

陈志广屁股着地没有哭，说："屁股有一点疼。"

妙妙丹放好腌菜瓮，想站起来，疼得站不起来。

陈志广爬起来，拍拍屁股，走向前扶母亲。他咬着唇，使出吃奶的力也扶不起母亲。

妙妙丹咬紧唇，手撑地，强站起来。她揉了揉盆骨，挪了挪脚，庆幸道："还好能走，谢天谢地。"

斜阳透过树梢。妙妙丹担心万一再摔伤不能走出山就惨了。她牵着儿子小心又小心地一拐一瘸赶路。突然，面前窜出三个蒙面人。她的心跃到喉咙，惊恐地盯着三个蒙面人。本能地将儿子紧紧地抱在怀中，对儿子说："免惊。"

甲蒙面人笑说："生得真正水，抓去给头人做嫫，拣一个达啵仔。"

妙妙丹暗暗叫苦：这条山路，走了一天都没遇到一个人。

乙蒙面人要抢陈志广，妙妙丹抱紧儿子说：“我跟你们走。”

妙妙丹抱着儿子恐惧地跟着蒙面人走。她竖耳细听四周的动静，眼珠左旋右转，眄视前方，脑子飞速地思索着如何脱险。她猛地用力拧了一下儿子的屁股。

陈志广疼得大哭。

“别让他哭。”甲蒙面人低声呵斥。

妙妙丹大声地哄道：“别哭，别哭。”

乙蒙面人小声厉道：“别说话。”

林子里没有人。妙妙丹边走边细听细看寻找脱险机会。终于她见前面是百米的缓坡。缓坡一边是山壁，一边是宽大的杂草丛林，滑倒不会掉到山崖下。她抱紧儿子故意滑了一下，顺着往下滑。她装着惊恐，声嘶力竭地呼喊：“救命啊……”

陈志广吓得号哭。

三个蒙面人追至坡底，截住妙妙丹。

妙妙丹绝望地哀叹：哇扣（苦啊）！真是逃出魔掌又入虎穴。

丙蒙面人捂着妙妙丹的嘴。乙蒙面人抢过陈志广，陈志广吓得大哭大号。三个蒙面人抱着陈志广拽着妙妙丹折回一条小道。

一位身强体壮“大箍头”男出现在三个蒙面人面前。

甲蒙面人厉目瞪着说：“别插手。”

“三个达啵人欺负一个查嫫人，没本事。”“大箍头”与三个蒙面人打起来。

妙妙丹见机从蒙面人手中抢过陈志广，往山下跑。陈志广吓得紧抱母亲的脖子。

三个蒙面人与“大箍头”过了数招后，感觉打不过，往山上跑。

“大箍头”转身追妙妙丹母子，边追边喊：“免惊，免跑。”

妙妙丹背着儿子继续跑。

“大箍头”快跑至妙妙丹跟前。妙妙丹停住脚步，不停地喘气，惊恐地看着“大箍头。”“大箍头”友善地笑着，关切地问：“你去哪里？要找谁？”

妙妙丹不放心“大箍头”，灵机地说：“我母子是从厦门逃难的，找亲戚，忘记了路，走错路。”

“我叫谢龙部。我家就在下面。先到我家住下。”“大箍头”笑着说，伸出双手要帮着抱陈志广。

妙妙丹母子俩相互紧抱。谢龙部要帮着拿包裹，妙妙丹也不肯。谢龙部理解地笑了笑。妙妙丹跟在谢龙部身后，保持一米远的距离，紧盯着谢龙部的举止。妙妙丹为了不使谢龙部有歹念，不停地与谢龙部说话。谢龙部心想这女人不仅貌美，而且聪明。

每逢农历三、六、九，谢龙部都到官桥牛墟贩牛。官桥是全省最大的牛墟。每天交易的各种牛多则近千头，少则百多头。他是有名的“相牛”哥，陪人买牛，看牛，砍价。谢龙部去官桥贩牛刚回来，听见喊救命，便冲下山来。

终于走出山林，看到山下的村落。妙妙丹悬着的心落定。她俯瞰山下：土楼群依山就势、错落有致。妙妙丹抱着儿子，跟着谢龙部走进村庄。

清澈的溪水边浣衣的村妇惊疑地打量着妙妙丹和陈志广。有村妇笑嘻嘻问：“哪里带来的‘水查嫫’？”

谢龙部笑答：“山上请来的仙女。”

村里全是石砌为地基的土楼，一座座，一排排，密密麻麻。土楼与土楼之间有石板或石板台阶。

谢龙部的土楼是村里最大最好的方形土楼。龙部妻已得到村人报信，正抱着周岁的女儿与儿女们迎在门口。谢龙部有三个儿子、三个女儿。谢龙部的大儿子比志广大10岁，大女儿比志广大7岁，二儿子比志广大5岁，二女儿比志广大2岁，三儿子谢永强与志广同年，小数月，三女儿比志广小1岁。

谢龙部简单地说明救妙妙丹母子的经过。妙妙丹见龙部妻观音脸，慈眉善目，心喜。龙部妻问妙妙丹吃饭了吗？陈志广饿得受不了抢答：“一天都没吃。”

龙部妻拿出番薯稀饭，炒一碟花生、一碟咸萝卜碎炒鸡蛋。陈志广狼吞虎咽地很快地吃完一碗饭，说：“还要。”

妙妙丹见儿子饥渴的样心疼地流出了泪。

谢龙部笑哈哈地对陈志广说：“饿过头了。我们休息一下再吃，不会腹肚疼，好吗？”

陈志广点点头。谢龙部将陈志广抱下凳子。

妙妙丹尽管保持细嚼慢咽的文雅样，饿了两餐，还是吃快了些。她觉得自己像乞丐婆，一阵酸楚袭上心头，泪水不禁夺眶而出。

谢龙部夫妇听说过日本侵占厦门种种恐怖之事，想是厦门女人惨遭不幸，还未缓过悲伤，连忙安慰。

龙部妻打扫、整理出一间房让妙妙丹母子住。

晚餐聊天中，龙部妻知道妙妙丹与己同龄，名叫林莲花。鬼子的飞机轰炸厦门。家被炸塌了，查嫫孩给炸死了。路上与家人走散，找不到丈夫，到南安找舅舅，走错了路。龙部妻同情眼前这位落难的漂亮女人。

妙妙丹给儿子洗完澡，自己也洗了澡，洗完衣服上床睡觉。这时，妙妙丹全身像散了架一样，腰酸胳膊疼，脚板、腿疼得直掉泪。

第二天，龙部妻用白酒为妙妙丹擦、揉、捏。妙妙丹疼得汗水、泪水一起流。村人陆续来看妙妙丹母子。妙妙丹想起被炸死的女儿，不禁哭起来。陈志广见母亲哭，吓得哇哇大哭。母子抱头痛哭。村人纷纷安慰妙妙丹，痛骂鬼子。有的村人跟着掉泪。

陈志广不习惯这里的环境，时常问母亲何时回阿叔家。陈志广喜欢陈跑家。那儿有街道、商店，有电灯、有河、船来船往。妙妙丹找各种借口哄陈志广。龙部妻让儿女们带志广玩耍。

谢龙部家人对妙妙丹母子越好，妙妙丹心理的人情债越重，越不安，总想着如何不白吃白住。她帮谢龙部家人缝制衣裳，有时跟着龙部妻送茶水到田里给谢龙部饮。妙妙丹请谢龙部帮助买一些红、白、绿等单色细布，绣枕套、帐帘。

这日傍晚，跟龙部妻等人到镇上赶集回来的妙妙丹见儿子躺在门口的地板上睡觉，抱起儿子鼻子一酸，泪水夺眶而出。她心理对夫哀叹：

你想有个儿子好好疼爱，而今真的有儿子，你却不知儿子如乞丐仔。

龙部妻劝妙妙丹给志广相命。

“小时候，算命说我是好命人，可是……”妙妙丹哽咽地说不出话。

龙部妻浅笑说：“相命是看相的。是通过观察人的五官、骨骼、手纹、气色、体态来看福气、命运，比算命更准。”

这日早上，妙妙丹抱着儿子跟着龙部妻到邻村一个相命先生家。看相先生细细地端详陈志广，摸摸耳，摸摸手，对妙妙丹哈哈笑说：“你仔地角方圆，耳朵厚，耳坠大，是个贵人的福相。只可惜天庭稍窄了些，若天庭再宽些是个皇帝的命。但是，你仔不愁吃，不愁穿，就是当乞丐也不会饿一餐，寒一夜。”

妙妙丹忧愁的脸绽出笑花，很愿意相信相命先生的话。

第三章　移居畲寨

一条约三十米宽的小河。河西是雷家寨，河东是谢姓村。一座五米宽的石板桥连接着雷家寨与谢姓村的唯一陆路。河两岸摸河螺、蚬的人时常大声交谈。河中不时有人网鱼虾。

河边，妇人们蹲着或半蹲着挥舞木棒槌锤打石上衣物或双手搓衣物。时而轻声、时而高声、时而窃笑，时而大笑、叽叽喳喳，西家长东家短。自妙妙丹在谢龙部家住下后，村妇们的话题多是漂亮的厦门女人。妙妙丹高贵的气质，美丽的容貌使她们羡慕与嫉妒。女人们不满丈夫喜欢在谢龙部家门前多逗留，与水查嫫搭话。绰号“尖嘴”妇人咧着小嘴笑说：“你们看到嘛，部哥看那水查嫫目神。”

边上绰号“花婆嘴”妇人笑哈哈道：“鸡嘴尖尖，鸭嘴扁扁，你安（丈夫）看水查嫫，眼目都没动。”

女人们一阵大笑。

“尖嘴”戏谑说：“你别说我安。你安每日和水查嫫说说笑笑。”

“花婆嘴”嬉笑道：“别说达啵人爱看水查嫫。查嫫人也爱看水达啵。”

女人们又一阵哈哈大笑。

龙部妻挑着一担衣裤走来，接口：“水查嫫每个人都爱看。你安（丈夫）也爱看。”

“尖嘴”妇人提醒龙部妻：“莲花与你同岁，看上去比你年轻。厦门查嫫厉害。请神容易，送神难。水查嫫一直住你厝，你要小心你安。”

龙部妻微笑道：“莲花是本分人。”

“莲花很本分。不知你安会一直本分吗？那么水的莲花，谁不想摸一下。”“尖嘴”妇说完，女人们一阵狂笑。

“你们这些人很没良心，平时叫莲花帮你们画花样，绣东西，背后说人坏话。”龙部妻嘴上说，心被“尖嘴”妇敲醒。妙妙丹来之前，龙部妻是十里八乡有名的美人。妙妙丹高贵、落落大方是乡村美女不可能有的气质。龙部妻知道丈夫是个正统的男子，但内心能不动心吗？像林莲花这么美的人，女人都禁不住多看几眼，何况男人。丈夫若暗暗爱上林莲花也是很自然的事。自己不是也时常偷瞧她的面容吗？

众女人七嘴八舌地猜测妙妙丹的来历。她身上透着娇贵，一定是有钱人家的女人。她的丈夫呢？夫家人呢？娘家人呢？为什么独自带着一个这么小的儿子到这里来呢？为什么不走？

龙部妻不时地鼓动谢龙部替林莲花找一个安身之处。谢龙部心知肚明：收留孤儿寡母只能一时，不能一世。世俗的眼光、猜疑、搬弄是非，简单的事情变得复杂，好好的事情变成龌龊的传说。

谢龙部想到河对岸雷家寨的雷永平。她能看上永平吗？

龙部夫妻到雷永平家。雷永平只有一个五岁的女儿雷秀英相依为命。永平妻在世时，此时会到厨房炒一碟花生米，洗一碟萝卜干，让这哥俩喝几杯酒。

龙部妻抱起雷秀英。雷秀英依偎在其怀里感受母亲般的爱抚。

雷永平高兴地泡一壶茶，三个人边饮边聊。从农活收成聊到家庭生活。雷永平哀叹："没嫫（妻）裳裤破了无人补，扣掉了无人缝，查嫫孩高了，无人做裳裤，家不像家。"

龙部妻把妙妙丹母子的事叙述一遍。

雷永平同情地说："可怜人。一个查嫫人带一个达啵仔。"

龙部妻直接了旦向雷永平说明了来意。

雷永平听寨人说过谢姓村来了一个漂亮厦门女人，带着一个漂亮的儿子。他自知配不上漂亮厦门女人，憨笑："城市查嫫哪肯嫁我？"

龙部妻微笑说："这个说不清楚。看缘分。这二天，我探听一下她的意思。"

龙部夫妇鼓动雷永平续弦，撩起雷永平续弦之念。

连日里，雷秀英不知父亲为何这么高兴。自从母亲去世后，雷秀英就没有见过父亲这么高兴。父亲高兴她跟着高兴。

雷永平夜里翻来覆去难眠，盼着理发师来寨子。这日上午，理发师挑着理发担进寨。雷永平理发、剃须顿时显得年轻、精神。

次日清晨，雷永平蒸一笼二十余个红糖碗糕。早餐，炒了花生米。雷秀英喜欢香脆炒花生米，捒了多次。她多次看了父亲。雷永平未阻止，还笑呵呵："快吃，等一下带你去龙阿伯家。龙阿伯厝来一位水阿姨和水阿弟。你要爱护水阿弟。"

雷秀英笑着点点头。

早餐后，雷永平穿上最新蓝麻布衫裤，提着一篮红糖碗糕，带着雷秀英出门。雷秀英穿着红衣、红裤。寨人们见状都惊疑地问去哪里做客，雷永平笑呵呵答："去龙哥厝。"

"什么喜事？"寨人知道雷永平常去龙部家，没见过父女俩这么精心地打扮。雷永平哼哼笑而未答。

初冬的阳光照得人们暖洋洋。妙妙丹、龙部妻及村里的妇女在谢龙部土楼前的大埕边说笑边绣花鸟。陈志广和孩子们在边上玩耍。

龙部妻远远见雷永平父女走来，起身相迎。在场的人笑着与雷永平打招呼。雷永平猜出那陌生的漂亮女人就是林莲花。

龙部妻向妙妙丹介绍雷永平。雷永平局促地点点头，将装碗糕的篮子交给龙部妻。龙部妻交代大儿子、大女儿带好一岁多的女儿，进厝准备午餐。

妙妙丹瞥一眼雷永平，憨厚黑粗的方脸、粗眉大眼，高颧骨，鼻梁不高，大嘴厚唇。

雷永平常到谢龙部家，村妇都很熟悉。他在龙部妻的矮凳上坐下，与女人们晒太阳，聊天。妙妙丹多是笑笑，没说话。

雷永平不敢正视妙妙丹，偶尔快快偷看一眼，真的很漂亮。

雷秀英得到父亲的允许，与孩子们一起玩。

午餐前，雷永平见数百米远谢龙部挑着一担沉沉的柴回来，立即跑上前，伸过肩顶过扁担。谢龙部也不客气，放松双肩，跟在雷永平身后说着话向家中走去。

午餐，雷永平与谢龙部并坐，妙妙丹与抱着小女儿的龙部妻并坐，雷秀英坐在陈志广身边，不时喂志广一两口饭菜。谢龙部的儿女坐在桌边的地方吃饭。

龙部妻笑问陈志广："碗糕好吃吗？"

陈志广开心地说："好吃。"

雷永平高兴地说："爱吃，过数日我再蒸一些来。"

妙妙丹连忙客气道："不用这么麻烦。"

龙部妻笑哈哈说："他是蒸碗糕的好手，我这几个孩子都爱吃。他种田、插秧乡里乡外有名，横的、竖的都直直的。"

从聊天的话语中，妙妙丹猜到雷永平的来意，龙部夫妻的用意。妙妙丹谨慎言行。她不想嫁人，只想拖一天算一天。

雷永平隔三岔五拎着刚出笼的碗糕、菜头粿来龙部家。有时带上数支自制的竹管水枪、竹圈给龙部的儿女和陈志广玩。

龙部妻察言观色，妙妙丹对雷永平不反感，雷秀英与陈志广比亲姐弟还亲。一个月后的一天上午，妙妙丹站在厨房边看龙部的第三个儿子谢永强与志广在天井玩水枪。龙部妻抱着一岁多的女儿走上前对妙妙丹说：“龙部没有找到你舅舅家，也没打听到黄怡琴家，你一个人带一个达啵仔也不是长久之事。”

妙妙丹不知该如何说，看一眼龙部妻无语。谢龙部贩牛赚钱、种田要养这一大家，还要平白无故地养两个不相干人，当然不妥。村里流言蜚语四起。妙妙丹不愿伤害恩人谢龙部夫妇，可是又无处可去。

龙部妻知道妙妙丹不会看上老实巴交的雷永平，见妙妙丹沉思，又说：“莲花，我想为你和永平做媒。永平是个种田好手，年年收成好。前些年他的嫫病死。他一个人种田，带阿英，日子艰苦。你们合为一家相互照顾。阿英也会照顾志广。”

妙妙丹不是嫌永平岁数大，有闺女，她怕再嫁，怕儿子受苦。她明白住在谢龙部家固然好，可不是长久之计。龙部妻多次提起河边女人的议论，骂多事女人“半头青”。妙妙丹就明白龙部妻的担忧：一个比自己漂亮、有气质、有见识的城市单身女人住在家里不安全。

妙妙丹苦笑：“我没想要再嫁。过一段时间，我想去厦门找家里人。志广的爸应该在厦门找我们。”

龙部妻听妙妙丹说要回厦门找老公开心地说：“你住厦门哪里？让龙部去找。”

妙妙丹连忙说：“房子被炸了，部哥找不到。”

龙部妻紧接道：“你安叫什么名？让部哥去找。”

妙妙丹伤心地解释：“厦门很大，人很多，同名同姓的人多，用名字是找不到人的。”

龙部妻的第六感官觉得这位漂亮的厦门女人的话真真假假。她理解、同情：说谎总是有苦衷。

妙妙丹想去夫家九都，不知道九都哪个村。去叶丽珠家，丽珠家人太客气，长住不行。龙部哥到金淘打听黄怡琴的家也没有消息。不知道金淘什么村，那么多的村庄如何找？能去哪里呢？妙妙丹潸然泪下。

妙妙丹明白龙部妻急着要推出自己，细想也能理解。她请龙部妻代她租一间房。龙部妻急忙说："雷永平有一间空房。"

谢龙部感觉妻赶人太明显，对妙妙丹笑说："过完年再说吧。"

龙部妻不好意思地笑说："过年后再打算。"

除夕晚，妙妙丹做龙部妻的帮手烧了一桌菜：一碗萝卜干红烧肉、一锅芥菜干饭、一碗豆腐干、一钵鸡汤。雷永平送来炸虾、炸鱼。龙部妻首先为妙妙丹、志广各盛一碗汤鸡，将一个鸡腿搛给陈志广。谢龙部的孩子们眼痴痴地看着妙妙丹与龙部妻推拉。妙妙丹只好接受盛情，心理却感到对不起那数个孩子。

龙部妻将另一个鸡腿搛给谢龙部。龙部妻不时地为妙妙丹母子搛菜，并热情、客气地让妙妙丹感觉客人的身份。谢龙部笑哈哈地对孩子们说："吃吧。"陈志广与孩子们欢快地搛着、吃着、嘻嘻哈哈、叽叽喳喳。

元宵节过后，雷永平网了许多小鱼、小虾，洗净，用面粉炸得金灿灿，香喷喷送到龙部家。雷永平对妙妙丹说："厝内整理好、扫干净，随时可以搬来住。"

"谢谢你！"妙妙丹挤出笑容致谢，心理极不愿意搬过去，但没有更好的解决办法。

妙妙丹又拖十天才提出搬到雷家寨。这日早饭后，谢龙部背着陈志广，龙部妻帮着拎包袱，妙妙丹拎着腌菜瓮向雷家寨走去。

雷永平网了许多小鱼、小虾，洗净，用面粉炸得金灿灿，香喷喷。雷秀英直吞口水。雷永平告诉女儿："等志广小弟来了一起吃。"

雷秀英懂事地点点头。她不时地到门外张望，远远地看见谢龙部一行人，兴奋地叫："志广弟弟来了。"

雷永平听见女儿的叫声急忙出门迎接。陈秀英欢天喜地跑去抱陈志广。

雷家寨全是土楼。土楼样式和布局与谢家村相同，依山就势，密密麻麻。

雷永平的方形土楼前围满想亲睹厦门女人美貌的寨人。寨人一见，果如传说美如天仙。

雷家寨与谢姓村语言相同，服装不同。有的人穿着与谢姓相同的汉装，有的人穿畲族装。男子麻布的青、黑、蓝大襟无领、对襟短衫，大管直筒裤。有的着棉套裤。年长男子黑布扎头、外披背褡。女子红绳辫，红绳发髻，着各色右开襟上衣。衣领、袖、右襟都镶彩色花边，衣袖、裤管大而短。系一条一尺宽的花卉、鸟兽，五彩缤纷的围裙，一条四厘米宽的花腰带，下穿黑、蓝裤子。男女都用蓝布绑腿。雷永平父女着汉装。

龙部妻告诉妙妙丹："这是畲族衫裤。"

雷永平与堂哥雷永安共住的土楼坐西朝东，土楼内通廊式，东面设一个大门，南北两面各设一个小门。门顶部设有防火灌水道。土楼基底由花岗岩石砌筑，上面由三合土夯筑。土楼属穿斗式木结构，屋顶四角桥翘脊，双面倒水，屋盖瓦片上每隔1米粘有一块泰兴砖，预防强风吹掉瓦片造成漏雨。

妙妙丹看了看两扇又厚又高的大门，跟着龙部夫妇走进大门。楼门厅两边各有两三条长木凳，边上摆放着米碓、谷砻、石磨、糍粑臼。左右各一条廊道，如双手臂把所有相同形状的房间搂成一个方形。一层正对大门的敞厅供奉着祖先的牌位。

妙妙丹在一层雷永平厨房边的一间屋里住下。不远处是牛棚、猪圈。土楼一层外不开窗，对内开直棂窗。养鸡、鸭、兔、狗、牛、放农具、厨房。二层对外开有一条长形的小窗。禾仓间，住宅。

一连数夜，陈志广不愿意住在旧暗的房子里，哭吵着要到龙阿伯家。

妙妙丹抱着儿子摇着、流着泪哄着。她不习惯睡草垫，辗转难眠。她从没有想到过自己会像牛、马、鸡、鸭一样睡草垫。

雷永平看出她不习惯这草垫，解释说，寨里人都是睡草垫。

第四章　嫁为畲族妻

雷永平帮妙妙丹挑水、劈柴。妙妙丹帮雷永平父女洗衣裳、缝补衣裳，照顾雷秀英。雷秀英带陈志广与村里的孩子们一起玩耍。雷永平对志广如亲生一样疼爱。白天，雷永平到田里劳作。妙妙丹想起自己的三个女儿，想起也叫秀英的女儿，认为这是命里安排的又一个女儿，视雷秀英为己出帮雷秀英烧饭，烧菜。

雷秀英与陈志广，“阿姐”、“阿弟”叫得如亲姐弟。

雷秀英从小没有母爱，来了个漂亮阿姨帮自己梳各式的发辫，烧饭、烧菜。她感到母爱的温暖。她希望这个水阿姨一直住这里。水阿姨来后，阿爸每日笑哈哈，时常蒸碗糕、菜头粿。她怕志广弟吵着要回“阿叔家”，“龙阿伯家”，牵着陈志广到地里摘花草，哄志广弟弟开心。她帮助妙妙丹择菜、洗菜、在灶前添柴，讨水阿姨的欢喜。

这日天亮许久。雷永平不见妙妙丹，走到妙妙丹的门前，门关着。他喊了两声“阿莲，阿莲。”没有回应。他迟疑了一会儿，不放心敲门。

妙妙丹听见敲门声，回应了一声，强撑起身子，用木梳梳了披散的卷发，开门。

雷永平见妙妙丹精神状态甚差，焦虑地问：“哪里不对？”

妙妙丹说数日来，觉得浑身不舒服，昨半夜发起烧。早晨，昏昏沉沉，浑身无力起不来。

雷永平手指尖触了一下妙妙丹的额头，感觉烫手，出门拿一条冷水布放妙妙丹的额头。此时陈志广醒来。雷永平抱起陈志广，为陈志广穿好外衣、抱着志广出门。

妙妙丹顿感自己和儿子需要人照顾。万一自己病重或受伤需要人照顾，没人照顾，儿子也没人照顾。

雷永平到厨房升火煮稀饭，叫雷秀英看着灶火，自己抱着陈志广到屋前菜地择了数叶紫苏和竹心，回厨房洗净。稀饭熟了，雷永平盛一碗稀饭汤，放数粒盐，边搅边走向妙妙丹的房间。

妙妙丹听见脚步声撑起身，双手梳理了散发。

雷永平吹了吹稀饭汤说："你先饮一些稀饭汤。我去灶角（厨房）煮紫苏、竹心水，等一下你饮了可退烧。"

妙妙丹喝着热热的，微微咸的饭汤心理暖暖的。她头沉沉的，浑身软软地躺在床上。

雷永平盛好三碗稀粥。雷秀英边吃边喂陈志广吃饭。

雷永平吃了饭，端着冒着热气的紫苏、竹心水到妙妙丹的屋里，放在床头柜上交代："过一会儿喝。我去摘一些金线莲。阿英吃饱就过来。你有事就差她，或是叫她去叫盼婶。"妙妙丹更感雷永平的实诚，点点头应答。

雷秀英踮着脚洗碗筷、洗锅。

雷永平叮嘱女儿："顾好弟弟，不能走远，阿婶生病了，有事去叫盼婶、太婆。"

雷秀英不住地点头，答："好。"

雷秀英搬了二张小矮凳到妙妙丹屋外，与志广坐着玩。妙妙丹软软地躺着，半睡半醒，迷迷糊糊，细听屋外孩子的动静。每隔十余分钟，雷秀英会轻手轻脚走进屋，看一下妙妙丹。妙妙丹若闭着眼，雷秀英就悄悄地退出屋，若妙妙丹醒着，雷秀英就会轻问："阿婶，要喝滚水吗？"

妙妙丹不时地听到雷秀英对陈志广道："嘘，小声点，别吵阿母。"这么小的孩子这么懂事。她更加喜爱这个没母的女孩。她想起小时候生病，父母、哥哥和芹姨轮着守护。出嫁后，生病时，丈夫、旺婶、叶丽珠守在身边细心照顾。从未想到过会有这么一天由这么小的一个孩子照顾自己。她突然害怕，非常害怕，若自己有个三长两短，儿子怎么办？

晚上，雷永平抱着志广到妙妙丹屋里。雷秀英坐在一旁逗志广。雷永平关切地问："有更好吗？"

"好很多了。多亏你们父女的帮助。"妙妙丹倦笑谢道。

"免客气。"雷永平憨笑。

一阵沉静。妙妙丹没话找话问盼娣家庭情况，又问雷太公家里的收成。雷永平不善言谈，妙妙丹一问雷永平一答。再次沉静。妙妙丹不知该说什么。

雷永平见妙妙丹没有言语，以为她想睡觉，便起身说："志广晚上跟我睡。阿英跟你睡。那甘苦（若难受）就叫阿英。"

妙妙丹笑着说："不用了，我好了。"

"免客气。"雷永平抱着志广到自己的屋里睡。

雷秀英坐在床头守着妙妙丹。妙妙丹数次催雷秀英上床睡觉。雷秀英都揉着睡眼说："不爱睡。"

妙妙丹只好装睡。

雷秀英听到妙妙丹的鼾声，吹灭灯，上床，轻轻地躺在妙妙丹身边，很快就睡着。

妙妙丹疼爱地为雷秀英盖好被褥。她看着眼前与女儿同叫"秀英"的女孩一阵心痛。自己的"秀英"不知有没有与琴姐在一起？另外两个女儿在哪里？过得好吗？她昏昏沉沉入梦。一会儿是丈夫的呼救，一会儿是女儿的哭唤，一会儿是苏爱梅，一会儿是黄怡琴，一会儿是父母、哥哥……她惊醒时，全身汗淋淋，凉凉的。她忆不起梦中的乱七八糟的情节。她怕吵醒雷秀英，轻轻地起身，摸黑地找出一套干衣服换上。

雷永平起早摸黑地干农活，晚上带着女儿到妙妙丹屋里坐一会儿。他每次谈到贤德、勤俭的前妻时就会哽咽。妙妙丹感到雷永平是个重情义的男子汉。

永安妻很看不惯妙妙丹优雅的言谈举止，时常对人说："假模假样装秀气。”她嫉妒雷永安常盯着妙妙丹看。她将雷永平与妙妙丹的事添油加醋地说给妇人们听。寨子好八卦的妇人以讹传讹。寨人感到雷永平与妙妙丹关系不清不楚。

妙妙丹反复想：志广父亲杳无音信，托龙哥打听怡琴姐家没有消息。再过二年志广要念书。邻村有一所小学。若不嫁给雷永平能去哪里？妙妙丹深深地感受到母亲的话“人的眼睛长在头壳的前面，只能看到过去的事，看不见将来的事。今日不知明日事”。她不敢想以后还会发生什么事。

这日傍晚，雷永平在天井抓志广痒痒，志广怕痒痒咯咯笑。雷秀英在一旁乐哈哈地笑。雷永平抱着志广亲了又亲。永安妻嘲讽：“再亲也是别人的仔。”

“我欢喜。”雷永平不满地回应。

“有本事，自己生一个。”

“这个免你操心。”

雷永安大声制止妻子：“你这个半头青，吃太饱，多嘴多舌。”

这日，雷太婆、盼婶、雷三婆又来探望妙妙丹，劝她嫁给雷永平。妙妙丹爽快地答应使雷太婆、盼婶、雷三婆有些吃惊。

“人吃五谷杂粮，不可能不生病。生病需要人照顾。不仅自己需要照顾，儿子更需要人照顾。”妙妙丹笑说。心底还有一份不得已，已经有两个月没有来例假，她不知是怀孕还是经期混乱。

盼婶笑道：“雷永平不识字，是一个朴实的人。话不多，身骨硬朗，能干重活，农活闻名十里八乡。有一个吃苦勤劳、实在的人做伴，让儿子多一份疼爱，多一人照顾。”

雷永安、雷太公、雷三叔对妙妙丹心存疑虑。长得这漂亮，从头到脚掩不住娇贵，细嫩的手绣花还可以，种田、养猪、砍柴不行。雷永平憨笑道：“她只要洗洗衣服、煮煮饭就可以了，其它我会做。”

寨里人把最好的稻草让出来，晒草，认真、细心把草整理好。雷永平请寨里好命的雷太婆、雷三婆、盼婶、福婶等妇女，择吉日，开始编织结婚草垫。

一九四二年初春的一个吉日的早晨，盼婶、龙部妻掌厨，炒一碟花生米、红烧一碗五花肉、炸一盆网来的小鱼、小虾，蒸了九层粿、菜头粿、红糖碗糕。谢龙部夫妻、永安夫妻、雷太公夫妻、雷三叔夫妻、盼婶夫妻等参加酒席祝福，算是结婚见证。妙妙丹母子搬到雷永平父女的房里。四人挤一张大床，开始一个新家庭生活。

期盼有一个儿子的雷永平听妙妙丹说怀孕了，欣喜若狂。雷太婆、雷三婆听到雷永平的喜讯忧忧道："这么快就有身了。"

雷永平只顾开心，没有感觉雷太婆、雷三婆的话里话。雷永平一日三餐捞干饭给妙妙丹吃，自己和秀英、志广吃稀饭。他时常到小河里网鱼、虾煮给妙妙丹吃，也分几条给两个孩子吃，自己舍不得吃。

雷永平带着秀英和志广到田地干活。这日上午，雷永平挖一锄，志广放几粒种子，秀英浇上一些水，雷永平锄头背将土轻轻推盖上。陈志广跳来跳去笑着边玩边放种子。雷秀英笑咯咯地抓着弟弟来放种子，浇上一些水。雷永平见姐弟俩开心地笑着闹着，也跟着开心地、满足地笑着。

妙妙丹想起母亲常教育哥哥和自己说："多学多知，多一个本领多一条路。"从前只知道春夏秋冬要穿什么衣服漂亮、时尚，玩什么可以打发时间，吃什么新奇、好吃。现在的妙妙丹用心观察、记忆二十四个节气与农事、草药用法。

妙妙丹时常看着自己渐大的肚子若有所思。

畲族三月三的"乌饭节"，寨里家家户户采回"粘米乌"的植物，捣烂熬汤汁，浸泡糯米，蒸成"乌饭"，祈祝丰年。雷永平端了一碗乌黑的饭送到妙妙丹的房里。妙妙丹吃一口，感到清香糯柔，细腻。她喂一口陈志广。陈志广边吃边笑说："好吃。"

"糯米不消化，不能吃多。"雷永平见妙妙丹整大碗给儿子吃提醒说。

妙妙丹另拿一个小碗，拨了一小碗，让儿子自己吃。

妙妙丹好奇地问："乌饭节有什么故事吗？"

"三月三虫蚁大作，吃了乌饭，上山下地不怕虫蚁。另外有一个说法，为了纪念畲族英雄雷万兴。”雷永平简明平叙唐朝时畲族英雄雷万兴率领畲民抗击官军围剿的故事。妙妙丹想若是前两位丈夫定能滔滔不绝，抑扬顿挫，绘声绘色地把故事讲得精彩动人。

寨里一些年长者特别关心妙妙丹的肚子，生产的日子。妙妙丹看着年长者怀疑的眼神满腹忧愁。

第五章　失望至极

一九四二年初夏，龙部妻生一个女儿，怀孕的妙妙丹不能去探望，雷永平去送鸡蛋、面线。

妙妙丹越来越心慌，停经十二个月后孩子出生了。雷永平喜得儿子眉开眼笑，取名雷远新。雷太婆、雷三婆等年长者怀疑的眼神消失，满面笑容地道喜。月经的不规律让她无法确定胎儿是谁的种。

雷永平让雷秀英和陈志广搬到一楼原来妙妙丹和陈志广的房里。姐弟俩最害怕夜幕降临。边上的猪一动、牛一叫，姐弟两人就惊醒，常抱头哭泣。尤其是猫的哀泣，姐弟俩瑟瑟抖抖，心惊肉跳、蜷缩着不敢翻身动弹。

妙妙丹坐月子雷永平三餐捞干饭，一个星期杀一只鸡，煮好分作四次。隔一天吃一次鸡汤、一个鸡蛋。雷秀英留在家照顾妙妙丹。雷永平带着志广到小溪边网鱼、虾，煮给妙妙丹配饭。雷永平、雷秀英、陈志广吃稀饭、萝卜干、青菜。雷永平偶尔给雷秀英、陈志广少量的鱼、虾吃。妙妙丹不忍心两个孩子眼睁睁地看着自己吃，总是趁雷永平离开时，偷偷地搛一点肉、蛋或舀一匙汤给雷秀英、陈志广。两个孩子嘴上推辞，眼里掩不住欢喜神情。

满月日上午，雷永平煮了红蛋、麻油饭送给左邻右舍。寨人帮助准备午宴。中午，日头当空，众人左等右等不见雷太公来开席。雷太公的年岁不大，比雷永平少两岁，但辈分高。雷永平不高兴地对妙妙丹说："假大块，让人三请二请。"转身对身边的陈志广说："去请雷太公来饮酒。"

陈志广一路小跑，远远就甜甜地叫："太公、太公。"跑进雷太公家。

雷太公盘坐在太师椅上，悠然地抽着竹管烟。

陈志广请雷太公吃满月酒。雷太公婉言谢绝。陈志广随口说："假大块，让人三请二请。"

雷太公脸色顿时变得铁青。他知道这话定是雷永平说的，气呼呼地随着志广来到雷永平的土楼。众人都坐在位子上高声谈笑，孩子们在席间跑来跑去游戏着，等着雷太公来开席。

雷太公走到大席位，站着。众人渐渐静下来。雷太公有心又似无意高声笑道："我不来也不行。志广仔说我假大块，让人三请二请。"

大人们惊异，心理明白志广是鹦鹉学舌，说出了大人们不敢说的心理话。雷太公确实爱摆架子，要三番五次地请才肯到场。

正吸着烟的雷永平大怒。志广正与数个男孩跑来跑去。雷永平冲上前，厉声骂道："夭寿仔，没大没小。"随手举起正抽着旱烟管往志广的头敲去。老竹烟管头坚硬如石。志广应声仰头倒下，天门喷出一股鲜血。众人惊叫。抱着满月儿的妙妙丹扑向志广。有人帮着抱过满月儿，有人抱起志广，擦血。盼婶跑回家中取来一块"金狗毛蕨"止血。

妙妙丹起身一头撞向雷永平。雷永平连退数步。一些人拖劝妙妙丹。

雷永平充满恐慌、后怕。他知道这是水查嫫前夫留下的唯一的根苗，万一死了，对不起那男人。寨人纷纷责怪雷永平太过分了。

谢龙部怒吼："土公（粗暴）。"

龙部妻怀抱数月的女儿劝妙妙丹："莲花啊，志广仔没歹事。永平一时性急下手重了。”

雷太公怒骂雷永平的同时，自己深深地内疚，为解一时心中之气给孩子带来噩运。心中默默道：“保佑志广仔平安无歹事。”

雷秀英呆愣在一旁，惊恐地望着眼前的一切。

妙妙丹紧紧地抱着陈志广痛哭流涕。一会儿，陈志广醒来，众人放下紧张的心。妙妙丹松了一口气，渐渐止住哭泣，抱着志广回屋。满月酒的热闹喜庆一扫而去，众人草草吃菜，闷闷喝酒，三三两两离席而去。

次日中午，雷太婆端着一碗热腾腾、飘着人参香味的鸡汤，雷太公内疚地跟在雷太婆身后走进雷永平的土楼。志广昏沉沉地躺在床上。雷太婆抱歉地对妙妙丹解释说：“他只是随口说一下，没想到永平这么土公（粗暴）。”

妙妙丹凄笑说：“你们太客气了还炖鸡来。”

满月酒后，寨人发现妙妙丹变得沉默，郁郁寡欢。

妙妙丹见陈志广、雷秀英看到永平战战兢兢的神情，忍不住心酸。

吃饭时，陈志广的大眼睛不是看菜碗，而是看继父的脸色，拿着筷子的小手颤颤抖抖地伸向碗中的萝卜，连搛三下未能搛起一块萝卜干。

雷永平的筷子猛力往上挑，志广手中的筷子飞过妙妙丹的头，落地。雷永平炸雷般呵斥：“菜只能搛一下，不能连搛三下。”

陈志广的心恐惧地狂跳，低下头。雷秀英惊恐地低下头，吞咽着饭。

妙妙丹捡起地上的筷子，在衣角上擦了擦递给陈志广。陈志广低头咽着饭，不敢搛菜。

妙妙丹不悦道：“吃饭皇帝大。你别在这时教训孩子。”

雷永平硬邦邦地说：“细汉（少年）毋学习，大汉（长大）来不及。”

妙妙丹大声道：“我知菜无沃（浇）勿会大棵，囝无管勿会成人的道理。你要平时好好说。他是孩子，你大声，他会吓。”

雷永平没想到这位厦门来的水查嫫敢大声顶嘴。城里的女人与这里的女人真是不同。他软下来，转头对低头的志广温和地说：“搛菜不能越山头，搛别人面前的位子；别人搛菜时，不能穿过，跨过别人的手；不能挑菜翻菜，吃饭不能讲话。”

陈志广含泪，哽咽地、囫囵吞枣似的咽一碗稀粥，不敢再盛饭，低着头就要走。

雷永平又吼道：“我刚才说的话听清楚了吗？”

陈志广吓了一跳，惊恐地哽咽答：“听到了。”

妙妙丹高声说：“你知道常打勿会惊，常骂勿会听。”

妙妙丹一手吃饭，一手怀抱雷远新。雷远新“吧嗒、吧嗒”地吮奶。妙妙丹眼眶湿润地望着陈志广走出厨房，心在悲恸地哀泣。她担心三个女儿的命运如此。狄瑞克、满乐思不知有没有生孩子，他们爱阿芳、阿芬吗？琴姐及其家人对阿英好吗？想着，想着，泪水唰唰流下。

雷秀英、陈志广总是尽少地搛菜、舀汤。雷秀英带着陈志广拣牛粪、猪粪，有时稍微玩一下，迟些回家，雷永平就责骂。

妙妙丹深深地后悔嫁给雷永平，时常自言自语：“目睭花花，夸包仔看作菜瓜。”

这日晚，雷永平告诉妙妙丹要将雷秀英卖到邻村给人做童养媳。

妙妙丹惊诧道：“她是你亲生的。”

雷永平淡淡地说：“查嫫孩养大别人的。”

妙妙丹愤然道：“查嫫孩也是孩。”

雷秀英眼泪汪汪哭着哀求妙妙丹：“阿婶，我会带弟弟，我会听你的话，帮你做很多事。”

妙妙丹委屈道：“不是阿婶不要你。阿婶喜欢你。我劝你爸不要卖你，你爸不听我的。”

妙妙丹爱怜地擦了擦雷秀英满是泪水的脸安慰：“我去求太公。”

第二天早饭后，妙妙丹抱着雷远新来到雷太公家。雷太公在土楼前的石埕劈柴。雷太婆在一旁收整劈好的柴。寨里的三位男子在与雷太公聊天。

妙妙丹说明来意。

雷太公疑惑说："不是你的主意？"

"天地良心。我心没有这么毒。阿英不是我生的，我疼她如亲生。我也有一个查嫫孩叫秀英。鬼子打入厦门，我们逃跑时走散，也不知是不是活着。"妙妙丹伤心且委屈，不禁泪流满面。

雷太公的家人及其他人怀疑地看着妙妙丹，认为城市女人厉害，会装模作样。

"你们的心胸太小了。别以为后母都是歹心，都容不下前人仔。"妙妙丹愤愤说完，转身就走。

雷太公被妙妙丹说得面红耳赤。在场的人心底叹道：城里的女人真厉害，敢这样与族长不客气地说话。

雷永平不听雷太公的劝说，不顾妙妙丹的反对与阻挠，坚持将雷秀英卖到邻近的林姓村一户人家做童养媳。

这日上午，男方家的父亲来领人。

"阿叔，我少吃一点，多拣一些柴，别让阿英姐走。"陈志广抱着雷秀英不放手，哭着求雷永平。这对不同父、不同母的姐弟俩抱头痛哭。

妙妙丹憋在心底的委屈喷射出来，对雷永平大声吼道："不见你这样的亲生老爸。查嫫孩也是孩。你卖查嫫孩，厝边大小都认为是我这个后母不容得前人仔。你破坏我的名声。"

吵嚷声惊动雷太公和其他人。雷太公等人劝妙妙丹。

男人强硬地抱走悲号的雷秀英。陈志广在一旁号啕大哭。抱着雷远新的妙妙丹泪流满面。雷远新吓得哇哇哭。

夜晚，没有雷秀英做伴，独睡一层的陈志广更加害怕。每夜，妙妙丹总是陪到陈志广入睡后，关上门，回屋。半夜，志广醒来惊恐万分，总是望着茫茫的长夜，望到眼皮抬不起来，睡一阵，惊醒一阵。没有秀英姐陪伴，他连小便都不敢站起来，只好尿到裤子上。他盼着公鸡打鸣，盼着天亮。

每夜，妙妙丹都睡不踏实，迷迷糊糊睡一阵，惊醒一阵，侧耳细听一层楼的儿子的动静。半夜，她时常蹑手蹑脚到一层看儿子。她轻手轻脚推开房门，黑蒙蒙中依稀见儿子瑟缩在床角哭泣。她鼻子一酸，泪涌出眶，紧紧地抱着儿子。陈志广“哇”一声号哭起来。妙妙丹为儿子擦泪，哽咽道：“男子汉不哭。半夜，大家都在睡，会吵了别人睡眠。”她感觉儿子的裤子湿漉漉。

陈志广哭道：“不敢起床拉尿。”

妙妙丹流着泪拍了拍儿子：“免惊，免惊。门关好好的。”

妙妙丹回屋拿一条裤子，流着泪给志广换上，亲了亲志广的脸说：“大门关密密的，没有别人进来。阿母就睡在上面，你这里若有声音，阿母会知，就会过来。你免惊。”

陈志广点点头。

第六章　痴情郎寻妻

一九四四年七月，连日大雨。雷永平对妙妙丹道：“让志广跟我们一起挤一挤，万一出大水……”

陈志广搬到妙妙丹的房间。房间里挤摆一张小床给陈志广睡。

山洪暴发，鸡被洪水淹死了。雷永平见妙妙丹抱着雷远新盯着鸡窝，顿生疑惑。数日后，洪水退尽。午夜，雷永平见妙妙丹入睡，悄无声息地离开屋子。他拿着小铲挖开鸡窝，果然见到一个小瓮。他伸手摸到一包东西，打开一看，傻眼了，用竹烟头敲了敲膝盖，感觉到疼痛，不是做梦，大喜，他包好扎紧。

妙妙丹翻身，不见雷永平，便轻手轻脚出门下楼，见雷永平在鸡窝边，拿着一包东西，地上放着铲子，慌忙冲上前去抢夺雷永平手中的小布包。

“你哪里来的这些东西？”雷永平抓紧小布包大声问。

“还给我。”妙妙丹上前抢。

“你是土匪婆。”雷永平惊疑说。

妙妙丹怒火中烧“啪”地给雷永平一个重重的响亮耳光。

雷永平一下愣住了。从来都是男人打女人，哪有女人敢打男人？天大的耻辱。他狠狠地回了她一个重重的响亮耳光。

陈志广听到动静，跑出屋，见雷永平打了母亲一个耳光，大声哭喊。

妙妙丹憋在心底的悲伤、痛苦、委屈像一股洪流冲破心闸，用尽力气抢小布包，根本抢不动。

哭闹声惊动堂兄雷永安家人，惊动了寨人。

雷太公提着马灯赶来劝架。雷永平打开花布包，油灯下金银首饰、珍珠、玛瑙、翡翠、红宝石、蓝宝石闪闪发光。寨人惊呆了。这些极品的金银珠宝别说乡下人，穷人没见过，就是一般的城里人也难见上这些上等品质、做工精美的金银首饰。

永安妻惊叫：“土匪婆。”

妙妙丹大声申辩：“我不是土匪婆。”

雷太公指着金银珠宝凝重地问：“不是土匪婆，这些金银珠宝哪里来的？”

在场的人惊诧地盯着妙妙丹。妙妙丹知道不能沉默不答，她渐渐稳住情绪，止住哭泣说：“这些是我父母给我的嫁妆，志广爸给我的礼物。我爸在缅甸仰光做生意，志广爸在厦门做生意，这些东西我要给志广读书用的。”

雷太婆抱着哭啼的雷远新哄着，晃着。

有的人同情、可怜妙妙丹金枝玉叶落魄为村妇；有的人半信半疑她的话。这个神秘的女人从不说丈夫的姓名，在厦门做什么生意，家住厦门哪里。来此处这么久了，没有一个亲朋好友来访。娘家在缅甸，这一点寨人比较相信。此前寨人发现她的五官与众不同。

雷太公半信半疑说：“我来主持公道。这东西是莲花的嫁妆，是志广老爸的礼物。永平要用是没道理。但是，志广仔读书用不了这么多钱。一半留给志广读书就够了。你嫁给永平，算一家人。你拿一半出来买田，买牛，把日子过好。志广仔也能长得更高、更壮。”

在场的人窃窃私语。妙妙丹心知肚明，反对是无效的，默许。

雷太公叮嘱众人：“这事不许再提。不可传到外面去。传到外面，土匪来了，全寨子都麻烦。”

众人点头应答。

连续数日，妙妙丹将珠宝绑在身，不让雷永平靠近。有一日，雷永平发现妙妙丹没有将珠宝绑在身。雷永平偷偷地观察、寻找，不知妙妙丹将珠宝藏于何处。

水番婆鸡窝里埋藏珠宝的事，水番婆的神秘身世很快传遍整个镇，整个县城。

这日午夜，天上的星星静静地看着雷家寨的山、河、农作物。雷家寨进入梦乡。十余个土匪悄然进入雷家寨。这些人分头悄然靠近牛棚、猪圈、鸡窝。鸡鸭无声被毒死。土匪们开始挖牛棚、铲猪圈、拆鸡窝。大狗、小狗疯狂地吠。

有人起身上厕所见有土匪，慌忙跑到报警处，敲锣报警。雷太公、寨里的青壮年拿起长棍、短棒、锄头、斧头、柴刀，护寨队的人拿起路铳枪向土匪们射击。

雷永平拿起长棍冲出屋，妙妙丹将雷远新背在胸前，牵着陈志广到一层，拿一根棍子给陈志广说：“看见不认识的人就打，别让不认识的人靠近你。”

“打虎还靠亲兄弟。”雷永安、雷永平配合默契，打到后面，赤手空拳地与土匪打斗。雷永平把一个土匪绊倒，抓起来扔到远处。

河对岸的谢家村听见枪声、锣声知道雷家寨进土匪。谢龙部带谢姓村的人拿着路铳枪飞奔而来，土匪们见状慌忙逃走。

雷家寨水番婆的鸡窝里挖出一瓮金银珠宝、雷家寨遭遇土匪洗劫等消息很快传遍县城。传到县城“陈记面线店”的陈跑的耳朵里。陈跑激动万分，速关店门，买车票回家。林思跑了后，陈跑悔恨万分，

起早摸黑，四处寻找，跑遍所有乡镇，甚至多次到厦门。每次失望、疲惫而归。他四处托人查找妙妙丹母子下落。

陈跑一踏进家门就兴奋地告诉家人听到的消息。陈家人也听到了传说，猜测是林思。

陈跑兴奋得满面通红道："如果真是阿思母子，我要把他们接回来。"

陈大哥实话实说："这可能吗？阿思早就吓破胆了。"

陈跑仍充满信心道："自从她们母子跑了后，我就再也没有赌了。"

陈父冷冷地说："阿思是不会再相信你了。"

陈三哥道："人若失去信用，要让人再相信，难。"

陈跑求三哥陪同立即到雷家寨。

这一夜，陈跑辗转难眠，想着从前的日子，想象见到妙妙丹母子的场景。

天蒙蒙亮，陈跑、陈三哥吃了饭出发到雷家寨。

雷家寨在叠叠山峦，嵩山峻岭间，山高路陡，道路崎岖。陈跑恨不得飞到雷家寨，不时地催三哥快些。陈跑急着想见到妙妙丹，兴奋而有劲。

近晌午时，陈跑兄弟进雷家寨。寨人说没有叫林思的女人，只有一个叫林莲花的外来女人。陈跑兄弟俩猜是林思怕被发现，改了名。陈跑豁然大悟道："她在厦门的名字可能不是林思。"

陈三哥笑道："所以你去厦门都是白跑。"

兄弟俩按寨人指点来到雷永平的土楼。果然是林思。陈跑兴奋地唤道："阿思。"

妙妙丹见是陈跑、陈三哥惊愣了一会儿，才请陈跑兄弟俩进厨房，泡茶。

陈跑、陈三哥俩见林思憔悴了许多，少了许多娇贵气，多了村妇样心生怜悯。陈跑更是一阵阵揪心地疼、无限的悔。至今，陈跑未再娶。林思是他唯一的爱。

"叫阿伯、阿叔。"妙妙丹对跑进厅的志广说。

"阿伯、阿叔。"志广陌生地呼声刺痛了陈跑、陈三哥。

陈跑抱起陈志广亲了又亲问：“还识阿伯、阿叔吗？”

陈志广摇了摇头。

陈三哥、陈跑很失落。

“你小的时候，骑在阿叔的脖子上去玩，忘了？”陈跑摸了摸志广的脸，看着虎头虎脑、可爱的志广深深后悔当年赌博，把他输给别人。

妙妙丹觉得陈跑变得沉稳了，少了从前的嬉乐、幽默。人也消瘦了些，脸上少了一些红嫩光亮。

陈三哥见妙妙丹抱着孩子，问：“谁的仔？”

妙妙丹淡笑道：“我的。”

陈跑兄弟俩惊异地对视一眼。陈跑胸口阵阵闷痛。此次兄弟俩来的目的是想带回妙妙丹母子。

陈三哥随口问：“达啵？查嫫？”

妙妙丹浅笑：“达啵。”

陈三哥看一眼妙妙丹怀中的儿子，意味深长地看着妙妙丹的眼睛问：“什么时候生的？”

妙妙丹知道陈三哥心底想什么，平静地说：“十月生的。”

陈跑明白三哥问话含义。

陈三哥悄悄地告诉妙妙丹说：“自你们母子逃走后，他疯了一样到处找。他不怕被鬼子抓走，打死。多次去厦门寻找你们母子。为了能遇到你，打听到你们母子的消息。他一个人到南安县城开了一间陈氏面线店。他吃不好、睡不好，变得沉默寡言。家里人半个月、一个月送一些吃的给他。”

妙妙丹的心情如打翻了五味瓶，瞟了一眼陈跑。陈跑正深情地望着妙妙丹，妙妙丹慌忙躲避那火辣辣的眼神，招呼兄弟俩饮茶。妙妙丹关切地询问陈父、陈母等一家老老小小的情况。陈三哥简言告知都安康。

雷永平听寨人到田里报信：两个达啵人来找林莲花，其中一个与志广长得很像，可能是志广的阿爸。雷永平惊骇地扔下锄头往家跑。许多寨人听说来者可能是志广的父亲跟着雷永平跑。有人报雷太公，不能让林莲花走。

陈跑兄弟俩见一群寨人眼里充满紧张、敌意跑进来，心理明白寨人是担心他们带走母子。

妙妙丹发现众人盯着陈跑与志广看来看去，明白是怎么回事，微笑道：“是志广的阿伯、阿叔。”

陈跑兄弟俩恍然大悟。

雷太公松一口气说：“志广与阿叔长得实在太像了。志广的老爸呢？”

陈跑自然地答：“好多年没消息了。”

雷永平、寨人们放下心来。妙妙丹怦怦跳的心平静下来。

雷永平笑说：“她找你们，走错路。你们怎么知道找来了？”

陈跑机灵编道：“听说鬼子打入厦门，我们以为他们会回来，左等右等。前些日子听说这里来了厦门的水查嫫，又有那么多珠宝。我们过来看一看，没想到还真是。”

雷太公抱歉地说：“是我做主那些珠宝留大半给志广读书用，永平用小部分买田和牛。”

陈跑与三哥对视一眼。陈三哥补充道：“知道她们母子在这里，我们也放心了。”

雷永平煮两碗蛤干面线蛋。

陈跑、陈三哥肚子确实饿了，客气一番便吃起来。

陈三哥笑问：“头一次到畲族寨。畲族吃这个有什么讲究吗？我们不知道规矩、习俗。”

雷太公笑道：“一定是透早吃早饭，又攀了这么多座山，饿了。吃完了吧。没什么规矩。”

陈跑、陈三哥边吃边与雷太公、雷三叔、雷永平等人聊天，了解雷家寨、雷永平。寨里有多少户？多少人？养几头猪？几只鸡？有多少田地？收成如何？

雷太公、雷三叔也想多了解陈跑家况。不停地问家里有多少人、做什么生意、收入多少。

雷永平请陈跑兄弟俩吃午饭。雷太公留下一道吃午餐。

妙妙丹炒一碟花生米、切一碟黄澄澄的豆腐干，炒一盘咸萝卜干剁碎鸡蛋。雷永平装一壶自酿的番薯酒。

陈志广无语地低头吃饭，偶尔搛一次面前的青菜和萝卜干。陈跑、陈三哥看到陈志广怕继父的神情心理阵阵难受没口味，吃得少，喝一些酒。陈跑不时地搛几粒花生米和几片豆腐干放入陈志广的碗里。

妙妙丹边吃饭边喂远新吃饭，不时劝陈跑兄弟吃菜、饮酒，别无多言。陈跑兄弟俩明显感到妙妙丹郁郁寡欢。

陈跑数次提出带妙妙丹母子回家住数日，妙妙丹拒绝："远新还在吃奶不方便，等孩子大一些再去。"

陈跑恳求："让志广跟我回去住一些日子。"

"不行。他要帮我做事。"妙妙丹大声的拒绝令众人惊诧。陈跑、陈三哥突然明白妙妙丹心有余悸，害怕赌徒"红眼"会抢走陈志广。

陈跑不时地含情脉脉地偷望妙妙丹一眼。妙妙丹躲开陈跑的目光。陈三哥边与雷永平、雷太公说话，边用脚踢陈跑。陈跑收回目光。

陈跑担心妙妙丹、陈志广被欺负说："我们家五个兄弟，一个在厦门，一个在泉州，我在县城里开了一间'陈氏面线店'。你们若有到县里来，到店里坐一坐，泡茶。若是买面线，我一分钱不赚你们。"

雷太公、雷三叔、雷永平等人听出了陈跑客气的话中里显示强势的意味，警告众人不要欺负妙妙丹母子。

妙妙丹感激地看一眼陈跑。

饭后，陈跑兄弟俩与雷太公、雷永平喝了一会儿茶。临别时，陈跑抱着陈志广亲了又亲，爱与悔都在亲吻里。陈跑一再请妙妙丹回家看看。陈三哥请雷太公、雷永平去洪濑做客。陈跑悄悄地对陈志广说："你若有事可到县里找我。"

陈志广点点头，记下。

第七章　祸不单行

年关将近，家家户户酿“过年酒”，扫尘。雷永平、妙妙丹商量带一些酒、红糖碗糕、菜头粿去看雷秀英。这日上午，雷秀英夫家来人报：雷秀英倒马桶不小心掉进粪池被淹死了。陈志广听说英姐死了号啕大哭。妙妙丹满面泪水，失声痛哭。

盼婶帮助照顾陈志广、雷远新。雷永平、妙妙丹、雷永安夫妇赶到林姓村见陈秀英最后一面。

秀英婆家一片沉静。大埕的砖上铺着破席，秀英身上盖着破草袋。雷永平掀开看了一眼不禁哭出声。妙妙丹忍不住痛哭。

秀英家公请雷永平等人饮茶。雷永平责问秀英婆家人秀英死因。

秀英家婆淡淡地说：“她不小心掉入粪池。”

秀英婆家的村妇偷偷地告诉妙妙丹等人：阿英要侍候比自己大一岁的“丈夫”。打洗脸、洗脚水，有时拿不动溢出了要被打。砍柴不会捆，捆了又背不动，回家迟了要挨打。那日的马桶屎尿太重了，倒马桶连自己也倒进粪池了。

“你叫那么小的孩子做那么重的事。”妙妙丹愤怒谴责秀英婆家人。

秀英家婆反击道：“后母婆更恶毒。若不是你这个后母婆，阿英也不会被卖过来做童养媳。谁会舍得亲生女儿卖给别人做童养媳。”

妙妙丹原本被寨人冤枉的满腹委屈如沼气压盖着，此时刺耳的“后母婆”三字如火柴点燃沼气爆炸，怒吼：“告诉你，我疼阿英如亲生，寨子里的人都有眼睛看得见。”

妙妙丹怒骂秀英婆家虐待秀英。秀英婆家的亲戚围住妙妙丹等人。永安妻担心打起来自己这一方吃亏，跑回雷家寨喊人。

雷永平狂嗥："若不是你们虐待，阿英怎么会死。"

秀英家公怒吼："是你女儿命薄，短命。"

"命薄，短命"刺激雷永平隐痛的神经，对女儿的愧疚、悲伤化为愤怒的一巴掌扇得秀英家公脸上一片通红、一阵疼痛。

秀英家公一拳打得雷永平一个踉跄。雷永安冲上前猛推秀英家公。秀英家公的亲戚冲上前推打雷永安、雷永平。

秀英家婆冷笑："后母婆若会疼前人团，屎都可以吃。"

妙妙丹怒不可遏指着秀英家婆的鼻子道："举头三尺有神明，人在做，天在看。后母心也没有你这个恶婆婆心毒，心狠。"

秀英家婆用劲拨开妙妙丹的手。妙妙丹"啪"地一记重重的巴掌打得秀英家婆脸上火辣辣。

秀英家婆一把揪扯妙妙丹的头发。妙妙丹头皮一阵刺疼，双指猛插秀英家婆的腋窝。秀英家婆松开头发抓住妙妙丹的手，扑咬一口。妙妙丹一拳砸向秀英家婆的太阳穴。

秀英家婆的女眷抱住妙妙丹。妙妙丹知道这些女眷面为劝架实为帮衬秀英家婆。秀英家婆趁女眷抱妙妙丹时拳打脚踢妙妙丹。妙妙丹怒火中烧拳打脚踹女眷。女眷疼得松手。妙妙丹朝扑来的秀英家婆腹部猛蹬一脚。秀英家婆"哎哟"痛叫一声，怒不可遏冲上前抓妙妙丹脸。尖甲划得妙妙丹脸上血痕道道，火辣辣痛。妙妙丹怒火攻心对着秀英家婆的胸口猛击一拳。秀英家婆胸前胸后一阵剧疼。两人扭打在一起。秀英家婆的女眷们被妙妙丹拳打脚踢后不敢再抱妙妙丹，只在边上劝架。

雷永平饿虎扑食般扑向秀英家公。

雷太公、雷三叔等二十余个青壮男丁拿着斧头、锄头、柴刀飞奔向林姓村。

林姓村人见永安妻带人来，操起棍棒、锄头、扁担冲上前就打。斗杀厮搏间的敲击声，厮杀发出的使力声，受伤的叫喊声，此起彼伏。

霎时，整个村庄鸡飞狗跳，刀光剑影，怒吼哀号，乱成一片。

一些母亲自己不敢看，捂住孩子的双眼，怕伤着孩子，将孩子拽得远远的。

谢龙部听说雷家寨男丁倾巢而出知道大事不好，叫一人速到镇上禀报镇长，自己带着谢姓村的青壮年跑向林姓村阻止械斗。

谢龙部将人员分两部分，一部分阻挡林姓村人，一部分阻止雷家寨人。

镇长接报，带着五名警察急步赶往林姓村。双方见警察来了，渐渐停止械斗。

械斗双方人员都有不同程度受伤。妙妙丹在撕打中未伤及重要部位，只有脸部、手部被指甲抓得一道道血痕。妙妙丹拳打脚踢秀英家婆伤痕少且是不易察觉的淡青紫，却是内伤。

雷永平左小腿被砍了一刀，胸部被挨了数拳疼痛。谢龙部扶着满脸痛苦的雷永平。

镇长在来的路上已听报告人叙述事情的原委，此时他大声宣布："姓林的、姓雷的各有受伤，各自负责。秀英婆家要请人厚葬了秀英。双方不许再纠缠。"

陈志广常梦见秀英姐哭醒。妙妙丹的眼前老是出现秀英的身影，耳旁常听见秀英唤："阿婶。"胸口不时地闷疼，食不下，睡不眠。雷永平痛心加悔恨。每日，拿着长长的竹烟筒，不停地抽，不时地呛不停地咳嗽。

妙妙丹怀孕冲淡雷永平的悲痛。每日，雷永平带着志广到田里，教志广拔草、除草、挖坑、放种子、浇水；他带着志广上山认草药、摘草药、晒草药、存草药。

春播过后，雷永平头疼，咳嗽更加厉害。妙妙丹到地里摘紫苏煮水、风葱煮豆腐、一见喜熬水……雷永平吃了各种草药，感冒、咳嗽没有减轻。雷永平咳得喘不过气来，泪花滚滚，无体力干农活。妙妙丹怀孕干不了重活。

镇上的医生、县里的医生都来看过雷永平，吃了数十副中药，病情未好转。雷永平整日咳嗽，下半夜咳得更利害，常常坐着睡。妙妙丹常起床给他倒开水，为他拍背。

夜半三更时，妙妙丹悄悄地起床，轻手轻脚下楼。她搬开灶下的柴禾，撬出一块松动的砖石，拨开土，拿出个破瓮子，取出布包，拿出一条金项链、一个金戒指、一个玉镯，再将布包塞入破瓮，掩藏如初。她回到屋子悄悄地将取出的首饰分别藏入自己的破棉袄，棉被、草垫。

这日一早，妙妙丹将金项链、金戒指、玉镯塞入胸襟里的袋里，与寨人到县城赶墟。盼婶陪着她瞅了一个无人看见时，溜到典当铺，把首饰当钱。为雷永平抓了三副药，买了盐、五花肉、面线、蛏干、海蛎干、蚵干等。

盼婶提议道："去你小叔的店坐一坐。"

妙妙丹不愿意再与陈跑有瓜葛，道："一坐就要半支香的时间。我想赶紧回去，不放心家里的孩子。"

雷永平担忧自己死了妻子怎么办，他劝妙妙丹说："不要卖你的金银了。万一我老去了，可以养仔。"

"会好。再吃几副草药就好了。"妙妙丹嘴上安慰，心底害怕极了。如果雷永平死了，自己怎么办？

抢收抢种时，妙妙丹只好雇一个短工。她带着志广，跟着短工一起干活，寨子的人帮头帮尾。

1946年春末，妙妙丹生了一个儿子。产后次日开始，盼婶、雷三婆、雷太婆常过来帮忙。妙妙丹觉着麻烦她们太多。这日，盼婶等人都没有来。妙妙丹头上扎了一块花巾，端着尿布、衣物到河边洗。

盼婶端着一大盆衣裤走到河边，见妙妙丹在洗衣裤惊叫："做月内，天还这么寒，怎么能出门吹寒风、沾凉水。我本想这些衫裤洗好、晒好就去你厝。"盼婶强留下妙妙丹的衣盆。

妙妙丹再三感谢后，疾步回家。

夜里，妙妙丹全身疼痛，发烧昏迷。新生儿直哭。雷永平没有听见妙妙丹哄喂声，挣扎起来，点灯。雷永平见妙妙丹昏迷，一摸额头方知发烧，慌忙叫醒志广去找盼婶。陈志广边哭边跑到盼婶的土楼。

盼婶听陈志广哭诉，与盼叔过来。盼叔连夜赶到镇上请郎中。

屋里，盼婶不停地将温开水一匙一匙地灌入妙妙丹的口中。雷太婆不停地用冷开水擦妙妙丹的额头。

天亮时，老中医生来了。雷永平痛哭流涕地哀求郎中："孩子刚生下来，不能没有母啊。"

郎中摇了摇头："试一试，'生死有命'。她若身体非常好，可能抵过这一坎。希望不大。你们还是准备后事吧。"

雷永平求郎中开药。盼婶、雷三婆熬药，灌妙妙丹药汤。

寨子哺乳的女人们轮流过来奶新生儿。

陈志广一直无声哭泣守着母亲。他惶恐极了，母亲死了怎么办？

雷永平不时地抹泪说："她若走了，留下三个这么小的达啵仔怎么办啊。"

雷永安、谢龙部不时地安慰雷永平。

雷太婆、雷三婆带着陈志广去天赐岩烧香。志广泪流满面虔诚地跪拜、祈求菩萨保母亲平安。

第五天，盼婶按雷永平的嘱咐请人做寿衣、棺材。龙部妻抽泣地为妙妙丹擦身穿寿衣，怕泪水滴到寿衣，不时用袖头擦着止不住的泪水。

陈志广肝胆俱裂地哭唤。盼婶摇晃、哄着怀里"哇啊，哇啊"哭个不停的雷远强，抹着止不住的泪。雷三婆牵着"呜呜"大哭的雷远新。谢龙部泪流满面地安抚雷永平。边上的男人默默流泪，女人泣不成声。

第七天上午入殓。陈志广抱住母亲死劲地摇晃，撕心裂肺地哭叫："阿母啊……"

谢龙部、雷永安、雷三叔等人拖拽陈志广。陈志广不松手。

盼婶惊喜地喊道："手动弹，手动弹。"

雷三婆欢喜地说："她不是死，是'沉阴'。"

陈志广惊喜地大喊："阿母，阿母。"

妙妙丹缓缓地睁开双眼，见陈志广满脸泪水，周围都是人，不解地问："出了什么歹事？"

盼婶破涕为笑简明告知妙妙丹发生的事。妙妙丹从死神手中逃出，但她双手的小指头不能伸直，弯曲成长三角形。妙妙丹听寨人说沉阴就是到阴间走一趟，阴间不收留。在阴间可以看见自己熟悉的人。妙妙丹极力地回忆连日里梦见的人，确信没有前夫、女儿们身影。这让她欣慰，满怀再次团圆的希望。

盼婶每天到雷永平家帮忙。陈志广在盼婶的吩咐下煮饭、炒菜，熬父母的药，为父母喂药，带雷远新。

龙部妻时常抽空过来帮忙洗洗、煮煮。谢龙部帮着干田里的活。雷永安帮着挑水。永安妻满脸不悦，唠唠叨叨。雷永安吼道："半头青。别人都帮忙，自家人好意思不帮忙，不懂做人，顾面子。"

转眼要满月了。雷永安夫妻来到雷永平的房间问满月酒如何办？妙妙丹忧愁地对雷永平说："不要做满月。"

雷永平愁容满面地说："病了数月，家中花了不少钱，阿莲又卖了不少首饰。"

雷永安夫妇不停地、反复地讲请满月酒的理由。永安妻道："规矩不能省，油饭要送，酒也要请。添丁是祖宗庇护。也可以冲喜。"

妙妙丹很不情愿地答应办酒。次日上午，妙妙丹拿出一条金项链交给盼婶说："麻烦您到县城去当了。当的钱交给安哥办满月酒。"

满月酒由雷永安夫妻操办。冲喜并没有让雷永平的病减轻，他一天比一天咳得更频繁、更凶猛，有时还咯血。卧床不起。

七月初七晨，妙妙丹按照盼婶教的流程听香。她先在家里的土地爷面前燃一炷香，祷告神明。晚上寨里不见人影时，妙妙丹从香炉中拿出一支正在燃点的香火，悄悄地来到神明指点的福婶家。她拈香于福婶家墙壁间，窃听人语。她听得福婶对人说："他们四人刚出去。"她将这句话告诉占休咎（吉凶）老者。老者问妙妙丹要问什么？妙妙丹说想知道丈夫的病情会不会好起来。老人摇摇头叹息道："他们四人刚出去。'四'就是死的音，棺材板是四块的。说明此病不会好的，准备后事。"

妙妙丹脑子一片空白来到盼婶家。盼婶见妙妙丹失魂落魄的神态就明白八九层。妙妙丹说了听香的事。盼叔、盼婶不停地安慰她。

数日后的早晨，雷永平猛烈咳嗽。妙妙丹叫陈志广看好两个弟弟。妙妙丹扶起雷永平，在他的胸口至上而下地推。雷永平有气无力地咳喘，一声紧连一声，咳得脸发青，喘得说不出话，一口气没喘上来，一翻眼，一蹬腿，没有声息。妙妙丹大声哭唤雷永平。

雷永安夫妻奔跑进屋，见状叫陈志广到每户人家报丧：雷永平“老去了（死）。”

雷太公召集寨人。小辈的年轻人将雷永平移放后厅床上。点上一盏“照眼火”灯。

妙妙丹怀抱雷远强，领着陈志广、雷远新一日三次烧“床前纸”。陈志广不时地抹泪。他畏惧继父，但朝夕相处数年也有情感。

永安妻及一些女人们轮流在雷永平床前拖腔拖调地哭念：永平哥、弟（叔、伯）你一生一世没吃好，没穿好，都在吃苦啊……你留下媄仔一大拖呀……他们怎么过啊……你走了，我们再也吃不到你蒸的胖糕哦……你走了再也看不到你……

永安妻数次要求妙妙丹“哭丧”，边哭边念叨永平的好，失去永平的损失。妙妙丹哭泣着，数番下决心“哭丧”，可是张口却念不出一字一词。

“永平对你的好你都没有念。”永安妻极为不满地责备妙妙丹不念情。

妙妙丹能感受到雷永平的真爱。雷永平离去，面对三个幼小的儿子，妙妙丹不知所措，更加伤心。闹厅、入殓、停柩、择日、设灵堂已折腾得妙妙丹身心交瘁，对永安妻没完没了的责备再也忍不住，大声地顶撞道：“你们高一声，长一声，听得好像很伤心，哭得惊天动地，其实干号，没有眼泪。真正伤心的人是我。你们谁比我更伤心？”

永安妻大怒道：“你意思是说我假伤心？”

“不是假伤心，最起码没有我伤心。你念什么，模模糊糊，谁都没有听清。自己心理感念就可以了。没必要让别人来证明自己伤心程度。”

妙妙丹与永安妻争吵起来。一些看不惯妙妙丹不“哭丧”的人在一旁指责妙妙丹。

谢龙部夫妇、盼婶等心底不赞同“哭丧”的人，劝永安妻道：“她是‘番婆’，番人有番人的习惯，你不必强求她按我们的习惯。”

后事由雷永安做头操办。雷永安夫妻开粮仓、杀大猪。在土楼前的大埕搭棚子，砌炉灶，架案板。永安妻、盼婶、福婶等妇人帮着烧火、洗碗、洗菜打杂，给客人端茶、送水、点烟，安排席位，陪着客人聊天。

“流水席”一拨人吃完抹嘴走人，另外一拨人来吃。真是“吃死人”。妙妙丹看着永安夫妻端着一钵钵鸡、一盘盘鸭、一碟碟鱼、一碗碗米饭，看着四邻八舍没有帮忙丧事的男女老少都来吃，一阵阵心疼粮、钱。妙妙丹终于忍不住地对永安夫妻说：“死了人，本就没有劳力了。能省尽量省。要为我和三个年幼的仔想。”

永安妻理直气壮道：“这种习惯从古到今，无论穷家富户，家家都是如此。”

妙妙丹反驳：“老祖宗的习俗是不让帮忙的人没地方吃饭，饿腹肚，也是有事的人家应该做的。现在呢？是全寨的人都来吃，天天吃。有的一桌才坐五六人。早来早吃，迟来迟吃。剩菜剩饭一大堆。”

永安妻气急败坏道：“你这个‘番婆’真正‘番’。”

妙妙丹毫不客气道：“撤掉一半的桌数。规定早上、中午、晚上吃饭时间。一桌八人坐满了吃。”

雷永安对妙妙丹的“小器”不满：“从来没有丧家人管丧事。”

妙妙丹不悦：“我不是管丧事。我是提醒你们一下。为我和三个小孩着想。为活人想。谁养我们？如果你们为永平着想，你们就应该替他的儿子想。”

永安妻与妙妙丹争吵起来。

盼婶、洪婶等人劝雷永安夫妻省一点，孤儿寡母往后日子很艰难。

永安妻嫉妒道：“番婆有那么多的珠宝，用也用不完。”

盼婶生气地反驳：“买田、修房、给永平治病已变卖得差不多了。永平老去了，莲花一个查嫫人要带三个达啵仔，用钱的地方多。”

“没有过我的眼，我不认。你们也别想我会还你们的粮、钱。”妙妙丹警告永安夫妇后抹泪走进屋。

谢龙部从心底佩服妙妙丹的胆识，和颜悦色地对永安夫妇说：“‘番婆’的‘番性’你们多担待。她说的也不是没道理。费用太多，莲花可能没有办法还给你们。”

一些理解妙妙丹，看不惯“吃死人”的恶习的人附和着。

永平夫妇担心妙妙丹“番性”真的不还钱、粮，那就亏大了。撤了五桌，留下五桌，让操办丧事的人与吊丧的人吃饭。

第八章 孤儿寡母

一个月来，妙妙丹生活在绝望的沼泽之中。每天晚上无望的悲伤袭扰妙妙丹的睡意，无法入眠，茫然地望着黑暗，不知道如何才能熬出头，养大这三个儿子。她似乎睡了，又似乎没睡，朦朦胧胧到天亮。

明天是中秋节，妙妙丹用手扫了扫米缸底，将米全部倒出不够煮一餐粥。寨里除了雷永安家，谁也借不出钱粮。妙妙丹想到永安妻的臭脸就堵心。转而又想：自己可以克服，可是让儿子看着别人过节多难受。妙妙丹痛苦地皱着眉，这“捧钵盆接泪雨”的日子何时是头。

陈志广见母亲在米桶前愣了许久，知道母亲的心情说：“明天，我们……”

“莲花啊，明日是中秋节，我送一斗面粉给你煎竽饼。”盼婶拿着一盆面粉走进屋。

妙妙丹感动地流下泪，转头对陈志广说：“以后，你们兄弟要好好报答盼婶。”

陈志广点点头道：“会的。”

中秋节傍晚，妙妙丹倒出三分之二的面粉，加入水和一匙红糖，拿着筷子搅拌成面糊，做“煎堆”。她脑海不禁浮现出在仰光过中秋节。芹姨煎饼、蒸糕。爷爷、奶奶、伯伯、叔叔、姑姑、堂兄弟姐妹、表兄弟姐妹等亲戚都来家里饮酒、唱歌、品茶、赏月。嫁到厦门后的每个中秋节，丈夫和朋友们划拳饮酒、博饼、打麻将到天明，或到海边赏月，听涛声。在洪濑，中秋节，陈跑厝的石埕，镇上的人自娱自乐唱歌、赏月……

“母啊，煎堆焦了。”志广把妙妙丹的思绪拉回现今。

妙妙丹热开早餐的剩稀粥自己吃，象征性地吃一片煎堆，看着陈志广、雷远新高兴地吃着甜煎堆，心理一阵阵酸楚。若没有鬼子霸占厦门，若没有逃离厦门，志广仔绫罗绸缎穿不尽，山珍海味吃不完。此时可以上幼稚园了。

明月高悬夜空，静静地俯瞰人间的悲欢离合。雷家寨笼在一片清朗恬淡的银辉中。月光从窗口流进。妙妙丹躺在帐帘内饮泣。她担心吵醒孩子，慢慢地、轻轻地翻来覆去。流过泪的眼涨疼，太阳穴阵阵地抽痛。她迷迷糊糊挨过人生第一个煎熬的中秋之夜。

农历八九月水稻收割。畲族人尝新节“吃新”庆丰收。雷家寨的人择吉日将新收成的大米蒸饭，装满两大碗摆在厅前供祭天地。家家吃新米饭。妙妙丹每日拨一些“新米饭”，加入番薯煮粥。过了一周，妙妙丹心底哀叹：命运变化得这么快。十年前想吃就吃，想饮就饮，想买什么就买什么，不用计算钱。而今，日日要计算一日三餐吃干饭还是喝番薯粥。人的一生吃多少，用多少真有定量吗？我真得把定量用得差不多了？所以我现在没吃、没穿，受苦受难？

秋收之后的农闲。白日，妙妙丹、陈志广与寨人坐在大埕，在暖洋洋的太阳下，边聊天边剥棉花籽、打草鞋、编草袋、草绳、竹筐、藤筐。妙妙丹的边上放着摇篮。雷远新摇着摇篮，不时地逗着摇篮里的雷远强。黑夜，在煤油灯下妙妙丹织布、绣花、教志广识字。这日午夜，妙妙丹揉着刺疼的眼睛，走到儿子的床前，把陈志广、雷远新挤在一团的被子拉直、拉平、盖好。她脱了衣裳，吹灭油灯，在自己和小儿的床躺下。

冬日中午，陈志广煮好饭菜，喂好雷远强，吩咐雷远新看好雷远强，然后拎着饭菜到小河对面的田里给母亲吃。他赤脚蹚过小河时，寒水从脚底、从冻裂的口钻到骨髓，刺心疼，冻疼得直哆嗦。他快速上岸。满脚肿裂的冻疮血水外流，一步一锥心地疼。

妙妙丹见陈志广一拐一瘸地走来，泪水夺眶而出，怜爱地摸了摸儿子的脸。妙妙丹吃完饭后，母子俩一起拔草、除草、整地。

太阳一出来，志广的冻疮痒得难忍，越搓越痒，痒得直叫。妙妙丹见状心疼地说："别搓，越搓越痒。"

晚上，妙妙丹待志广洗好脚，用茶油轻轻地为儿子擦冻疮的裂口。陈志广疼得眉眼一揪一揪。

妙妙丹带着三个年幼的儿子过着日日酱瓜豆豉、没有肉味的日子熬到了冬至。冬至前一天，寨里的孩子们欢颂："冬节圆，公孙父子圆。"妙妙丹悲伤地看着三个没有阿公、没有阿爸的儿子。陈志广、雷远新看雷永安推磨，乳白的浆从石磨流出，沿着石磨槽流进木桶。他们渴望的眼神深深刺痛妙妙丹的心。陈志广看到母亲痛苦的神情，抱起雷远新回屋。

妙妙丹不禁想起在仰光时，"三嘭"、"飞人"、印度保安推磨，芹姨、秀丽、母亲和自己搓圆子的情景。在厦门时，黄衍明、蔡管家推磨。黄怡琴、苏爱梅、丽珠、旺婶搓圆子、煮圆子、吃圆子的情形。妙妙丹吞了吞口水，仿佛感受到圆子的嫩、Q。

傍晚，雷太婆拿一团元宵粉送给妙妙丹。晚饭后，妙妙丹脚踩摇篮，带着陈志广、雷远新开心地搓糯米圆。陈志广、雷远新边搓边念畲乡流传诗句："糯米做糍圆又圆，香麻拌糍甜粘粘。"

冬至日清晨，陈志广抱着雷远强、雷远新站在妙妙丹身边看圆子在沸水里翻滚，心跟着滚来滚去。

盼婶端一碗热气腾腾，飘着糯米香、红糖香的圆子走进妙妙丹的厨房。

妙妙丹拿了一个碗倒过红糖圆。妙妙丹用汤匙舀了一粒放入口中，边嚼边赞道："嫩、Q。"

盼婶抱过远强，让志广、远新吃汤圆。

妙妙丹对盼婶道："昨晚，雷太婆送了一团糯米粉。"

盼婶赞道："会做人。"

妙妙丹真诚地夸道："你也会做人。"

盼婶笑了笑说："量大福大。"

冬至一过就见春节。从腊月廿五开始，寨子里家家"扫尘"。雷永安到井边担水，见志广吃力地帮着妙妙丹拧干被单水，接过志广手中的被单，有力的大手一扭，"哗、哗"的水从被单流下，地上溅起无数的水花。

永安妻端着一盆衣裳走来见到这一幕，顿时放下脸，放下盆子转身就走。

妙妙丹抱歉："不好意思。"

雷永安尴尬地笑："别管她，半头青。"

"多让她一些。要过年了，吵吵闹闹不好。"妙妙丹歉意地劝说。

雷永安宽慰："她起肖（发疯）一会儿就好了。"

妙妙丹端着拧干的被单、蚊帐往家中走。陈志广拿着搓衣板跟在母亲身边。母子在大埕晾被单、蚊帐。

谢龙部夫妇带一小袋米、一小袋面粉送给妙妙丹。

妙妙丹感激地接过，与谢龙部夫妻客气："进厝泡茶。"

龙部妻微笑道："不坐了。我们要去镇上购春联、年货。"

妙妙丹笑说："春联不用买，过些天，我写给你们。"

谢龙部夫妇诧异地说："你会写大字。"

妙妙丹谦虚地说："很多年没有写了，怕写得不好看。"

谢龙部笑哈哈道："诚心就好。"

当晚，妙妙丹到村里私塾先生家要一些旧纸张，借笔墨。中年的私塾先生惊疑地说："你会写大字？"

妙妙丹微笑说："以前写过。多年未写了。"

私塾先生请妙妙丹当场写几个字。妙妙丹写了两字"双喜"。

私塾先生对妙妙丹增添敬佩。同时更加证实自己的猜测：此女人非一般家庭的女人。

陈志广一边脚踩摇篮，一边看母亲写字。雷远强在摇篮里玩着自己的小手，蹬着腿。雷远新已入睡。

妙妙丹想起父母常说的缅甸谚语："世界上三种东西最宝贵——知识、粮食和友谊。"她后悔自己忙于农活，忙于编织、绣品，忘了教孩子识字、写字。她边写边教陈志广识字、写字说："不识字是不行的。你要提醒我，每天要教你识字，写字。"

妙妙丹到镇上卖绣品，买红纸，写好对联。这日上午，叫志广送到谢龙部家。

雷太公遇见出门拿着红纸的志广，笑问："什么喜事？"

陈志广自豪道："我母写的对联，送到龙阿伯厝。"

雷太公拿过红纸，一条条展开看。上联：子孙代代倍增，下联：柴米年年有余。横批：量大福大。

雷太公卷好对联递给志广，竖起大拇指赞道："你母真了不起，大字写得真水，对联写得真好。"

妙妙丹写了许多副对联送给时常帮助自己的盼婶、雷太婆、雷三婆、雷永安等人。

盼婶、雷太婆、雷三婆等人拿"过年酒"、花生、红糖答谢妙妙丹。

妙妙丹开玩笑说："三双来六块去，算不清楚了。"

盼婶笑哈哈道："你敬我一尺，我敬你一丈。"

在一旁的永安妻嫉妒道："写春联要请好命人写。"

雷三婆反感地皱了皱眉问："你去买春联，你知写的人是好命还是歹命？"

雷太婆讥讽道："你是好命人，你会写吗？"

永安妻白了一眼，气呼呼转身离开。

雷太公顺嘴骂道："半头青。"

永安妻将对联扔进泔水桶。

家家户户大小门全贴上春联，家中贴新年画。谷仓门上贴“五谷丰登”，猪舍门上贴“六畜兴旺”等。有丧服的妙妙丹不能贴春联。

除夕傍晚，妙妙丹焖一锅干饭，炒二个蛋，烧六块红烧五花肉、煎六片豆腐。她用番薯粉拌早餐的剩稀饭调成糊，加少许的花生米捏成条状蒸熟，切成小块用大蒜炒。再煮一碗芥菜都汤。

志广、远新吃得美滋滋的。志广搛了一块放到母亲碗内。妙妙丹舍不得吃肉，欲搛回。志广恳求道：“母啊，您吃。您吃好了，才有身体带我们。”

妙妙丹欣慰地吃下那块红烧五花肉。妙妙丹怀抱远强，喂远强碎白萝卜与瘦肉煮的一小碗汤。远强“吧嗒、吧嗒”地喝下，挥着小拳头，蹬着小脚丫，笑眯眯地望着母亲。

寨子的小孩一边烤火“守岁”，一边学唱“盘古歌”，做芝麻糍粑。家家厅堂红烛通宵长明。前半夜，走家串户，互相祝贺。零点后，家家放鞭炮迎新纳福。丧服的人家不得燃放鞭炮，妙妙丹在屋内给二个儿子讲故事，见两个儿子睡了，自己闩门睡觉。

初一凌晨，各家男主人打开大门，放鞭炮，拿着竹响板（毛竹破开两片，一头联结在一起），绕着房前房后“呱呱”地敲打驱瘟神、除病灭。主妇听到爆竹声，争先恐后地赶到井边打“新水”回家煮线面蛋，做早餐，预祝全家平安长寿。孩子们跑到竹林里“摇毛竹”。

寨人早早穿上新装，喜笑颜开，捧着泡好的茶、甜点去给寨子的长辈以及邻居拜年，互相作揖道贺。服丧的人家不能到别人家拜年。妙妙丹与三个儿子在家中孤寂喝红糖茶，吃一小块年糕，一人一小碗面线蛋。三个孩子穿着妙妙丹织的粗布新服装。陈志广身着汉装。雷远新、雷远强穿畲族装。妙妙丹第一次过年没有新装感到凄怆。

正月初八是畲族祭始祖盘瓠的日子。男丁聚集祠堂举行祭祖会。族长雷太公从密室拿出秘不示人，畲族女、外族人难见的图腾，展铺开供畲族男丁谒拜。图腾是在一幅长16米、宽0.4米的白布条，用彩色绘制而成。连环画图共有35幅。讲述盘瓠出生、揭榜、立功，娶妻、

命名、封王的故事。

在摆着猪头等供品的供桌前，站着两位身着畲族服装的男青年，他们一手执木制牛角号，一手拿着灵刀，在锣鼓的敲打声中，边唱边舞边念，祭拜祖先盘瓠。

妙妙丹听雷永平说过图腾。她带着三个儿子在大埕看祭祖仪式。往年可以看到祭祖的主要劳力，健壮的雷永平忙进忙出的身影。而今已没了人。妙妙丹哀叹生命的脆弱。

第九章 失去光明

妙妙丹、陈志广起早摸黑。白日，种田、砍竹藤、劈竹篾。晚上，搓稻草绳，编草鞋、草袋、编簸箕、箩筐、织布。

陈志广跟着寨子的大人们赶集，卖草鞋、草袋、簸箕、箩筐。买一些必需的日用品。日夜操劳，睡眠严重不足。但是每年到了插秧的时候，家里仍无米下锅了。

清明节，风和日丽。妙妙丹背着雷远强，牵着雷远新。陈志广拎着一个竹篮，内放一小瓮酒，一小碗炒花生米，一小碗豆腐干，一碗装着三个小碗糕，一把镰刀。母子四人身穿补丁、干净的土布衫，脚穿草鞋向满是矮松、杂草、乱坟的后山走去。

雷永平的坟前已长满杂草。陈志广、雷远新学着母亲拔去坟头周围的草。陈志广按照母亲的吩咐拿镰刀清理乱草，杂木及雨后冲积的泥沙，并培土加固，开沟理水。妙妙丹、陈志广在墓的四周用小石子压纸钱，在墓前摆设供品，点燃香烛，祭拜。妙妙丹想到如今无依无靠，带着三个幼小的儿子，风吹日晒雨淋，担粪便，干粗重的农活，遭人凌辱，鼻子一酸，泪水不禁夺眶而出。妙妙丹想到父母、兄嫂的墓不知有无人扫祭。爷爷、奶奶应该已过世。叔叔、姑姑们不知是否还健在。尼拉不知如何……妙妙丹泣不成声。雷远新、雷远强吓得大哭。边上的寨人过来劝慰。

日子艰难熬到端午。妙妙丹背着雷远强，陈志广牵着雷远新上山摘榕枝、艾叶、菖蒲、柳枝回家。妙妙丹将它们和大蒜头悬插房门的门楣之上。

端午节这日凌晨，风雨砰砰地敲打着门窗，撕扯着墙壁。雨像小石一样砸在屋顶上，极力往下踹，要窜入屋内。巨雷轰鸣，闪电如剑像要把这破屋砸劈开来。

中午，妙妙丹焖一锅芋头饭。为自己煮了一碗面线蛋，放了两棵青菜、两根葱。她想起十六岁的生日宾客满盈，家中唱戏。想起厦门的丈夫送漂亮的首饰，携她到裁缝店做最时尚的新装。全家人去看划龙舟、看戏。她想起那年参加划龙舟，打破无女子划龙舟的规矩时有些自豪……妙妙丹深感为自己煮寿面的人是不幸的人，泪水不禁流下。她二个蛋各咬了一小口，面条吃了二小口，作数算是吃了寿面，将余下的面、蛋分给陈志广、雷远新。

陈志广尝了一点蛋黄、一点蛋白、一小口面，懂事地倒给远新。妙妙丹疼爱地摸了摸志广的脸。若没有鬼子打入厦门，志广儿餐餐面线蛋、山珍海味吃不完。现在应该在鼓浪屿养元小学读书。

黑黢黢的夜悲怆凄凉。哀风、泣雨、吼雷严严实实地包裹着妙妙丹。四周听不到别的响声。以前这样暴风骤雨，电闪雷鸣的黑夜，从未这样令她惶恐、悲伤。仰光的别墅四平八稳、鼓浪屿的别墅固若金汤。此时她担忧破旧的土楼会倒塌。她要呵护三个幼小的儿子。每一声霹雳都令她心惊，每一道闪电都令她惶恐。她无法在灯下做针线活。她哄着怀中的远强入睡。陈志广哄着远新入睡。三个孩子睡了。她躺在床上，心随着霹雳惊跳，身随着闪电颤抖。

陈志广揉着朦胧的双眼，侧耳细听，仿佛是哭泣声。他紧张地、

轻轻地唤："母啊，母啊。"

妙妙丹用袖头擦去泪水，摸到大儿子的床头，抚摸着儿子的头，没有言语，让他躺下，将他盖好被子，又摸摸二儿子的被子，回到自己的床上。她躺到小儿子的旁边，闭上疼痛的双眼，两边的太阳穴一抽一抽的疼，昏昏沉沉地睡了。她梦见母亲为她裁缝一套新装。芹姨煮生日的长寿面，一对光亮的鸡蛋、两个鸡腿的鸡汤线面。她大口地吃着肉粽、花生粽。她梦见志广生父给了许多布料、衣物、首饰。

天大亮。陈志广醒来见母亲还在睡觉，他轻手轻脚到厨房煮稀饭。稀饭煮好，他听见远新叫，赶忙到屋里，见母亲点灯，疑惑地问："母呀，为什么要点灯？"

妙妙丹道："天这么黑，看不见。"

志广惊呆地看着母亲惊道："天很亮啊。"

妙妙丹眼前一片黑茫茫，她使劲地揉，看不见任何东西，一片漆黑，悲号："我瞎眼了。"

陈志广抱着母亲大哭，远新吓得大哭。远强"哇啊，哇啊"哭。

雷永安冲进屋。陈志广哭诉。

盼婶正在喂猪，听见哭声，慌忙放下瓜瓢，跑到妙妙丹家。

妙妙丹扑在盼婶的身上哭得更厉害："我瞎眼了，这三个没爸的孩子怎么办啊？"

盼婶扶着妙妙丹，不住地安慰说："别哭了，让志广去码头镇请先生来看，会好的。"

盼婶抱起远强摇晃着，轻拍着，安慰志广、远新。

永安妻惊得大叫："莲花瞎眼啦！"

雷太婆、雷太公、雷三叔、雷三婆等村人听到叫喊陆续进屋关心、安慰。

陈志广用袖口拭去脸上的泪水，止住哭，拿了布巾，帮远新擦脸。

盼婶盛一碗稀饭给妙妙丹吃。然后，抱起远强喂饭汤。

雷三婆将远新抱到饭桌上吃饭。陈志广匆匆忙忙喝一碗粥，穿上草鞋，拿起一个箬笠，装好钱，心急如焚地穿树林、钻竹林、跨沟渠、趟溪流，翻山越岭，走走，跑跑，不敢休息，赶往码头镇上“黄氏药店”。

“黄氏药店”排着长队的男女老少焦急地等待看病。坐诊的黄老医生认识志广。此前志广常找黄老医生为继父开药。黄医生听志广气喘吁吁的叙述，让徒弟给志广倒一碗开水。志广又饿又渴，喝了两碗开水。黄老医生先为二位急重病人看病，开药后，抱歉地向在场的病人及家属说明志广情况，让他们明天来。病人们理解地散去。

陈志广感动地再三鞠躬谢谢众人。

黄老医生不顾年迈，心急火燎地跟着志广赶路。中午时，赶到志广家。黄老医生翻了翻妙妙丹的上眼皮和下眼皮，让妙妙丹眼睛向上、向下、向左、向右转。然后询问妙妙丹近月的身体状况，饮食、睡眠情况。黄老医生把脉、看舌之后，边开药方边说：“这是急火攻心。不能再流泪，哭是不能解决困难，伤心伤神，身体就差了，又要多花钱。想一些欢喜的事。”

黄老医生吃盼婶煮的面线蛋，陈志广吃早上剩下的番薯稀饭。饭后，陈志广随黄老中医到镇上买药。

谢龙部夫妇隔三岔五地过来帮助妙妙丹一家。

妙妙丹没有可变卖的首饰，请谢龙部卖耕牛。

谢龙部知道妙妙丹的眼睛比牛重要，没有明亮的眼睛如何养大三个年幼的儿子成人。谢龙部牵走牛，不收费用，卖牛的钱一分不少地给妙妙丹。

清早，陈志广起床，烧饭、烧菜，帮远新穿衣裤，喂远新吃饭。妙妙丹抱远强。志广将菜搛到稀饭里端给母亲。

妙妙丹吃饭时，志广抱着远强。妙妙丹快速地吃完饭抱回远强。志广为远强换尿布、衣裤。志广快快地吃饱饭，到河边洗衣裤、尿布。然后到菜地浇菜、锄草、施肥、抓药、熬药。

盼婶每天过来为远强洗澡。志广在一旁学着给远强洗澡。雷太婆、雷三婆、福婶有空就过来帮头帮尾。

经过数月的中药调理，妙妙丹眼睛渐渐有了视觉。

妙妙丹治疗眼睛欠了雷永安等人的钱粮。永安妻总趁永安不在时逼妙妙丹卖房还债。妙妙丹知道房是栖身之处，小鸟都得有个窝，没有房就成了乞丐。她清楚永安妻想赶走自己。她坚决不肯卖房。她的视力没有完全恢复，看物模模糊糊，不能绣绣品，不能织布，不能种田。她担心志广一人做家务、干农活，累坏身体。她每日为借粮发愁。

这日清晨，永安妻回娘家梅山镇看望父母。聊天时，永安妻听弟媳说镇上的菲律宾华侨黄先生这次回来想买一个儿子与妻做伴，传宗接代，介绍费两个光洋。

两个光洋！永安妻笑说："永平家的尾仔远强九个月。大眼、大耳、阔嘴、高鼻。我回去问一问。"

永安妻的弟媳道："九个月，正好可以断奶。不大不小，开始好带了。"

傍晚，永安妻一回到家，就直接进妙妙丹的厨房，第一次面带笑容对妙妙丹说话，开心地讲述回娘家的事，劝妙妙丹把远强卖给华侨。

妙妙丹惊叫："卖仔？"

永安妻笑嘻嘻地劝道："阿广要种田没得读书，又要带两个小弟真可怜。小小年纪要做那么多、那么重的事。这个华侨有一幢很水的洋楼。阿强到他家吃好、穿好。过几年有书读，是去享福，又不是去受苦。阿广也不会那么辛苦，你也不用那么操心。"

晚餐时，永安妻鼓动永安促成此事。晚饭后，雷永安见妙妙丹在天井里洗衣物，连忙上前说服。

永安夫妻的话触动妙妙丹。晚上，油灯下，志广在识字，妙妙丹试探地问："你顾田又顾家太辛苦，吃不消。我想将尾弟送人，你可以去学堂读书。"

陈志广拉着妙妙丹的衣襟恳求："我不要去学堂读书，你教我就可以。我能吃得消。别把尾弟送人。"

妙妙丹痛苦地说："半年、一年吃得消，长久是吃不消的。尾弟送给有钱又没孩子人家是去享福。"

陈志广脱口而出道："不是人亲生的，会真心疼爱吗？"

妙妙丹苦笑："他们没有孩子当然会疼爱。"

陈志广紧问："以后，他们若有自己的孩子呢？"

妙妙丹哑口无言。她知道志广被继父烟筒敲破头的阴影还印在心底。她想起秀英的惨死，想起志广怕继父的样子心理阵阵疼痛。

次日下午，妙妙丹为远强洗澡时，盼婶来了。妙妙丹把永安妻介绍将远强卖给梅山镇菲律宾华侨一事告知盼婶。盼婶赞同道：“你一人要带大三个这么小的达啵仔真难，三个达啵仔要吃没吃，要穿没穿。你人累，心更累。把远强卖给华侨有吃有穿，以后还可以去学堂读书。这样阿广也不会那么辛苦。我们去看看华侨厝内人好吗，人若好，面善就可以。”

妙妙丹忧虑说：“我问了志广仔，他不肯。”

盼婶忧忧道：“志广仔是真疼这两个弟弟。过一段日子，慢慢就好了。”

第十章　手足情深

这日上午，雷永安按事前商议带志广上山砍柴。永安妻带着妙妙丹、盼婶到梅山镇看菲律宾华侨的家。

梅山镇菲律宾华侨黄先生的住宅是一座带有罗马式建筑风格的三层洋楼。

黄太太冲上一壶铁观音茶。一股清香淡淡地飘出。妙妙丹闻到了久违的、上等的铁观音茶香。离开厦门的数年里没有喝铁观音，都是喝自己炒的土茶。喝了一会儿茶，黄先生带着永安妻、妙妙丹、盼婶观看院落。楼前一棵番石榴、一棵龙眼树及一些花草。一楼至三楼雕梁画栋、上上下下，里里外外，随处可见精美的木雕、泥灰雕、砖雕、花岗岩及辉绿岩石雕，透雕、浮雕及平雕的珍禽异兽、花鸟虫鱼、山水人物等，精巧，细腻。底楼走廊和二、三楼阳台走廊的墙壁全是烧制的红色贴板画，山水鱼鸟，“二十四孝”人物画，线条刻画精细，动作表情生动丰富。

妙妙丹隐约感到一些不同寻常，细细想后恍然大悟。整栋楼的所有门窗都较窄小，外面有一道铁门护卫，所有门板都是由很厚重的原木做成。每层楼对外的门后都有两根又粗又重的青石条竖着，门后两边的墙壁上留有数寸见方的深洞……

黄太太解说：“达哝人（男人）都下南洋谋生，家中只有老的及查嫫人。兵荒马乱、土匪横行，这些又粗又重的青石条做成的门杠是对付当兵和土匪。”

妙妙丹等人上到顶楼，不明白地看着堆了许多大小石头。黄太太解说石块是以备夜晚有坏人来袭时从楼上防御。

黄先生之母煮四碗香喷喷海蛎干，肉丝面线，碗头一对白亮亮的鸡蛋。妙妙丹一行人客气地推辞一番。黄先生家人热情地拽着妙妙丹一行人入座八仙桌，四人按礼俗吃了面线蛋。妙妙丹非常想吃得碗底光亮，但她还是按礼俗留下一个蛋和一些面的“碗底”。

黄太太、黄先生之母对妙妙丹一再表示一定会疼孩子的，不必担心。

妙妙丹看黄先生夫妇、黄先生之母都和蔼可亲，频频点头：“我相信。”

第二天，吃过早餐，陈志广腰上扎上柴刀，拿起墙角的一头挂着麻绳的扁担，跟雷永安上山去砍柴。

妙妙丹见陈志广走远了，回到屋内抱起九个月大的远强到雷永安家。她吻了又吻远强的小脸蛋，泪水串串流过面颊。

“这孩子是去享福的，不是受罪的。”永安妻安慰道，抱着雷远强走。

妙妙丹失声痛哭，盼婶不停地安慰。

中午，陈志广担柴回家，洗了脸与手，喝了数口水，到房间看尾弟，摇篮空荡荡。他慌忙跑进厨房，见母亲双眼红肿，追问：“你把阿强送人了？”

妙妙丹强笑说："我和盼婶去梅山看了南洋客的家。洋楼很大，很水。南洋客很有钱，没达啵仔，也没査嫫孩。你尾弟会被疼爱的。"

志广看到厨房有一袋米，生气地问："这是用尾弟换的米，几斤？"

妙妙丹凄笑道："九斤，还有两块西班牙银圆。"

陈志广气呼呼地盛一碗番薯稀饭，三口两口填到肚里，手抹了抹口边的饭汤，二话不说，向妙妙丹要二块银元，背起大米就要走。

妙妙丹拦住说："你这时候去，晚上住哪里？明天早上去。"

妙妙丹说了一个晚上各种理由。任何理由，任何事例都抵不过兄弟情。陈志广仍坚持带回远强。

第二天清早，陈志广扛着九斤米，怀揣二块西班牙"双柱"银元翻山越岭。春末寒露，陈志广穿着草鞋、单衣，却满头汗淋淋。渡船时，河风吹得志广汗水变成冰凉凉的，连打了几个寒战。下了船，他快步到了梅山镇。

陈志广扛着米在镇上寻找洋楼。一座显眼的漂亮的楼房凸现。四周的土木黑瓦平房显得黯然失色。他快步走向洋楼。

陈志广打量四周高高的围墙上爬满了绿色藤类植物。围墙铁门两边，一边是龙眼树、榕树，树荫将铁门盖住，如同一把巨大的绿伞。一条护院狗不停吠叫。陈志广左右四周看了看，心想一定是这幢楼。他直走到大门口，怯怯地唤三声："有人吗？"

一位身着白西装，约三十岁的平头男子走过来。陈志广推测是黄先生，怯生生地说明来意。黄先生微笑地开大门，热情地迎入陈志广，接过陈志广肩上的那袋米，说："你扛着米走路来？"

陈志广点点头。黄先生的和蔼使陈志广放松了许多。陈志广环视一眼：方方的庭院，四处墙角均摆满各式花草及盆景。他仰视三楼"紫云衍派"的匾，四个蓝色大字。一楼客厅的一面墙壁上悬挂两张泛黄的一男一女老人画像。画像对面的另一面墙壁上挂了一排同样纸质泛黄的画像，应该是黄先生已逝的先辈。志广拿出二块"双柱"银元放在八仙桌上。

黄太太抱着远强笑眯眯地逗着喂瘦肉汤，听黄先生说陈志广来要回弟弟笑容顿失说：“你尾弟在这里不会受苦的。”

黄先生带着志广观看他的洋楼后说：“你尾弟在这里过肯定是享福的。”

陈志广点头说：“金窝银窝不如自家的草窝。”

黄先生之母、黄太太好言相劝，苦苦恳求让远强留下。

陈志广跪下去说：“我不能让尾弟离开我。”

黄先生之母和黄太太舍不得还回孩子，更感动兄弟亲情。黄先生从八仙桌上拿起二个光洋递给志广。志广再三推辞。黄太太执意将二个光洋塞入志广的衣袋说：“一点心意，你母也是走投无路。谁肯将心头肉卖别人。”

黄母煮出一碗香喷喷的红菇、肉丝、海蛎干面线蛋。陈志广非常想吃，不敢吃。

黄母知道穷人家难得吃上这碗面的。她拽着陈志广说：“不吃不能走，这是礼节。”

一大早吃的稀饭，翻山越岭，肚子早就空空的。陈志广三口两口吃完一大碗线面和两个白亮亮的鸡蛋。陈志广第一次吃到这么香、甜的面线蛋，感到从未有的畅快。

黄先生之母、黄太太帮着将远强用背带牢牢地捆在志广的背上，反复试拉，确定不会松掉，才放心地叮嘱志广：“路上要小心。”

“多谢了！”志广感动地连声谢谢。

黄先生夫妇、黄先生之母感动道：“苦人仔很有情。”

太阳无影了，天越来越暗。妙妙丹的心越来越慌。她牵着远新焦虑地等待陈志广归来，深深地后悔没有一同前去。她牵着远新准备求寨人帮助寻找志广，听得身后志广喊：“母啊。”她兴奋地奔向志广解开背带，抱过远强，决心：再苦再难都要喂大三个儿子。

这日上午，妙妙丹挑着半桶的粪便，扁担前后高一下，低一下，粪水不停地溅出。她的双脚不听使唤左颠一步，右簸一步，摇摇晃晃，艰难地朝山坡上登去。志广背着九个月的远强，牵着五岁的远新，跟在母亲的身边。坡越来越陡，妙妙丹的扁担更频繁地翘上翘下的弧度更大，脚步更颤抖，左右颠簸更厉害。粪桶不时地触在地上，溅出更多粪水。妙妙丹汗流浃背，咬紧双唇坚持撑着，心理反复地说：“坚持一下就到了。”眼见自家的田就要到了，不料脚一滑，人与粪桶一起滚下坡。

陈志广哭喊道：“阿母。”

雷远新、雷远强吓得大哭大号。

寨人听到三个孩子的哭喊声纷纷向山上跑去。盼婶、五婶、雷三婆最早赶到。盼婶扶起满头、满身粪便的妙妙丹。五婶牵过远新。雷三婆从志广身上解下背带，抱过远强，叫志广回家取来衣裤、草木灰。

志广飞快跑回家。

盼婶，五婶扶着妙妙丹到小溪的隐蔽处清洗。

雷三婆、五婶守着小溪。盼婶帮着妙妙丹冲洗。妙妙丹不住地呕吐，不停地用水漱口。盼婶接过陈志广拿来的衣裤、草木灰帮妙妙丹洗头发、身上的粪水。

妙妙丹悲伤的泪水不住地流。

妙妙丹换上干净的衣服，叫志广扔了满是粪便的衣裤。

盼婶扶妙妙丹，雷三婆抱着远强，五婶牵着远新回家。

妙妙丹想到溅入口中的粪水就恶心，呕吐。她用茶饼煮沸，凉温后又洗头、洗澡，重新换衣衫。盼婶倒一点老茶油在手心，帮妙妙丹擦脸、手、脚磨伤处。

妙妙丹恶心想吐，没有吃晚饭。

雷太公夫妇来看望妙妙丹。在大门口遇到永安夫妻。雷太婆对永安妻说：“你们是堂亲，别人都帮，你们更要帮。”

“帮她？我看到番婆满腹肚是火。”永安妻从鼻子嗯着。

“半头青。”雷永安骂了妻一声。转头对雷太公尴尬地笑着说：“放心，应该帮。”

雷太公夫妇安慰妙妙丹：“莲花，有什么难处你就说。乡里乡亲，大家都会帮。”

妙妙丹感动地点点头："多谢太公、太婆。"

当日晚，雷太公召集寨子人到自家大埕前。雷太公高声地对寨人说："永平老去了（死），留下媄仔（妻儿）。仔小，我们要帮一帮。你们这些达啵人有时帮着挑水，砍柴。你们这些查媄人不要半头青，看到安（丈夫）跟水查媄讲话，替水查媄做事，你们就'起肖'（疯）。自己的安（丈夫）都不相信。对自己都没把握。为什么不能把安（丈夫）的心抓在自己的手心理？"

雷永安等人被说得满腹惭愧。

第十一章　忍无可忍

永安妻发觉丈夫常肆无忌惮盯着妙妙丹看，怒火中烧，恨不得一把火烧死她。永安妻时刻想着把妙妙丹母子们赶出寨，免除后患。妙妙丹对永安妻指桑骂槐装聋作哑。永安妻见骂没有用，就将洗衣水、洗澡水、洗米水、洗菜水等脏水存放着，见妙妙丹走近时，用力泼出，溅得妙妙丹一身。有时远远见妙妙丹走来，装着扫地，故意将菜头菜尾、果皮等垃圾扫起飞到妙妙丹身上。

妙妙丹咬紧牙关，嘴一瘪一瘪，忍住没有哭出声来。如果是从前，她早就打得永安妻满地找牙。如今有三个年幼的儿子，自己又举目无亲，无处可依。她常在无人时偷偷地流泪，告诫自己要"歹话当作好话听"、"打折嘴齿含血吞"她望着镜子中没有红润与光泽的瘦长脸心痛。

清晨，妙妙丹带着陈志广到山上灌水田。永安妻与其大儿子正在灌水田。妙妙丹、志广在一旁等待半小时。永安妻及其大儿子慢慢地舀水，聊天，显然是霸着池塘不让妙妙丹灌水。妙妙丹、志广又等了半个小时后，默默无声地回家。

吃过午饭，妙妙丹带着志广顶着烈日的烧烤再次到田里准备灌水。永安妻与二儿子仍在慢腾腾地舀水。妙妙丹想太阳那么热，永安妻很快就会走，又在日火中等待半小时，满面通红，周身滚烫，忿忿地回家。

晚饭后，妙妙丹见永安妻与其大儿子、二儿子又上山了，知道白天是无法灌溉稻田。两天不浇水，水稻就会枯死。午夜，妙妙丹把被子、枕头围住远强。把梦乡中的志广摇醒。志广揉着惺忪的睡眼，一骨碌爬起床。他非常地想睡觉，但他知道必须与母亲去灌水。妙妙丹把椅子挡在远新的床前。

陈志广迷迷糊糊地跟着妙妙丹借着月光、星光壮胆子摸索着上山。

池塘边。母子相向站着，双手各拉着戽桶的两条绳将池塘的水泼进稻田。稻田的水不见涨。粗麻绳在志广的小嫩手不停摩擦，不一会儿小手起泡出血，他疼得直咬唇，疼得受不了，小手一颤，一条绳子松弛，溢水四溅。志广受不住疼痛钻心，额上疼出的汗水直淌，让母亲停一停。

妙妙丹向志广走去，拿起志广血迹斑斑的双手，抱着儿子失声痛哭。

“母啊，哭没用。我去学拳头，看谁敢欺负我们。”志广铮铮有力地说。

妙妙丹想起丈夫常说的话：看谁的拳头硬。她惊诧地看着儿子。志广与其父相似的男子汉气概令她宽慰。

妙妙丹的手也疼得钻心。

在静静的、黑蒙蒙的山上，妙妙丹感到恐惧、悲伤。二人用戽桶，半桶半桶地拎到田边，无力倒水。母子俩喊“一、二、三”齐力推倒水。

妙妙丹用歌仔戏的调现编了一曲《泼水曲》轻声唱起：

天黑黑，鸡未啼，半夜就出门，手牵着麻绳喂，在水塘啊喂，水一舀舀流到田中嗳唷水水喂，母子俩来打水嗳唷喂，稻仔有水快快长，全家吃饱饱。

天未亮，狗未吠，半夜就出门……

天渐渐地放亮。妙妙丹收起戽桶，带着陈志广回家。

上午，永安妻与长子到田边，见妙妙丹的稻田里灌满水，阴笑了一下，叫长子在每层梯田口挖一锄头。一会儿，妙妙丹稻田里浇了一夜的水全流进了雷永安的稻田。

吃过早饭，妙妙丹带着志广到稻田边发现自家的三层稻田都被挖一个口，辛辛苦苦灌了一夜的水全部流进雷永安的稻田里。妙妙丹忍无可忍拉着儿子冲下山，站到雷太公家的大埕，大声嚷嚷："大家来看看，评评理，有这样欺人嘛。昨日日时，'半头青'将池塘占着不让我浇水。我半夜和志广仔去浇灌。我母子辛苦一夜舀满的水。雷永安家的人一锄头就将水放到他的田里。"

妙妙丹举起自己满是泡血的双手，陈志广血肉糊糊的小手，叫喊："看看我们母子的手，血肉糊糊啊。"

众人怜悯之心被触动，愤怒之情激起，纷纷大声责骂雷永安家人。

"大家说，有这样欺负守寡的人吗？"妙妙丹放声痛哭。一些男人眼眶潮湿，一些女人抹泪。

雷永安不得不骂妻儿给众人看："你这个半头青，这样欺负小叔的嫫仔。"

雷永安骂妻后，打长子，边打边大声骂："你这个愣大呆，不明事理，这样欺负阿婶和阿弟。"

没有人上前劝阻，还有人叫阵道："要打，要打，要教训。"

雷永安带着长子上山将妙妙丹的稻田缺口堵实，灌满水。

当晚，妙妙丹辗转难眠。她披上衣裳到天井，眼望星空，泪流满面。

"阿母。"妙妙丹听见轻轻的、惶恐的唤声，转头见身后站着发抖的志广正惊恐地望着自己。

"阿母无眠，出来站站。别怕。"妙妙丹笑着摸了儿子的脸。她想起丈夫讲寄人篱下，遭白眼的凄惨童年。母虽弱，却是孩子的主心骨。被人欺凌的孩子可以向母亲哭诉。如果没有母亲，连哭诉的地方也没有。有自己在，儿子们有一个家，有个依靠，有母疼。

屋里传出远新的哭声，妙妙丹擦了擦泪水，牵着志广进屋。

屋里漆黑一片。志广忙点上油灯。昏暗的油灯光中，远新坐在床上哭，远强躺在摇篮里哭，挥舞着小拳头。妙妙丹抱起远强喂奶。远强边抽泣边吸奶。志广为远新擦泪。

陈志广为远新盖好被子，忧虑地、惶恐地立在母亲身边。

“憨仔，阿母会好好地养大你们三兄弟。乖，去睡。”妙妙丹看出儿子的恐惧，安慰地摸了摸儿子的脸，吹灭油灯。

陈志广躺在床上，心恐慌地跳，不敢入睡，竖着耳听母亲的动静，听得远强“吧嗒、吧嗒”的吮奶声。一个长夜，陈志广迷糊一会儿，惊醒一阵，侧耳听见母亲翻身又安心睡一会儿，终于天亮，母亲安在。

妙妙丹多次见雷永安的四儿子雷远旺到自家的鸡窝、鸭窝偷蛋，没有吭声。她睁一只眼闭一只眼，多一事不如少一事。

陈志广早就怀疑蛋被偷一事，一直在盯着看是谁偷的。喂鸡、鸭就是为了下蛋卖钱，哪能被他人偷。这日，他躲着等待偷蛋的人。

雷远旺环顾四周无人，靠近鸡窝，迅速地将手伸进鸡窝拿出蛋。陈志广冲出门，一把抓住雷远旺的手，大喊抓小偷。志广的喊叫声引得许多寨人围过来。

雷远旺将鸡蛋砸向志广。满面蛋清、蛋黄的志广愤怒地一拳击向远旺。远旺狠命地打志广。两人都往死里打。雷远旺边打边哭喊救命。雷远旺的小哥哥比志广大二三岁，一把揪起志广，狠狠地扇了两个耳光，打得志广脸上火辣辣，眼冒金花，跌倒在地。

寨里有人喊妙妙丹。妙妙丹慌忙扔下锄头，冲下山。

雷远旺与小哥哥不听寨人劝对陈志广拳打脚踢。陈志广得理不饶人，不服输与雷远旺兄弟俩对打。寨人劝不开。

妙妙丹见远旺哥俩踢打地上的志广，怒不可遏，上前抓过雷远旺，一把扔到边上，揪起远旺的小哥哥，一记重重的耳光。

寨人愣住。

永安妻冲上前，挥手要打妙妙丹。妙妙丹躲过，双手左右开弓。

永安妻两腮印出四个红红指痕，呆若木鸡。寨人们呆了，水查嫫变成恰查嫫。

永安妻儿一齐上。

妙妙丹压在心头的愤怒像原子核爆炸，喷出无比的能量。她一拳一人，永安的妻儿一个个趔趄。

雷太公、雷三叔等寨人上前拉的拉，拖的拖，推的推，劝开双方。

众人见妙妙丹的眼睛射出两道如剑愤怒的光不寒而栗。永安妻儿胆战心惊。

雷永安开腔说话："你的仔打人你不教训，还有理了。"

妙妙丹憋在骨子里的高傲，霸气聚成利剑般的冷笑吼道："我教我的仔不能欺负人，但是不能做软骨头，任人欺负。明白人都知道你厝五个达啵仔，五虎一霸，我志广仔吃豹子胆也不敢欺负你仔。你厝阿旺偷我厝鸡蛋、鸭蛋很长时间了，我一目闭开，装不知。但是志广仔小，不忍耐。"

雷太公生气道："偷东西要教训。小时偷针，大了偷牛。"

妙妙丹转头对志广竖起大拇指，大声赞扬道："你爸是厦门有名男子汉，你像你爸，男子汉。以后，他们再欺负你，你告诉我，我们一起打他们。胆小怕胆大，胆大怕蛮横，蛮横怕不要命。"

永安妻警告道："我厝五个达啵仔。"

妙妙丹"哈、哈"冷笑两声，右手食指猛力地指着永安妻、永安的五个儿子恶狠狠地威胁道："缅甸有句谚语'总想毁灭别人的人，自己必将被毁灭。'狗急会跳墙。五个达啵仔，十个达啵仔，我都会叫你们没骨头。你们若不信，那就试看看嘛。志广爸是厦门有头有脸的人，多少坏仔听'胡须陈'都渗尿。我想是亲堂，厝边，一直忍着，不是怕你们。你们若不惜命，那就试试看。"

妙妙丹的恐吓震惊寨人，震慑雷永安的家人。

妙妙丹不俗不粗，却有气势的骂架让寨人耳目一新。寨人未闻过这阵势的骂人。寨人对妙妙丹有一种从未有的敬佩。永安妻儿从未有过的畏惧。

盼婶冷笑地对永安妻：“爱（希望）人好，万代功勋，爱人坏，死团绝孙。”

永安妻摇头晃脑，洋洋自得地说：“我厝风水好。”

雷太公威严地说：“德行若好，风水免讨。”

五婶劝告：“圆能扁，扁能圆。说不清楚哪一天你的子孙要求她。”

永安妻在一旁笑嘲道：“求她？天下红雨马发角。乞丐婆讨到家门口都不嫁给她的三个仔，一辈子做和尚头，还想出头。”

盼婶生气地顶道：“乞吃（丐）也有三日好。”

“举天三尺有神明，过头饭可吃，过头话不能说。棺材扛上山，才知好歹命。”雷叔公不满地奉劝永安妻。

雷太公吼厉声道：“关嘴较好关门。”

众人停语。

第十二章　虎口余生

天刚蒙蒙亮，妙妙丹与志广到田地里割水稻。

远新听见远强哭声起床。他见母亲和哥哥不在，知道母亲和哥哥去田里了。他熟练地摸摸弟弟的屁股，湿了。他抽出尿湿的布扔入摇篮边上的木盆里，从摇篮边拿起叠好的干净尿布垫上。他边摇摇篮逗远强边等着母亲或哥哥回家煮饭吃。

妙妙丹、志广劳作到肚子饿，太阳升出山头才回家。志广到厨房煮饭。妙妙丹到卧室看两个儿子。远新见母亲进屋高兴地唤：“阿母。”

妙妙丹抱起远强喂奶。

吃过早饭，妙妙丹叮嘱远新看好远强。妙妙丹、志广再次上山。妙妙丹头戴竹笠在后，志广头戴竹笠在前。母子俩低着头使劲地推、拉犁铧。汗水被翻起的泥土覆盖。犁田、踏水车，清除杂草。太阳当空时，母子俩回家做午餐。下午，母子俩再上山劳作至夜幕降临。

这日太阳落山，晚霞映红天边。寨人陆续收工回家。路过妙妙丹田边的寨人招呼：“莲花，回家煮饭吃了。”

妙妙丹擦着汗水说：“天还很亮，再做一会儿。”

寨人同情妙妙丹母子俩的艰苦。

盛夏炎天。妙妙丹、志广与百分八十以上的泉州人一样，拿锄头，挑畚箕，赤脚行走在红土路上，在田间山头土里刨食。日头如火烧起满背的水泡，再瘪下去变成薄皮，破裂，脱落。一年撕下三层皮还是吃番薯，配豆豉。妙妙丹见志广背上皮脱落，心疼道：“你回家喂弟弟吃饭，然后送饭来。”

陈志广快步跑回家。远新正扶着摇篮里的远强喂开水。志广与往日一样，将中午煮好的番薯稀饭和豆腐喂远强吃。远新在一边吃饭。志广喂饱远强后，快速地喝了的碗饭汤，为远强换好尿布，吩咐远新照顾好尾弟，用凳子和椅子挡住门不让远新跑出来。他装满一钵稠番薯稀饭，再往钵里装一块豆腐干，一点儿豆豉，放入藤篮内。

夕阳渐渐淡，夜色渐渐浓。志广他提着藤篮，哼着《一只鸟仔哮啾啾》歌赤脚蹚过溪水，快步朝着熟悉的山上走去。

寨人端着饭碗在屋前的瓜棚下、果树旁边吃边说笑。突然一声惊叫道：“虎来了。”

寨人都惊愕，定格正进行的动作，如木头人一样。嘴里含着稀粥的人忘了吞；正欲扒一口饭的人，唇贴着碗沿……人人惊恐地盯着山坡上的妙妙丹。

一只大老虎从山顶向山下走来。

有人向山上的妙妙丹大声喊叫：“虎来了！”

妙妙丹唱着《陈三五娘》的歌埋头除草，听不见喊声。

寨人正欲齐声喊：“虎……来……了……”

“别喊。”雷太公制止喊叫，令男人拿扁担、斧头、锄头，轻脚轻手跑向山坡，不要惊怒老虎。

雷永安拿起锄头，三位射手拿着弓箭，有的人拿着路铳向山上轻跑。

盼婶、雷三婆放下饭碗跟着上山。

这时，众人看到更恐惧的一幕：大老虎跟在陈志广身后。

雷太公对寨人说，你们别乱喊乱叫，惊了阿广，惊了虎。雷太公留下一个箭手，一个枪手，必要时向虎射箭、开枪。

一只大虎似乎没有发现志广低着头，垂着粗长的尾，目不斜视，健壮的腿一步一伐，一摇一摆，慢悠悠地跟在志广的左侧身后缓缓直行。志广提着篮，哼着歌走着，全然不知身后有虎。身高不足一米二、体重不足六十斤的志广在一米二三高、身长约二米五、体重百余公斤强壮巨虎前显得瘦小。

妙妙丹腰酸、手疼，一手扶着锄头，一手锤了锤腰，抬头一看，惊傻了。她怕惊醒虎，惊吓儿子，不敢叫，不敢动，如木头人一样立在原地，握紧锄头，惊恐地紧盯着虎、儿子。

山上，雷永安等人轻手轻脚地快速接近虎、志广。

山下，雷太公等人注视着志广、老虎，准备千钧一发时向老虎射击。

膀大腰圆的虎在左后，瘦小的志广在右前，一前一后走着。志广仍然唱着歌，自娱自乐地走着。

山下的人心惊到嗓子眼，悲悯道：“可怜人啦！”一些目不忍睹的人闭上双眼，有的人用手蒙住幼儿的双眼。

妙妙丹双眼死死紧盯虎和儿子，似乎没有心跳。她合手，不停地默念叨：“天公保庇。”志广走到妙妙丹跟前时，妙妙丹一把将志广抱在怀里……

虎步履悠然地从妙妙丹母子跟前走过，朝着远处的山坡走了。

妙妙丹抱着志广双双躺在地里，头上、身上都是番薯粥。有人掐了掐妙妙丹的人中。妙妙丹醒来，见身边围满了人，惊恐地喊：“我的仔，我的仔。”

志广被母亲紧紧地、死死地抱得动不了。

盼婶将妙妙丹的双手掰开。

志广不知发生的事："我在这里。"

妙妙丹看着儿子，"哇"放声大哭。盼婶在一旁跟着哭泣，寨人跟着掉泪。

众人惊呼："福大、命大。"

众人纷纷劝慰妙妙丹。妙妙丹渐渐止住哭泣。盼婶和雷三婆搀扶吓得浑身无力的妙妙丹回家。大家七嘴八舌劝妙妙丹母子太阳落山后不要在山上做活。

山上、山下的人不敢相信眼前惊惧的、神奇的一幕。

一些人说：虎可能是吃太饱走不动，慢悠悠地走。一些人说虎累了想睡眠。还有人说：虎是瞎眼的虎……

盼婶笑呵呵地说："莲花前世做了许多好事，积了功德。"

盼婶、雷三婆煮了面线蛋给妙妙丹母子压惊，庆贺。

雷三婆问妙妙丹："你合手，嘴里念什么？是不是'做扣'（咒语）？"

正巧被永安妻听见。永安妻惊诧地大声嚷嚷："'做扣'。"

妙妙丹怪笑不语。

盼婶满脸严肃劝妙妙丹说："'做扣'要收罪的，你不敢害了子孙。"

妙妙丹大笑，轻声道："我是吓唬'半头青'。我不懂'做扣'。"

妙妙丹说自己是求天公保佑，有人信、有人不信，有人半信半疑。

雷家寨、谢家村组织二十余位青壮年打虎队。谢龙部当队长。在各山头设"陷阱"。用砖瓦砌一间间如土地庙的小房，门装有机关的铁闸抓老虎。

此后，妙妙丹母子都随寨人在日落前下山。晚上，志广边写字边教远新识字。妙妙丹坐在床前，伴着孤灯绣绣枕巾、帐帘、桌布。她想起从前画画、绣花只是为了消遣时间。没有想到，如今成了挣钱养家糊口的一条路。油灯昏昏沉沉，她不时地揉揉干涩酸涨的眼睛。她的手指被针刺出血时，她就放在口里吮了吮，继续绣。

午夜，村里的人都睡了。妙妙丹穿好衣服走到天井。盛夏的午夜过后，凉风清爽。妙妙丹仰望天井上空。蓝蓝的天上闪烁的群星如天公的眼睛静静地俯视着妙妙丹。妙妙丹点了三支香，跪在天井正中，仰望茫茫的夜空，泪流满面，双手合礼，默默无声地乞求道：“天公啊！我不求荣华富贵，不求吃好穿好，只求您保佑我把三个达啵仔养大成人。待我把三个达啵仔养大成人，都娶上媳妇，我定献上一头猪报答你的大恩大德。”

妙妙丹乞求后，磕了三个响头，擦了擦泪，撑起疼痛的膝盖，扫了扫膝盖的尘土，揉了揉膝盖，慢慢地向屋里走去。

妙妙丹母子虎口余生之事一传十，十传百。听说此事的人都要说上一句：“福人，贵人啊。”

陈志广属虎，金虎。陈志广的生父属虎。妙妙丹让老虎乖乖走开的事越传越神。传遍码头镇、传遍南安县，传到陈跑及其家人的耳朵里。陈跑恳求父母接回妙妙丹母子。

陈父冷冷道：“姓雷的族长不会让你带走雷氏的子孙。阿思不可能离开姓雷的两个幼仔。早知今日何必当初。”

陈母劝阻：“孩子是母的心头肉，母是离不了孩子的。”

自离开雷家寨后，陈跑终日郁郁寡欢。妙妙丹的憔悴、志广畏惧继父的神情不时地出现在陈跑的脑海中，刺痛了他的心。他时常悔恨：如果当年不赌，不输掉志广，好好的过日子。如今或许有了自己儿女，就算没有自己的儿女，也过得好好的。懊悔深深地折磨着陈跑。如今妙妙丹苦难生活更让陈跑坚定重新建家的决心。他不顾家人反对执意要去看妙妙丹母子。陈家人知道不让陈跑走一趟，陈跑是不会死心。

陈母蒸一笼红糖碗糕，煮熟一块三斤的五花肉，包五斤面线让陈跑带给妙妙丹。

中午，陈三哥、陈跑一走进雷家寨就有寨人报雷太公。雷太公、雷三叔担心陈跑带走雷永平的妻儿连忙到雷永平家。

妙妙丹见陈跑、陈三哥来兴奋地泡茶、请坐，叫志广到盼婶家借半斤面线。陈跑抓住陈志广的手：“免客气。不要煮点心，我们不饿。”

陈志广看着母亲。

陈三哥笑道："免客气，我们知道你们艰苦。心意领了。"

妙妙丹叫陈志广烧开水。

妙妙丹见陈跑红润的圆脸变成苍白的长脸、唇白无血色，心底丝丝怜悯说："身体好吗？"

陈跑摸了摸陈志广的脸笑说："日日夜夜思念你和志广。"

妙妙丹假装没听见招呼陈三哥饮茶。

陈跑苦苦哀求妙妙丹回陈家。妙妙丹坚决不答应。她不愿意拖累陈跑及陈家人。

陈跑退一步，求道："志广我带去学堂读书。"

陈志广不记得在陈跑家的日子，也不知母亲与陈跑的关系，直接明了地说："我不能走，我要帮阿母种地，养两个弟弟。"

正说着，雷太公、雷三叔进屋。妙妙丹请坐、倒茶。

雷太公坐下，寒暄一会儿，饮了一口茶，不客气地说："永平走了，这两个达啵仔是永平的种，你们是不能带走妙妙丹母子。阿广若想去你们家可以。"

陈三哥笑着安慰雷太公等人说："你们放心，我们不会带走他们母子。"

中午，雷太婆拿一小碗豆腐干、雷三婆拿一碗咸带鱼。妙妙丹炒一盘空心菜、一盘茄子，咸萝卜炒一个鸡蛋。雷太公、雷三叔陪陈跑、陈三哥吃午饭，喝了数杯番薯酒。

盼婶、雷太婆、雷三婆、福婶认为陈跑、陈三哥是志广生父的兄弟，诉说妙妙丹瞎眼、卖儿、虎口余生、吃不饱、穿不暖的艰辛，请陈跑、陈三哥多多资助妙妙丹母子。

陈跑、陈三哥心疼得喘不过气。陈跑满腹的悔恨。当年赌输陈志广害得母子连夜逃出家，进了这深山老林，嫁给岁数大的，憨憨的雷永平，还早早撒手人寰，留下孤儿寡母，如此悲惨。

太阳西斜，陈三哥触了一下陈跑的手起身告辞。陈跑慢慢地起身，依依不舍看着妙妙丹。此前，陈三哥已数次暗示陈跑告辞，陈跑总是不理。

妙妙丹抱着远强，志广牵着远新、雷太公、雷三叔将陈跑、陈三哥送至寨口。雷太公、雷三叔与陈跑哥俩相互说着礼节性的告别词“慢走。有空来走走”。

妙妙丹母子的悲惨生活折磨得陈跑食不甘味、睡不安眠。陈跑家人再三宽慰陈跑道：人各有命，不必自责。陈跑就是走不出自责的阴影，一病不起。陈母请镇上、县城的中医诊治，吃了许多药没有好转。陈大哥、陈三哥将陈跑送到泉州惠世医院，住院一个月。洋西医未能看出陈跑是什么病。陈母、陈父拿了许多西药带着陈跑回家。

次年春，陈跑眼见自己不行求陈三哥带妙妙丹、陈志广来见一面。

这日中午，陈三哥急匆匆地来到雷家寨，在寨口遇见雷太公、雷三叔说明情况。雷太公、雷三叔担心妙妙丹一去不回返，陪同陈三哥到妙妙丹家。

陈三哥悲伤地、哽咽地叙说陈跑病重想见妙妙丹母子一面。雷太公同情陈跑，但担心雷永平的两个儿子一去不复返，道：“路上带两个小的不方便，就带阿广去。远新、远强留下来让盼婶、三婶带几日。”

妙妙丹知道雷太公的心思道：“这样太麻烦你们了，远强就托雷太婆照顾数日。远新还是我自己带。我很快会回来的。”

陈三哥明白雷太公的意思说：“我厝就在洪濑镇的街上，边上有一间陈记面线店、一间龟粿店，很好找。”

傍晚，妙妙丹走进那间似熟悉又陌生的“尾间”。家具的摆设如同过去，没有任何变动。往事历历在日。屋里，陈跑父母、兄嫂们悲伤地围在陈跑的床前。见妙妙丹进屋后，点头招呼后退出屋。陈三哥对着奄奄一息的陈跑说：“阿思来了。”

陈跑睁眼见到妙妙丹、陈志广双眼顿时放光，精神，微笑地说：“扶我坐起来。”

陈三哥、妙妙丹扶陈跑坐起来。他有气无力地一手牵着妙妙丹、一手牵着志广，眼角流出了泪说：“真得很对不起你们母子。”

妙妙丹摸了摸陈跑的手微笑地说：“各人的命不能怪你。”

陈跑宽心地笑了。他让陈三哥帮助理发，自己洗澡。顿时感觉病

好了许多。晚餐，陈跑自己走到大厅，与妙妙丹、陈志广、雷远新及家人一道吃饭。

陈母对妙妙丹道："他很久没有在饭桌上吃饭了。"

陈跑父母、兄嫂们仿佛回到了数年前的日子，回到了久违的欢乐。大家陪着陈跑慢慢地吃完一碗稀饭。陈母笑了：陈跑很快就会好起来。

妙妙丹抱着雷远新，不时地搛一些菜到远新的碗里。

陈跑疲惫地笑夸："阿新真乖，自己吃饭。"

雷远新乐得满面笑容说："我还会喂弟弟。"

大人们纷纷笑夸远新。远新高兴地大口大口地吃饭表现自己。

陈跑不时提起的往事。陈志广听着不记得的童年故事。

饭后。陈跑的嫂子们收拾清整八仙桌，泡茶、饮茶。坐了一会儿，陈跑让妙妙丹扶自己到房间。陈大哥留住陈志广说话。妙妙丹让雷远新牵住陈跑的手。

妙妙丹帮助陈跑舒服地靠在床头上的被褥、枕头。陈跑像从前抱着妙妙丹。

妙妙丹苦笑道："你抱远新。让他做你的儿。"

喜从天降。陈跑愣了一下，兴奋地紧紧抱住妙妙丹、雷远新。

雷远新害怕地挣脱。

妙妙丹哄着雷远新叫陈跑"阿爸。"

"阿爸。"雷远新怯怯地叫了一声。

"他是我的儿子吗？"陈跑异常兴奋地亲了亲远新问妙妙丹。第一次去雷家寨，看见妙妙丹怀抱数月大的远新，陈跑见三哥若有所思，也想到了孩子是否是自己的。妙妙丹那么美丽、优雅的人怎么肯在短短两三个月时间嫁给雷永平，而且那么快生一个儿子。可是时间不对。细看远新的相貌不像自己，也不像雷永平。

妙妙丹默默无语。

陈跑带着瞬间的喜乐和无限的懊悔离开人间。妙妙丹泣不成声。陈家人的哭天号地。人非草木，妙妙丹没有忘记陈跑对自己和儿子的爱与呵护。

妙妙丹的哭泣深深地感染着志广、远新，跟着哭号。妙妙丹答应陈母的要求：让陈志广、雷远新为陈跑穿孝子服、为陈跑守灵。

陈家人对雷远新仔细地打量的异常眼神让妙妙丹胆颤。陈母欲言又止地想说什么。

第十三章　战争后遗症

1949年9月2日，中国人民解放军第29军87师在南安官桥接收陈言廉起义部队，南安和平解放。11岁的志广带着9岁的雷远新背着“草袋”到码头小学上学。夏天，兄弟俩穿着青蓝色麻布短衣，赤脚。冬天，穿青蓝色麻布棉衣，草鞋。兄弟俩带的中午饭是番薯、芋头。一些穿着洋布衫，背洋布书包的孩子嘲笑志广、远新：“草包、草包。”更有调皮的同学朝志广兄弟俩扔砂石。有时志广不在远新身边时，调皮仔就弯起食指、中指敲远新的头，嘻嘻哈哈道：“给你吃一个橄榄。”远新常被打得哭回家。

每晚，妙妙丹在房间里教两个儿子缅拳。妙妙丹告诫儿子说：“练拳不许欺负人，当别人欺负你们时可以抵挡、保护自己。”

志广、远新去上学时，妙妙丹背着远强锄地、担水、挑粪。志广、远新放学就拾猪粪、牛粪、砍柴。

妙妙丹、盼婶、雷三婆、龙部妻成为互助组的四姐妹，相互间帮助。她们手挽手，肩并肩地拉犁耙地。妙妙丹切实感受到互助组的温暖，感受到翻身解放的扬眉吐气，充满生机和希望。

村里进行扫除文盲。43岁的妙妙丹主动当村里的扫盲先生。每日，

妙妙丹将髻子梳得高高的，美人额光亮，精神焕发。

寨人居住东一家西一家的，然而，只要听到妙妙丹叫上学的喊声后，一个接一个喊，呼兄唤弟，叫姐喊妹。想识字的人都撂下了饭碗，放下活计，带上文具，搬凳子，说说笑笑到队部。

十几盏带罩的煤油灯放在教桌前，下面的学员数人合用一盏自制的冒着黑烟的洋油灯。

妙妙丹上课前让学员唱《东方红》，课结束时，让学员唱《没有共产党就没有新中国》。课中，她讲一些不识字尝苦头的笑话让学员提神。

学员们在一片笑声中得到启示，要识字，想识字，努力识字。

陈志广见村里有力气的男子拉纤挣钱多，挣钱快。从南安码头至泉州拉一船货到岸结算一元钱，吃饭一角钱，赚九角钱。陈志广小学毕业，坚持不再上学要跟大人拉船。妙妙丹苦口婆心劝说无效。妙妙丹无可奈何地暗叹：谁的种像谁，说不听。

陈志广穿短裤，赤脚、赤膀，一块破布从肩上斜挎过去，在背后拴上纤绳。麻绳勒得志广的膀臂、手掌钻心地疼。他害怕大人们不用他，咬着牙不敢哼，弓背哈腰，步履艰难地拉着满货的船。

春雨，从头到脚湿淋淋。汗水、雨水分不清。夏阳，纤夫们晒得皮肤红红的、疼疼的。脱了皮后变成亮亮的深栗色。冬日，寒风刺骨，赤脚冻疮累累。日复一日，陈志广熬过三年，长成一个壮实的小伙子。他与纤夫们拉着木帆船，哼着“噢咳——啊呦”，“呼嗨儿嘿！使把力啊，嗨哟，往前拖啊，嗨哟……”缓缓前行。走过一群起伏的山峦。梅山的东溪河不长，但弯多潭深。路道垃圾里的尖利物将志广的脚底划开一个口都没有感觉。休息时，纤夫们发现沿途血迹斑斑，纷纷察看自己的双脚。陈志广才知脚疼。众人用烟丝堵住陈志广的伤口，撕了布条扎紧。夜晚船至永春。纤夫们陪着志广到医院处理伤口。医生要求住院。志广破伤风险些送命。

妙妙丹坚决不让志广拔船，哀求纤夫们拒绝志广拔船。纤夫们理

解妙妙丹的心情，渐渐地减少通知陈志广拔船。陈志广回家种地。

1954年冬，农业生产合作社成立。谢龙部当了社长。志广先后在农业生产合作社当记分员、保管员、检查员。

1955年春，初级社遇上罕见大旱灾。社里成立青年突击队，县团委两位同志参加会议。36位青年在“为革命时刻准备着：突击！”的誓词下签名。大会选举十六岁的陈志广为突击队队长。队员们平均年龄20岁，年纪最大的24岁，最小的仅有15岁。

第二天，陈志广带领突击队投入紧张的抗旱备耕工作，早晨3时出工，晚上摸黑而归。突击队员争先恐后地“车水”、挑水、挖渠。五人超额完成了任务，十七人完成任务。

时近清明。为了不误农时，志广带领突击队员在老农的带领下苦战四昼夜，把26亩秧田播下了谷种，并育出了第一批嫩绿肥壮的秧苗。

青年突击队员们积肥、抢播、除虫灭害，以集体的力量战胜自然灾害，夺得建社后的第一个丰收年。贫下中农眼笑眉开，站在社外“等等看”的人纷纷入社了。

陈志广白天劳动，晚上参加扫盲识字。转眼到了1956年10月，征兵工作开始，陈志广少年时为继父、母亲请医生、抓药进县城看见着军装的人英武，梦想长大穿上漂亮的军装。陈志广对母亲说想参军。妙妙丹极力反对说：“当兵打仗，子弹不长眼。你生父是孤儿，没有兄弟姐妹。你参军，我一个人怎么养你两个弟弟。”

陈志广知道母亲怕自己死在战场上，也觉得母亲说得在理。然而，想当兵的愿望非常强烈。但最终拗不过母亲，只好做罢。

1957年端午前的傍晚，谢龙部从厦门开会回来，带一盒馅饼走进妙妙丹的厨房。妙妙丹急切地询问厦门、鼓浪屿的情况。

谢龙部赞美一番后说：“端午节，陈嘉庚要亲自主持龙舟赛会。”

妙妙丹激动得彻夜不眠。她忍不住对已是生产队队长的志广说，她想去集美看龙舟赛会。

陈志广知道母亲心系厦门，答应母亲照顾两个弟弟，让母亲放心去厦门。

1957年6月2日端午节天刚拂晓，妙妙丹带着蒸熟的番薯、芋头和一套换洗衣裤出发。她满心期待，那个怀揣近二十年了终是没有放下的鼓浪屿。

妙妙丹一下班车就被集美的喜庆吸引。集美外滩，古朴悠扬的南乐词曲飘荡。龙舟池流光溢彩。绿顶红柱古雅壮丽的凉亭玉立在水中，环抱在池畔。每隔20米就有一面边镶龙鳍、各色三角大彩旗飘扬在周长一千七百多米的岸边。龙舟池里树着10路彩旗，每路一种颜色，每隔50米一面，由东岸延伸到800米外的西岸。10艘新龙舟停泊在啟明亭前。赛龙舟的司令台——双层的南辉亭五彩缤纷旗帜飘扬，中层亭檐下高挂着毛泽东主席的画像，两面五星红旗并列在画像的两边；二层亭台的正中的护栏上披挂着红底黄字的“集美学校第七届龙舟竞赛大会”大横幅。两侧亭廊上白底红字的“发展体育运动，增强人民体质”12个大字牌匾格外的醒目。南辉亭（司令台）前的小广场上鸣炮声大作，学村内外86队1500多名运动员列队举行开幕式。陈嘉庚先生在主席台上讲话。开幕式后，陈嘉庚先生与中侨委、华南分局和厦门市领导及年长族亲在主席台上兴致勃勃地观看比赛。

人群中有许多与妙妙丹一样的男女老少，无心观看海上一只只龙舟，而是在人群中挤来挤去，双眼在人群中四处扫描，期盼能找到日本侵占厦门时失去的亲朋好友。

一场龙舟赛，妙妙丹换了十余处，没有见到一个熟人。人山人海，人头攒动，想找一个熟人如大海捞针。

龙舟赛结束，妙妙丹乘车到厦门，乘轮渡到鼓浪屿。她迫不及待地直奔心怡别墅。心怡别墅大门敞开，许多人进进出出。她走进客厅。客厅里面摆了许多办公桌椅，成了办公室。

一位身着湛青色中山装、二八分头的小伙子问妙妙丹找谁？妙妙丹谎称找儿子。妙妙丹悲伤地环绕着这栋熟悉的别墅转了两圈，没有发现蔡管家及熟人。她偷偷地察看埋藏宝物的几处地方，看不出是否被挖过。她想自己一人一夜之间挖不走宝藏等于告诉人们地下有宝，反而被人挖走。如何有个万全之策？

一位着灰色列宁装的姑娘警惕地注视着妙妙丹问：“您找什么？”

“找儿子。”妙妙丹想起从前自己和孩子们玩老鹰抓小鸡、躲迷藏、荡秋千的欢快。

妙妙丹见那姑娘凝视自己，沮丧地离开心怡别墅。她找一家简陋便宜的旅馆住下。她放下包裹，往龙头路走去。龙头路摊点少了许多，人也少了许多，没有看见洋人。妙妙丹要一碗面线糊和一个烧肉粽。许多年没有吃，她畅快地吃着。从前在龙头路摊点与朋友们狂点疯吃，嘻嘻哈哈的场景不断跳出脑海。

吃饱后，妙妙丹赶到美国领事馆。美国领事馆已租借给菲律宾驻厦门领事馆。她想起送走女儿阿芳的情景不禁眼眶湿润。狄瑞克夫妇今日不知如何。妙妙丹抹了抹泪朝英国领事馆走去。

英国领事馆大门紧闭，牌子已不见。送走阿芬的情景历历在目，她泪如雨下，见边上有人注意，低头向安旺别墅走去。

安旺别墅成为鼓浪屿一所幼儿园。数位年轻的女教师带着孩子们做游戏，传来师生阵阵笑声。妙妙丹想起在这里的聚宴、娱乐，心理悲哀道：陈敬德、尼拉、陈树铭夫妇，陈敬雄、陈宝兰你们今在何方？

妙妙丹来到许志平的别墅。别墅杂草丛生，冷冷清清。她想起与许志平夫妇、许丽丽等人在一起的欢乐场景。许家人如今可安好？

妙妙丹不由自主地走到晋江阿婆的别墅。斑驳残缺的围墙，锈迹斑斑的铁门，杂碎的垃圾挂满横杆，疯长的野草淹没庭院，戏台破破烂烂，满目疮痍。她想起晋江阿婆乐哈哈的圆脸，髻子上的花蕾，耳、手、颈上金灿灿的黄金饰品。想起阿婆做寿，抗日首捷，戏台上都演了三天的戏。鼓浪屿的男女老少看戏，看热闹。她心痛地走开，咒骂鬼子毁了许多鼓浪屿别墅，害了许多家庭妻离子散，家破人亡。

妙妙丹来到番仔球甫。当年领事馆人员、官员、洋行老板及商界知名人士娱乐、聚集收集信息、情报最快捷的地方，如今改成人民体育馆。一些人在里面踢球、打羽毛球，一些老人、女人带着孩子在玩耍。

当年看门头扎红巾、满面大胡的“马答仔”没了影。没有洋人在绿草如茵的场里追着小球乱跑、打网球、曲棍球、足球和板球的身影。

妙妙丹加快脚步来到郑氏咏春拳馆。郑氏咏春拳馆已换成“南拳馆”牌匾。她向拳馆的人打听，没有人知道郑成安。妙妙丹心口阵阵闷痛。阿英是不是跟着琴姐安全到南安呢？这么多年了，托人打听都没有消息，她们还活着吗？

每到一处，妙妙丹都感到似陌生又熟悉。触景生情，泪水一次次涌出。转到天黑没有遇到一个熟人。别墅、洋房不是成了学校、政府机构办公场所、厂房，就是破败残缺在一片杂草丛生中凄立。

吃过晚饭后，妙妙丹来到海滩，坐在那一块礁石上。她想起与丈夫坐在这块礁石上看日出；与女伴们看海听涛，一切恍然如梦。回忆过去，阵阵痛苦，充满悲愤。一场旷世的侵华战争摧毁了鼓浪屿的美丽与宁静。掳走了多少人的生命，摧残了多少人的幸福家庭，摧毁了多少梦想，妻离子散相思苦。

妙妙丹的心碎了。她对呜咽的细沙、哭泣的海涛诉说：什么时候才能见到我的亲人？什么时候亲人才能听到我的呼唤？

时针疾转，转眼又一年。1958年6月21日端午节，妙妙丹50岁生日。陈志广到县里开会买一斤五花肉、一斤面线、煮了两个鸡蛋为母亲做寿。

妙妙丹满面笑容看着陈志广长成仪表堂堂的男子。雷远新、雷远强放学回来，洗手吃饭。妙妙丹将两个白亮光滑的鸡蛋各咬一口作数，将蛋分给三个儿子。陈志广将蛋分给两个弟弟。一家人津津有味地吃着寿面。

谢龙部进屋，搬一张凳子坐下。志广起身要去盛饭。谢龙部摆摆手说：“在公社吃过了。”

谢龙部用商量的口气对妙妙丹说：“县里通知，要从闽南招收数千名身强力壮，能吃苦、勤劳的好青年到一个山区去建一个新城市。南安县有几十个名额。你能让阿广去吗？我的阿强也去。让阿广当我们码头的小队长。”

“好。什么时候走？”妙妙丹听说是建设新城市毫不犹豫地答应。她坚信谢龙部一定是为志广好，为这个家庭好。

谢龙部补充：“那里没住的地方，不能带家属，就志广一人去。”

妙妙丹笑道：“年轻人去锻炼好。阿广从小艰苦能受得了。”

第十四章　山区生活

全国集智力、财力、人力、物力“荒山野岭建新城”。清清的沙溪河水穿县城的中部。四周山峦起伏，刚通车的鹰厦铁路经过县城。

1958年6月10日破土动工。“城里放鞭炮，城外听得见”的小县城骤然聚集十一万建设大军，衣食住行，吃喝拉撒，样样难。许多干部、技术人员借住在老百姓家里。照顾外来技术人员和生产骨干入住破寺庙。人畜同屋到处可见。一户住进二三家人，大厅、过道、谷仓、柴火间都是好住处。人们自己整理牛棚、肥料房和放空棺材的老屋住。仍有数以万计建设者无住宿。十万大军栉风沐雨，在荒野地上搭草棚。

来自全国各地，素不相识，习惯差异大的五湖四海的兄弟们互相尊重。福州话、闽南话、上海话、山东话、山西话……南腔北调，语言不通，但配合默契。不讲条件，不讲价钱，一声令下，快集合，众人拿铁锹，担土箕，戴口罩，挖土方、平场地、画线、定立柱位、打洞、砍毛竹（付山本费），割茅草。建竹棚、茅棚，从外地运来油毛毡盖顶。

陈志广、谢永强等南安突击队员砍竹、劈竹搭架、编竹墙、编竹床、剁稻草和黄泥浆抹墙，两个月搭起两座500平方米简易竹棚宿舍的骨架，用稻草编成的草片做房盖的宿舍。每个工地少则几幢、十几幢，

多则几十幢、上百幢竹棚、油毛毡房。有的内设统铺，有的设上下铺。一幢可住数十人、百余人。不仅住单身职工，也住职工家属；不仅住普通职工，也住总工程师和厅处级的厂长书记。仓库、食堂、简易车间、商店、卫生所、托儿所、办公室都设在竹棚里。满山遍野大小各色的竹棚绵延20华里，如竹棚大会展。

一幢“超级”竹棚大礼堂，顶上盖着厚厚实实的茅草。大厅内用废旧木料和竹子钉成的长长的凳子可挤坐近2000人。在此召开大型会议、看电影和开展文娱活动。

夜晚，工地上火把跳跃，红旗飘扬。“艰苦奋斗，白手起家，土法上马，两腿走路。”的标语随处可见。热火朝天的劳动竞赛一浪高过一浪。号子声、夯土石声此起彼伏。陈志广、谢永强等身强力壮者双手磨出了血泡，双肩压得红肿，哪里需要到哪里。推车，担土箕，穿梭往返，挥汗如雨的奋战。

1959年元旦，斤市钢铁厂第一炉钢水出炉时，妙妙丹带着雷远新、雷远强来到斤市。一家四口人住在一间十余平方米的竹棚。妙妙丹带着远新、远强到城关公社城东大队蔬菜队，与其他职工家属到市郊办小农场、小养殖场、小果场劳动。为工地提供粮食、蔬菜和副食品。妙妙丹腌菜微酸，不咸，香、脆、不发霉，不臭烘，不烂泥，倍受欢迎。

冬天的斤市白茫茫冰霜一片。建设者多数没有棉衣、棉裤、棉鞋。白天劳动不觉得寒冻。夜晚寒冷难熬。众人用砖块、破瓦烧木炭取暖。有家的人一家人挤在一个火盆旁。单身者数人挤一个屋一个火盆。

冬去春来又一年。谢龙部的小女儿谢碧玉来斤市找哥哥谢永强，住陈志广家，与妙妙丹睡一张床。谢碧玉、谢永强常在志广家吃饭。妙妙丹、陈志广感激谢龙部的救命之恩、接济，对谢碧玉、谢永强特别呵护。陈志广喜欢谢碧玉白嫩的肤色，纤纤的身姿，甜美的歌声，轻盈的舞姿，两根黑长至腰的辫子。谢碧玉喜欢陈志广龙眉大眼、挺挺的尖鼻，英俊的面容，宽肩、挺背、魁梧的男子汉身膀，朴实、吃苦耐劳。

初夏时，妙妙丹、陈志广、谢碧玉拎着大包小包的笋干、红菇、香菇等斤市土特产回南安，向谢龙部提亲。妙妙丹住在谢龙部家的榉头。谢龙部夫妇一拍即合。龙部妻向妙妙丹要志广的生辰八字选日子。

妙妙丹笑道："'七·一'党的生日肯定是好日子。"

龙部妻没想到妙妙丹这么"番"，不尊礼俗，儿女婚姻大事，不看八字，婉言反对："他们又不是共产党员。"

妙妙丹笑道："让他们记住共产党的恩情，积极入党。"

谢龙部不喜欢繁文缛节，理解妙妙丹对共产党恩情的感念，赞同："就定'七·一'，很有意义，也好记。将来他俩都成为共产党员。"

龙部妻笑道："不愧为大队书记。"

次日上午，陈志广拎着三个相同装有笋干、红菇、香菇鼓鼓的大袋到雷家寨。妙妙丹、陈志广首先到雷太公答谢从前的帮助。相互问全家人近况，寒暄一会儿，妙妙丹眉开眼笑地说："阿广与部哥的小女儿阿玉要结婚了。日子定在'七·一'党的生日。"

雷太公、雷太婆一愣，转而一想，跟"番婆"讲礼俗没有用，她的"番"性寨人都懂，顺口关心一下如何办婚事。

妙妙丹笑说："阿广、阿玉工作都很忙，很难请假，就在斤市简单办一下。"

妙妙丹、陈志广向雷太公、雷太婆告辞，到盼婶家。

盼叔、盼婶兴奋地迎入妙妙丹母子。陈志广将一大袋特产放在八仙桌上。盼叔、盼婶兴奋地泡茶、让座。盼婶要进厨房煮面线蛋。

妙妙丹强拉着盼婶，笑滋滋实说："我们刚吃早饭，吃不下。煮了不吃，你们再煮不好吃。吃嘛，太饱很难受。有的礼数可以减。"

盼婶客气道："来看看就好，不要这么破费。"

妙妙丹感激道："这些东西不能答谢你们的恩情。"

陈志广包了一个红包半个月工资10元钱递给盼婶。盼婶极力推辞："你不必一直记在心理，过意不去。量大福大。能帮人就帮人。"

妙妙丹笑道："滴水之恩涌泉相报。我们难得回来一趟，你收下孩子的心意。"

盼婶收起红包道："要让你们好赚钱。"

妙妙丹、陈志广喝了数杯茶，互问家人近况。十余分钟后告辞到雷三叔、雷三婶家。同样送上一大袋特产表示答谢之意，互问家人近况，喝了一杯茶。

雷家寨顿时热闹。男女老少都来看望妙妙丹、陈志广。

妙妙丹、陈志广悲喜交集走进土楼。

雷永安歉意地说："你们的房间、厨房、猪圈我厝在用。"

妙妙丹无所谓地说："空着也空着，你们用吧。"

永安妻尴尬地笑着说："进来喝一杯茶吧。"

妙妙丹笑着说："多谢了。下次来。今日还有很多事要办。"

盼婶笑哈哈地对永安妻说："阿广要结婚了，娶谢书记的小女儿，不会做和尚头了。"

永安妻笑容顿失，后悔当年咒骂妙妙丹：三个儿子乞丐婆都不嫁，只能做和尚头。

妙妙丹笑劝盼婶："算了，过去的事不用翻。"

雷太婆教导："过头话不能说。留一点口德。"

雷家寨的人将妙妙丹、陈志广送到小桥，依依不舍道别。

1960年7月1日这天清早，陈志广、谢碧玉一人吃一碗面线蛋到光明照相馆拍一张结婚照，并请照相师傅在照片上写：1960年"七·一"结婚。师傅答应请求，当场冲洗相片，当日两人领了结婚证。

当晚，建筑公司竹棚礼堂贴了红"喜"。南安的乡亲，陈志广、谢碧玉的工友参加陈志广、谢碧玉的婚礼。建筑公司的书记主持婚礼。新人一向毛主席敬礼，二向同志敬礼，三夫妻相互敬礼。同事们二十余人合送一个脸盆，一个开水壶。

妙妙丹、陈志广、谢碧玉、谢永强、雷远新、雷远强泡了一杯又一杯红糖茶。新郎新娘敬众人甜茶。众人祝新人甜甜蜜蜜。

妙妙丹想起了仰光、厦门自己隆重、盛大、豪华的婚礼。她没有因此而感伤儿子简朴的婚礼。她祈求过天公：养大三个儿子，娶妻生子，不当和尚头。她心满意足地笑对边上的人说："感谢共产党、毛主席救了我们一家人，我的大儿子不会做和尚头。”

谢碧玉从小称妙妙丹为“莲花婶”，要改口叫妈，叫不出口。

妙妙丹笑道：“你从小就习惯叫‘婶’，我也听习惯。你还是叫‘婶’无所谓，关键是孝心。”

有的人认为妙妙丹很“番”；有的人认为妙妙丹很开明。

一个月后，妙妙丹带着陈志广、谢碧玉回南安，仍住谢龙部家。妙妙丹请雷家寨、谢姓村的人们吃喜糖。

谢龙部夫妇听谢碧玉说婚后叫妙妙丹“婶”，觉得妙妙丹确实“番”。番得有道理。谢龙部夫妇叫志广不必改口叫“阿爸、阿母”，仍然叫“阿伯、阿姆。”

雷远新上斤市一中，雷远强上斤市小学读书，日子清贫却开心。

1960年冬的一个上午，突然有人喊“着火了！”众人纷纷端水、提水灭火。建筑公司家属区浓烟滚滚，一片火海，十余幢竹棚、茅屋瞬息间化为灰烬。

男女老少愁眉苦脸地看着凄惨空旷的家属区冒着余烟、湿漉漉的火灰、破砖、破瓦、破铁锅、破脸盆。一些老人、孩子在哭泣、抹泪。

妙妙丹在瓦砾里寻找着，找到了破面盆，挖出了一个小瓮，里面是腌芥菜。有人道：“一瓮腌菜不值钱还这么找。”另一人道：“她是番婆。”

“是跟我爸的结婚照。”陈志广见一张烧掉四分之一角的结婚照，母亲戴着项链、玉镯、戒指，穿着婚纱坐着，一个身着白西服、深色领带、白西裤、男式白皮鞋站着，项上部分被烧掉，没有头相。

妙妙丹慌忙将照片藏入襟内衣袋，并使了一个眼神。陈志广不敢声张。谢碧玉不知婆婆把小瓮藏在何处，也不敢吭声。她记得父母的叮嘱：番婆“番”性，别太在意。

妙妙丹一家和受灾的人一起住在竹棚大礼堂。未受灾的人捐米、芋头、棉被、草垫。1961年2月，离春节还有10天，妙妙丹一家被安住在浮桥头的木屋。

1962年，一年一度的征兵开始了，雷远新悄悄地告诉陈志广、谢

碧玉说想参军，商议如何瞒着母亲。陈志广当兵妙妙丹不同意的事他们记忆犹新。雷远新与班主任通好气，说带数位学生到工厂参观学习。雷远新住同学家，报名、体检、政审。妙妙丹忙着带长孙女盼盼，关注雷远强的学习，没有注意雷远新，等收到雷远新从部队寄来的信和一张穿军装的标准相、一张穿军装的全身照才知雷远新参军之事，生气地责骂陈志广：“我还在，轮不到你做主。”

“一人参军，全家光荣。和平时代，没那么可怕。”谢碧玉安慰妙妙丹。

妙妙丹浅笑说：“我不会反对他参军。我也在进步。”

第十五章　智慧

这日晚，一个十五六岁头发蓬乱，身着旧布衫，拎着蓝布袋的少年走到陈志广家门口，怯怯地问：“志广家住哪里？”

陈志广疑问：“我就是。你是……”

少年怯生生道：“我是永安的小儿子。”

来人正是雷永安的小儿子雷远善。因家乡贫瘠，他逃了出来。

陈志广、谢碧玉、雷远强沉默地看着妙妙丹。雷永安一家欺负他们的往事历历在目。

雷远善怯怯地看着这一家人。他听说过父母、兄长们曾欺负这家人的事。如果不是无路可投，如果不是大队书记谢龙部说这一家人宽宏大量、善良，他是不可能来投靠这家人。

妙妙丹笑说：“进来，进来。”

雷远善顿时露出放心的笑容进屋，环视一眼。灯光昏暗地照着厨房。

灶台边一个大水缸，靠卧室的墙角立着一个褪漆的菜橱，中间一张八仙桌和四张长凳。

妙妙丹听雷远善说未吃晚饭，忙煮稀饭。谢碧玉坐在灶前点火、添柴。灶台前一堆柴禾。陈志广请雷远善坐在八仙桌边。陈志广、盼盼、远强抱着思思也在桌边坐下。

妙妙丹边煮稀饭边问雷远善家中的事。雷远善哭诉："龙阿伯说你们一家人宽宏大量，写了你们的地址叫我来找你们。"

妙妙丹从菜橱中拿出豆腐乳、酸菜，抱歉道："太晚了，没地方买菜，将就一下。"

"在家也是这样吃。"雷远善感激这一家人不计前嫌收留自己。一路上，他担心这一家人不收留自己，该去哪里？

妙妙丹等人见雷远善狼吞虎咽吃了两碗稀饭的饥饿状，心底油然生起怜悯之情。陈志广、雷远强脸色变得温和，你一句，我一句地问起雷家寨、谢姓村家家户户的近况。

雷远善拘谨地回答。

妙妙丹见稀饭吃完了，还要煮些番薯干。雷远善开心地，实诚地说："很饱了，真的别再煮了，吃不下了。"

谢碧玉洗了锅碗，烧了一桶水让雷远善洗澡。雷远善与雷远强挤一张小床睡觉。陈盼盼与妙妙丹睡另一张小床。陈志广、谢碧玉带着陈思思去一公里外的笔架山住单位的单间宿舍。

半个月后，家乡的情况大有改善，雷远善回家了。陈志广为雷远善买了一张汽车票五元七角。雷远善临走时，妙妙丹拿了两元钱给雷远善，雷远善连声感谢。他知道远强哥学徒工一个月工资仅有九元钱，自己花了远强一个月的工资。他暗下决心：将来要做一个宽宏大量的人报答这家人。

送走雷远善后，雷远强不理解地说："母啊，您忘记雷永安一家人是怎么欺负我们的吗？"

妙妙丹淡淡教导："量大福大。有能力帮助别人是福气。他知道父母、阿哥欺负我们，若不是实在走投无路，也不会找我们。他来找我们是要多大的勇气。”

雷远强点点头。

斤市患疳积的儿童较多。妙妙丹在雷家寨学过割疳积，她为陈盼盼、陈思思割疳积。左邻右舍知道后，请求为自家孩子割疳积。一些素不相识的人上门求助。妙妙丹家面积不大，时常挤得满满的家属、愁眉苦脸抱着面黄消瘦虚弱的孩子。孩子手掌被尖针割得“哇哇”大哭。没有割的孩子吓得“哇哇”哭叫。哭叫声令陈志广、谢碧玉、雷远强烦躁。

“帮助别人是福气。”妙妙丹不顾反对坚持在家中无偿帮助患儿割疳积。

山城缺医少药。每年，妙妙丹都要腌一瓶瓶的油柑、荔枝。油柑用陈皮、盐水腌可治胃胀腹痛。腌荔枝可治疗、疖等。妙妙丹在种菜、砍柴时，挤出时间挖摘金线莲、一条筋、叶下珠、紫苏、鸡爪草……晒橘子皮、枇杷叶，收别人杀鸡的鸡内金，把家变成免费的小药铺。她帮人看病送草药，帮别人抓“飞蛇”（带状疱疹），成了远近闻名的免诊费的阿嬷医生。

一日午夜，急骤的敲门声惊醒妙妙丹。妙妙丹、雷远强惊慌地从床上跃起。雷远强边穿衣边开门。门外站着一个大男孩和一个中年妇女。妇女气喘吁吁地问：“这是志广家吗？”

雷远强疑虑：“是。”

妇女北方口音说：“我老公长疔，吃药打针不见好转，有人给了你家的地址说你母亲能治。”

妙妙丹请女人、男孩进屋。她从菜橱角拿出盐腌荔枝的玻璃瓶，用筷子搛出三粒，放入一个小碗，递给妇人说：“扒皮，去核，用肉敷着整个疔，用纱布固定。一天一粒，三天后还没消肿化脓再来。不要食花生、南瓜、芋头、鱼虾等海鲜，吃清凉的食物。”

大男孩、妇人频频点头，再三感谢，匆匆离去。

雷远强笑夸：“母啊，你这个土医生名声很大啊，不相识的人都能找到我们家。”

妙妙丹得意说："当然了。"

妙妙丹为了贴补家用在家门口摆摊。春天卖雨鞋，夏天卖青草糊，一年四季卖腌菜。

后来，妙妙丹放弃小生意，在家带长孙念念，煮一日三餐的饭菜。

陈志广分得单位在笔架山半山腰新建的职工宿舍。一幢红砖平房七户人家。后面是山，左右是山。七户人家都开山种地。星期日、节假日，妙妙丹、陈志广、谢碧玉在自家的一亩多地里种番薯、芋头、花生、烟叶、木薯、各季节的蔬菜。在家前门口、后门口种桃子、枇杷、无花果等果树。在自家厨房前搭棚种葫瓜、八角瓜、南瓜、佛手瓜。妙妙丹将吃不完的芥菜、长豇豆、白萝卜腌一瓮一瓮送左邻右舍。志广的宿舍在最右边。前门、后门都在挖防空洞。

妙妙丹看着挖防空洞的人吃力地躬着身进洞挖土、挑土。她想起1960年火灾，1964年水灾，这些人中有的人组织捐款、捐粮票给受灾的人。她上山挖自己种的番薯、芋头、萝卜、摘黄瓜、南瓜煮汤。一大钵、一大钵地放在厨房。这些人饥饿时，自己进厨房盛着吃。夏天，她挖茅草根、车前草、鱼腥草煮水。一大钵、一大钵地放在厨房。他们渴了，自己进厨房盛着喝，解渴解暑。

妙妙丹端着一盆的点心或汤水放在瓜棚下小方桌上，拿着数个碗、汤匙，请民兵们吃点心，与民兵们边吃边聊。

1972年12月毛主席最高指示："深挖洞，广积粮，不称霸。"厂市的防空洞内部设施更加齐全，各山头的防空洞连通成片，可以从东山头进，五公里外的西山脚出；可以从北山脚进，五公里外的南山头出。

妙妙丹只要听说某单位、某学校组织参观，就跟着进入防空洞。十余个星期，妙妙丹钻遍斤市所有防空洞。

妙妙丹选择性地、声情并茂讲述往事，说到伤心处，泪流满面、泣不成声。数十位听者都跟着掉泪，抽泣。

第十六章　意外的进展

一个月后，建筑公司党委收到省革委复函，缅甸语翻译说林莲花讲的缅甸话是正确的。缅语妙妙丹确实是百万翡翠的意思。

转眼到了一九七三年初夏。这日上午九点钟，斤市火车站正门口、南大桥两边至市革委会大门口两侧聚站着各单位、各学校、部队派来的工、农、商、学、兵代表等待许久，被晒热了。身着白衬衫、蓝色或灰色长裤的人都忍不住拿下头上戴的草帽当扇子，草帽上红漆写的“团结”、“胜利”、“劳动光荣”、“拥军爱民”在阳光下闪动。解放军官兵仍系着紧紧的风纪扣，戴着军帽笔直地站着，任汗水直流。

随着一声长鸣，绿火车如一条威龙在隆隆的轰鸣声中徐徐驶入站台。站台上，翘首以待了许久的欢迎人群疲惫的脸色顿时荡起笑涟。列车渐渐稳停在站台。欢迎人群高举横幅、扬起彩旗、敲起锣、擂起鼓。

两位身着65式绿色女军服英姿飒爽的女首长走下车厢。前者二十余岁，齐耳短发，眉清目秀、高挑。后者五十余岁，齐耳短发，圆脸，燕翅黑眉，大眼睛闪亮。随后走下两位着四个口袋军服的男军官，最后走下两位身着两个口袋军服男士兵。年长女首长走在最前头。

女首长等人在斤市领导人簇拥下走出火车站。他们威武地站在出站口的大门前充满自豪感地环顾一眼刚满十五周年的新兴城市，新中国建的一座山城。宽阔的河流穿城心而过，金灿灿的太阳照得河水波光粼粼。两岸群峰连绵，青山绿岭郁郁葱葱。厂房、住宅耸立在河两岸，掩映在两岸的崇山峻岭间。河、山、桥、房、船如一幅美画映入女首长等人的眼帘。

女首长一行昂首挺胸阔步走向正前方的南大桥。南大桥上每隔十余米就立一帜红旗。

地区革委会主任自豪地介绍："这座桥是驻斤市解放军、各行各业及中、小学师生响应'星期六义务劳动'，'自力更生、艰苦奋斗'建成的大桥。桥宽可三辆'解放'牌卡车并行，桥长二百三十余米。"

女首长笑赞："了不起。"

欢迎人群手扬小红旗或五颜六色的彩带高喊："欢迎，欢迎，热烈欢迎！"一遍遍发自心灵的热情洋溢的欢呼。

女首长等军人微笑地向两边欢迎的人群行军礼。非军人领导挥手致意。

……

第四日上午，女首长一行参观斤市商业街、公园、动物园、工人文化宫。

工人文化宫五层大厦的一楼玻璃窗里全是上年度市群英代表披挂大红花的十六寸彩照和事迹介绍。看完一圈群英宣传栏后，女首长走到陈志广事迹橱窗前，盯着照片细看。

女首长夹带淡淡的闽南音普通话问市革会叶主任："陈志广年年都是先进工作者、市群英会代表、还是省劳模，为什么不是共产党员？"

"组织上早就要培养他，但是查不到他生父的档案，政审不了。"叶主任浓浓的山东腔普通话回答。

女首长关切地问："为什么查不到档案？"

叶主任委婉道："建筑公司领导猜测是志广的母亲没有说出志广生父的真实姓名。"

女首长看着叶主任疑问："为什么会这样猜测？"

叶主任为难地说："说来话长。三言二语说不清。"

女首长微笑道："我想见见这位老乡了。"

军分区政委、叶主任对视一眼，同时看一眼女首长的女警卫。女警卫微笑地回眼表示不明白女首长为什么关注陈志广。

在场的人同时感触到闽南人的老乡情结。

女首长与陈志广沟通后，并了解了其家人情况。

送走女首长一行，叶主任开始着手布置志广外调一事。

斤市革委会三楼会议室。长方会议桌首位端坐着市革委会叶主任，两边分别坐着斤市革委会唐副主任、组织部的老林；建筑公司党委李书记、张副书记、老刘、老王。

叶主任主持开场说：“从上次外调的材料看，有一个问题你们不知想到了没有。陈志广是否是林莲花的亲生儿子？”

老刘、老王点头。林莲花带着三岁的陈志广到谢家村、然后嫁到雷家寨。陈志广是林莲花的亲生儿子没有人怀疑过。可是如果陈志广不是林莲花的亲生儿子呢？那么林莲花有可能真的不知道陈志广亲生父母的姓名。

众人恍然大悟。

“也许日本侵占厦门，陈志广的父母、家人都死了，陈志广是林莲花捡来的。林莲花不想让陈志广知道不是亲生之事。”老林满面愁苦、愤怒地说起自己就是日本侵占厦门时，家被炸毁，被收养。三十余岁的老林二八分头梳得整齐，长方脸、高额、高眉骨、高鼻，长得清瘦斯文。

叶主任严肃地说：“这次派组织部的林德良参加外调。他是厦门人，对厦门熟。你们先到南安，查明陈志广是否是林莲花亲生。”

老林、老刘、老王带着盖有组织部大红章的介绍信乘上绿色列车。老刘将装有煤油炉，小钢金锅、小铝炒锅的竹篮子小心地放在行李架上。车厢内拥挤不堪，三人只有一个位子，轮流坐着打盹，另二人靠着椅背站立。经过八小时夜色，次日清晨在集美火车站下车。三人困乏地在火车站旁边的一家饭店吃早餐，一碗稀粥，一个馒头。然后赶到长途车站乘班车到南安诗山。破旧的长途客车一路颠簸。老林晕车，早饭在胃中翻江倒海，终于都倒出来。老王、老刘也都头晕脑涨地伏在前座的椅背迷迷糊糊摇头晃脑。晌午车到南安码头，三人入住码头镇政府招待所休整。

次日早饭后，三人登山，到雷家寨、谢姓村一户一户的详细地问陈志广是否林莲花亲生，所有人都说林莲花来时陈志广约三岁。没有人知道陈志广是否林莲花的亲生儿子。

三人找到谢龙部的家。龙部妻热情地迎入、请坐、泡茶。谢龙部知道是对女婿入党外调，再次详细如实地叙述当年救妙妙丹母子的过程。

老林知道谢龙部夫妇与陈志广的关系，仍然问："你们觉得陈志广是林莲花亲生的吗？"

谢龙部夫妇吃惊地对视无语，不知外调组什么意思？或者发生了什么事？

老林核实问："听姓雷的人说，洪濑有陈志广的叔叔，陈志广长得与其叔叔非常像？"

谢龙部浅笑道："那不是亲叔叔，是收留他们母子的人。具体的情况，我不是很清楚。"

老林、老刘、老王匆匆与谢龙部夫妇谢别，在天黑前下山。当晚赶到洪濑镇，入住镇政府招待所。

次日早饭后，老林、老刘、老王三人走街串巷向中、老年者打听抗日战争时期，谁家收留了从厦门逃难来的一个漂亮女人，带着一个小男孩？镇上谁有亲戚在南安码头？

三人走街串巷时顺带一些青菜、海鲜，面线或面条、米粉等到宿舍煮食。转眼三天过后，没有一点收获。三人准备到镇上买一点南安闻名遐迩的"黑龟粿"带回斤市给妻儿吃。三人走向镇尾的"戴记龟粿店"。店边的一座古民居吸引老林住脚观看。大门里一位少年问找谁，老林微笑地说："想打听一件古早的事。"

少年喊出其父。少年的父亲热情地请他们进宅，引入上厅。四人围坐八仙桌。少年端着桌上的茶壶、茶杯去天井清洗。

少年的父亲自我介绍姓陈。陈先生接过儿子的茶壶，冲茶。一股茶香扑鼻而入。

老林、老王、老刘齐声赞茶香。陈先生乐滋滋地说："自家种的，

炒的。”

老林、老王、老刘抿一口，同声道好。

老林说出想打听抗日时期厦门人逃难的事。

陈先生笑呵呵地说：“我知道一点类似你们说的事，但不知是不是你们打听的人。有一个非常漂亮的女人带着一个非常漂亮的五六岁女孩，抱着一个满月不久的男孩来到镇上。那女人不叫林莲花，叫林思，后来嫁给我的尾叔。”

老林、老王、老刘一阵兴奋，全神贯注地听陈先生讲述往事。

第十七章　落脚陈家

一九三八年农历八月初一的傍晚，橘黄色的夕阳照得洪濑镇层林尽染。洪濑镇二里长、十米宽的街道白日吸入的灼热未散尽。人们摇着扇，挥着草帽。一辆班车在南安洪濑镇简陋的汽车站一间红砖小平房前停下。门一开，车上满头汗水的乘客拎着、背着、提着大包小袋纷纷挤下车。满面痛苦的人冲到路边，等不及地喷出晕车而翻腾在胃内的食物。有的人捶着酸疼的四肢，男女老少脸上都是颠簸劳顿疲惫的倦容。

三十余岁的叶丽珠着粗布白底，蓝、绿、红三色竖细条纹斜襟短袖衣，淡淡蓝的宽筒“斗笼裤”，赤足趿木履。叶丽珠身上背着、两手挎着大包小包的包袱，腾不出手擦脸上的汗水。六岁的陈秀萍穿细布桃红色小碎花连衣裙、凉鞋，一手拎着小行李，一手拿着手帕擦脸上的汗水。三十岁的林思穿洋布红白小方格斜襟短袖，蓝色宽筒的“斗笼裤”，珠珠拖鞋，怀抱饿得哇哇哭刚满月的儿子陈志广。

叶丽珠找一处石条让林思坐。林思边坐边解襟喂奶。陈志广挂着泪水使劲吮奶。

林思叮嘱叶丽珠、陈秀萍道：“人若问我的名字，你们就说叫林思。”

叶丽珠、陈秀萍点点头道：“林思，林思。”

林思没有休息好，饿得发慌，奶水少。志广吸不到奶水，小掌头握得紧紧的、挥舞着，小脚丫拼命地蹬着，“喔啊，喔啊”放声大哭。林思泪流满面摇晃着，拍哄着志广。志广一会儿使劲吮着奶头，一会儿使劲地哭。林思望着怀中饥渴的儿子不住地抽泣。

叶丽珠眨着泪眼可怜地看着林思暗叹：想嫁到鼓浪屿过好日子，不想沦落到有家不能住。

金厦沦陷，泉州的中央银行、一些商户移到洪濑镇。洪濑镇骤增许多商店、摊点。侨批馆、医馆、药铺，一家接一家。内地商贩纷纷到洪濑购货。洪濑大桥上人来人往、接踵摩肩。大桥的两岸店铺鳞次栉比。桥下商船来来往往，码头装货、卸货骤增，更加繁忙。

林思怀抱志广，叶丽珠牵着陈秀萍走过拥挤的十字街。林思、叶丽珠从镇头找到镇尾，客栈、旅店都满客。林思、叶丽珠左顾右望不知所措地发愁。这时远处走过的一人让林思、叶丽珠眼前一亮，一阵狂喜。叶丽珠顾不得与林思吱一声独自追赶那熟悉的身影。林思明白叶丽珠是追那熟悉的身影，兴奋的心儿怦怦跳荡。“踏破铁鞋无觅处，得来全不费功夫。”

叶丽珠追至那人面前兴奋地高叫：“头家。”

那人转过头看着愣住的叶丽珠疑问：“叫我吗？我们认识吗？”

“你与我认识的一个人长得十分像。认错人了。”叶丽珠回过神来，尴尬解释。眼前身着洋布对襟圆领白短袖衫，姜黄色细布长裤，自称陈跑的人与头家十分相像。这人与“头家”比少了几分朴实、庄重、威严、霸气，多了几分温和、浪子气。

叶丽珠乞求的眼神看着陈跑问：“这街上的客栈都住满了，哪里可以找到住宿？”

陈跑豪爽地说："去我厝住，我厝有空房。"

叶丽珠兴奋地带着陈跑向林思母子走去。

林思远远地就看出来者不是丈夫，比丈夫少了几分练达老成，多了几分落拓不羁。林思失落地挤出笑容向陈跑点点头。

陈跑眼触林思的刹那像灯通上电一样亮堂，心底惊叹。他首次见到与众不同，另一番风味的美貌、气质。陈跑满面笑容地引领林思一行走向镇尾。

一座大宅前的青砖埕，陈跑父母远见陈跑领着女人、小孩，朝家走来，疑惑这个尾仔又出什么新花样。

陈跑满面开怀呼唤："阿爸、阿母。"

林思、叶丽珠尊敬而礼貌地呼唤："阿伯、阿姆。"

陈秀萍甜甜地呼唤："阿公、阿嬷。"

陈跑父母微笑地、礼节性地点点头回应。

陈跑之父身着一套蓝色洋布对襟衫，头发斑白，慈眉善目，挺直的背，拿着金亮的铜烟筒正吸着烟。陈跑之母高额光亮，发髻上插满茉莉花，上穿海蓝色开襟衫，胸襟前系一块白洋布绣花手巾，下穿灰色的裤子，脚上是一双木屐，手中摇着芭蕉扇。

林思、叶丽珠感觉出陈跑家是富足之家。

这时从宅里先后走出四个妇人。陈跑向四位嫂嫂介绍林思、叶丽珠。林思、叶丽珠微笑地点头。陈大嫂温厚的圆脸，小巧的鼻，薄眼皮，小眼睛，后脑勺的绾着黑髻。陈二嫂方脸、高鼻、大眼，齐耳短发挟着银夹。陈三嫂小脸、小眼、秀气，烫短发。陈四嫂鹅蛋脸、高鼻、深邃圆眼，留着双辫。

陈跑叙说林思等人的遭遇。陈跑父母及家人热情将林思等人引进一幢"五间张"的祖屋。林思、叶丽珠累得筋疲力尽，跟着陈跑走到大厅，坐在八仙桌旁。

陈大嫂煮一锅稀饭，炒一碟空心菜，桌上原有豆腐乳、萝卜干。陈父对陈大嫂道："炒两个蛋，喂奶的人要补。"

陈大嫂盛三碗地瓜干稀饭。林思用汤匙喂儿子饭汤。陈志广小嘴儿“吧嗒，吧嗒”津津有味吃着带有番薯干甜味的饭汤。陈秀萍狼吞虎咽般地吃番薯干稀饭。叶丽珠轻声地提醒身边的陈秀萍慢点别烫到。林思、叶丽珠各吃了三碗稀饭，连声感谢。

林思憔悴、忧愁的面容掩不住娇美、高贵。

陈跑家的厅堂围了不少人，惊叹林思母女的美丽，关切地询问厦门的情况。

林思泪流满面地怒诉鬼子侵占厦门，只能逃到这里找外公、外婆。

众人咒骂鬼子。有的女人跟着林思掉泪。

林思母女喜欢洪濑镇、喜欢陈跑的宅子。陈宅比丽珠婆家厝新一些，家具也更好一些。镇上有河、桥、街道、店铺，比丽珠婆家热闹。丽珠婆家前无街后无店，晚上黑灯瞎火、静悄悄。

晚上，陈跑与小侄儿睡，尾间让给林思等人住。林思、叶丽珠、陈秀萍洗漱后，关上门休息。

厅堂里，陈跑一家人在八仙桌泡茶。陈跑母轻声说：“我看那个水查嫫，一定是厦门的有钱人，丽珠像是她的佣人。可怜啊，一个查嫫人带一个查嫫孩和一个刚出生达啵仔。”

陈父转头对陈跑小声说：“明日，你陪她们走一趟，帮她们带路，提东西，尽量帮人。”

第二天吃过早饭，陈跑挎着大包小包带路。林思拎着一个瓮酸菜，牵着秀萍。叶丽珠背着志广，拎着一袋包袱。他们翻山越岭。中午时进村。相隔十余年，村里人已记不起林思。当年林思只住十天，记不得村里的人，村里人用惊奇的目光看着他们窃窃私语。

林思记得村里唯一的红砖厝就是外婆家。

林思站在石门槛边喊：“有人吗？”

林思的表哥、表嫂等人迎出来。多年不见，愣了一会儿，林思尴尬地说：“我是妙妙。”

林思的大表哥将林思一行人迎入、让座。大表嫂泡茶。大表哥悲伤地告诉林思说：“我父和村里的几个人结伴到集美卖豆腐干被日本飞机炸死。小叔去新加坡。阿公、阿嬷伤心，死了。”

林思侧身哺乳儿子，忍不住哭诉日本鬼子侵占厦门。厦门人死的死、逃的逃。自己家人离散，在叶丽珠家生了志广。

林思的表兄弟姐妹们安慰林思一番。大表嫂煮了四碗面线蛋。林思、陈跑、叶丽珠、秀萍走了许久的山路饿得慌，狼吞虎咽地就吃完面线蛋。

表哥、表弟们结婚生子住得挤。林思见表哥、表弟们商量腾房间的为难样，六神无主地看着叶丽珠。

陈跑忙安慰林思：“到我家住。”

“回我家吧。我还可以照顾你们。”叶丽珠不放心林思独自带一儿一女。

林思表兄、表嫂愧疚地送林思等人至村口。

一路上，林思没有言语。她非常想去叶丽珠家，有叶丽珠帮衬心理踏实，但丽珠婆家有那么多的人，再加上三口，很难为叶丽珠。不去叶丽珠婆家，自己如何独自带这一儿一女？

傍晚时，林思一行人到陈家。陈家的人见林思一行人又回来很吃惊。陈跑向家人说明林思舅舅家的变故。

林思愁眉苦脸地恳求陈跑帮助租一间房。

陈跑对父母说：“家里不是还有空房吗？”

陈母可怜林思母子问：“护厝可以吗？”

“护厝可以。”林思忙说。现在只要有一处躺下，放松一下疲惫身心就满足了。

陈母和陈跑的嫂嫂们一起清扫护厝的一间屋让林思一行人住下。

“租金多少？”林思知道亲兄弟明算账之理，更知做生意“有言在先。”

“借你住，不要租金。”陈母认为林思母子不可能久住，收一两个月租金显得小气。帮助落难人是积德。

叶丽珠想劝林思母子跟自己回家便没提租金。林思脑子一片空白，不知该怎么办？没想着长住，也就不再提租金一事。

陈大嫂见林思、叶丽珠倦意湛浓关切地询问，得知连续二夜，陈志广哭闹，叶丽珠、林思轮流抱着陈志广摇呀摇，小声地哄拍着，担心吵了邻人。

“看这仔是惊到了。你好好看着他，我去去就来。”陈大嫂说完到厨房抓了一把米和一个光洋洗净放入锅里加水煮开，喂志广喝下去。当晚，志广安静地睡了。

林思不解地问陈大嫂。陈大嫂浅笑说：“小孩受惊，用黄金、白银，数叶茶、数粒米、数粒砂石洗净，烧开水加数粒盐，小孩饮了安神。”

林思、叶丽珠在陈跑家住了一个月。要不要去叶丽珠家，林思迟疑不决。

叶丽珠想回家又放心不下林思母子。林思从小到大衣来伸手，饭来张口。生了数个孩子，没有一个是自己带的，只是喂奶而已。她一个人如何带一对儿女？

叶丽珠教林思洗衣、做饭、炒菜等家务，并极力劝林思跟自己回去。林思不愿意给丽珠婆家人添麻烦而拒绝。林思嘴上催叶丽珠回家，心理却不愿叶丽珠回家。她担心叶丽珠走了，自己无法照顾儿女。

林思、叶丽珠在内心极为矛盾中又度过一个月。叶丽珠将心思告诉陈大嫂。

陈大嫂理解主仆两人的心情劝叶丽珠：“你回去吧，我们一家会帮助阿思母子。”

陈大嫂安慰林思：“丽珠回去后，我们一家人会帮你。”

叶丽珠向陈跑的父母告别，将自家的地址交给陈父：“万一林思有什么急事按这个地址写信通知我。”

陈父感动地说：“真难得有你这样用心。”

叶丽珠讲了林思一家救了侄儿的命，救济自家人的点点滴滴恩情。

陈父点点头说：“人啊，要多做善事。一辈子的命运说不清。她想不到有鬼子来侵略厦门，落难。”

陈母相信善有善报说：“放心吧，我们会关照她们母子的。房间空着也是空着，让她们住，免租金。”

叶丽珠感激地说：“谢谢！阿思遇到你这家贵人了。”

清早，林思抱着儿子不停地哭泣。陈秀萍抓着叶丽珠的手哭喊：“不要回去。”

叶丽珠抹着泪上班车。

第十八章　乐助

叶丽珠离开后，半夜里，林思独自疲惫地起床哄儿子，换尿布，手忙脚乱。儿子哭，她也哭。陈跑及其家人不时安慰、帮助林思。陈跑帮着挑水、劈柴。陈四嫂没有生育，喜欢孩子，常过来抱志广，逗哄着，带秀萍上街，讲故事给陈秀萍听。陈秀萍有时跟着陈跑的侄女们玩耍。林思渐渐适应独自带着陈秀萍、陈志广。她觉得陈跑父母说得对：要为这一双儿女考虑。若一直哭，头痛、眼痛，身体垮了，孩子怎么办？不悲伤就要没有时间想悲伤的事。白日，林思常抱着儿子，牵着女儿到陈跑家边上的“陈记面线店”看拉线面，与人聊天。林思母女惊奇陈大叔与工人们将一大团面拉得如线一样纤细、匀、长而不会断。

闽南人家家日日必备面线、鸡蛋。接风吃一碗面线蛋洗尘压惊去晦气；饯行吃一碗面线蛋一路顺风顺水。生日寿宴吃一碗面线蛋福寿如面线绵长，如鸡蛋圆圆满满。探亲访友、拜师、道歉与感恩答谢、日常待客，红白喜庆都要面线鸡蛋。“陈记面线店”生意好，店主整日忙碌而开心。店主是一位中等个，方脸、浓眉大眼，憨厚的中年汉子。他知道林思的一些事。有时讲一些故事、笑话排遣林思的忧伤。

这日晚，陈跑来到林思房间，抱过志广亲了亲，拿出一条寸长的麦芽糖给陈秀萍。

“谢谢阿叔！”陈秀萍笑咯咯地接过麦芽糖。

陈跑愤愤说：“近几日，镇上传说安海镇被日本鬼子投了细菌弹，老鼠、跳蚤乱跑。安海人又吐又泻。轻者如得‘天花’成了麻子，重则死亡。安海人说是‘虎疫’。”

“水头离安海太近了。不知丽珠家有歹事嘛。”林思为叶丽珠及家人担心。

陈跑担心林思又悲伤，连忙转移话题。

林思深知坐吃山空的道理，带来的金银珠宝只能留着应急。她再三恳求陈大叔让她在陈记面线店帮工。陈大叔深知店内雇漂亮单身女人的麻烦，再三婉拒。林思请陈跑多次说情，陈大叔终于答应雇林思。

林思为了陈大叔能留用自己起早贪黑，将店铺打扫、收拾得干净整洁，有条不紊。白日，陈秀萍在店的角落摇着摇篮，摇拨郎鼓哄弟弟。林思边卖面线边关注儿女。晚上，林思捶着酸痛腰和背，迷迷糊糊地睡一阵、醒一阵，照顾儿女。

陈记面线店来了个仙女的消息一传十，十传百。镇上的一些人借买面线亲睹美人倩影。陈记面线店顿时热闹起来，生意越做越好。数位镇上的浪荡仔总喜欢到店里对林思说一些挑逗的话。陈跑常到面线店保护林思。陈跑兄弟五个，个个健壮，镇上的浪子们不敢惹陈跑。

镇上的人无法从林思的口中探听到她的身世。越不能知道越想知道。于是这林思的传说更加神秘。

陈跑不再出去赌博、喝酒、玩耍，帮林思买柴、劈柴、挑水、逗陈志广、陈秀萍玩，带姐弟俩上街买零食吃。陈家的人为此高兴，同时又担忧陈跑爱上这个拖儿带女的女人。

陈跑觉得被一种微妙的情感主宰。他见林思逗儿子浅浅的笑，莹亮的圆眼睛，心口突突地急跳。她的高贵使他不敢轻举妄动。林思常避开陈跑火辣辣的目光。

陈志广虎头虎脑、浓眉大眼，小男子汉的样子讨镇上人的喜欢，这位抱一抱、那位亲一亲。陈秀萍漂亮、可爱、嘴甜，叫得陈跑及家人、左邻右舍的老老少少甜甜的、亲亲的。常有人拿一些东西给姐弟俩吃。

转眼到了冬至。一早，陈母对陈跑：“去请林思母子来吃红糖冬至圆。”

陈跑欢快地跑到林思的屋里请林思吃冬至圆。陈跑抱上志广，林思牵着秀萍，跟在陈跑的身后进大门。

陈家人见四人进门，同时错觉到陈跑带着妻儿回家。陈母心理一阵不安。

陈秀萍喜滋滋地吃了一碗五粒，连声说真好吃。

林思吃着久违的汤圆，甜、糯、Q，吃了一碗十粒，心理很想再吃，理智令她推说饱了。她想起在厦门过冬至，黄怡琴、苏爱梅、叶丽珠、旺婶、蔡管家、陈红霞、陈红红、陈秀英搓圆子、煮圆子、吃圆子的热闹场面。汤圆有无馅、咸馅、甜馅。想起过去她可以吃二十粒汤圆。她险些掉泪，忙眨眨眼。

林思买了各色洋布。每晚，油灯下，绣手帕、枕套、帐眉。一部分送给陈跑的母亲、嫂嫂们。一部分卖钱。陈秀萍一边摇着竹摇篮，一边看母亲绣花鸟。

陈跑的母亲、嫂嫂们很喜欢林思的绣品，针角齐，线密而均，配色优雅，花鸟活灵活现。镇上的姑娘们、婶子们都来请林思画绣图样，送一些番薯、芋头、面条、煎饼给林思作为答谢。

春节来临，林思买红纸，写对联送给陈大叔。“面线线线是功夫，人心心心是真诚。横批：好人安康。”

林思的隶书令镇上人赞叹。同时，镇上人更加猜疑，更加认定林思出自富足人家。她为什么没有夫家、娘家人可投靠、可帮助？她到底遭遇了什么？陈跑更加爱慕才貌双全、高贵的林思。

陈跑恳求父母邀请林思母子一道过除夕夜。陈母浅笑：“不用你开口，我们也会请林思母子三人一起过节。”

陈跑兴奋地转身向护厝林思的房间快步而去。

林思怀抱儿子，教女儿识字。陈秀萍见陈跑进屋亲切呼：“阿叔。”

陈跑兴奋摸着陈秀萍的小脸说：“年兜晚，你与阿母在我厝一起过年好吗？”

陈秀萍欢快地答应：“好啊，好啊。”

陈跑以为林思会很高兴，没想到林思一口拒绝。

陈母听陈跑说林思不肯一起过除夕，便来到林思屋里。林思说出了心理话：“我想在这里住下去就要与陈跑清清白白，免得别人说闲话。陈跑尚未娶媖。”

陈母听林思一番话，开心道：“在我厝过年。我们一大家口人，别人不会说什么的。你劝劝他找一个姑娘结婚，成一个家。”

林思带着儿女在陈跑家过了一个温馨的除夕。

冬去春来转眼间志广就要周岁。林思不禁黯然泪下。想当年女儿们满月、四个月、周岁都热热闹闹抓周、宴请，而今唯一的儿子却冷冷清清。

陈跑见林思连日心事重重，猜她是为儿子周岁之事发愁，安慰：“阿狗的度晬（周岁），我来办。”

林思拒绝：“不行。哪有你办的道理。”

陈跑笑哈哈：“什么有道理，无道理。”

林思忧虑地说：“厝边大小会长话。”

陈跑笑道：“别人爱说让他说，我不怕。”

林思没有与陈跑辩论。

午夜，林思等儿女睡着了，侧耳听门外没有动静，拿着事先放在桌上的剪刀，在黑暗中趴下摸索着，轻轻地移出床下的杂物，爬进床下，用剪刀轻轻地撬起一块砖，掏出一层砂土，拿出一个黑布包，解开。她在黑暗中，从金银首饰中摸出一枚金戒指套在无名指上，然后迅速扎好黑布包，藏下，铺上砂土，一手撑地，一手拿剪刀，脚跟轻轻探着，缓缓退出床下，快速恢复原样。她将剪刀放在桌上，轻轻地在木盆中洗了洗手，擦干，小心地回到床上睡觉。

次日晨，林思请陈大嫂帮助照顾儿女自己到县城赶集。

“前几日，日军飞机8架轰炸南安丰州镇，炸死、炸伤许多人。”陈跑执拗地要陪林思到县城赶圩。

林思戏谑："你去，日本飞机就不炸？"

陈跑做了个怪脸，调皮道："跑啊。"

林思吃过早餐，穿上最好的衣裳，打扮整洁，挎上装着绣品的花布包出发。早早守在林思门前的陈跑紧跟林思。

南安县城三街四巷。土路道狭窄，高低不平，总长一千米。中山街大部分是土木结构的平房，少数二层砖木楼房。两旁摆满了各种犁耙、锄头、箩筐、簸箕、谷桶等铁制、竹木农具和锅、碗等生活用具。一筐筐的海鲜、蔬菜……站着、蹲着，坐着的摆摊人都期待提篮、拎袋的人能驻足看一看，问一问，讨价还价。

集市里一股难闻的味道冲入林思的鼻内，林思忍不住皱眉捂鼻。

陈跑笑道："别人一看你这样就知你是小姐、太太。"

黑压压的人头熙熙攘攘。叫卖声、鸡鸭、牛猪叫声此起彼落，一片喧闹。林思走到一处臭味淡些，地板不那么脏的地方停住。林思在卖席子和布料的地方找了一处，将绣品挂在手肘上，却张不开口叫卖。陈跑时而喊一声："过来看啊，厦门的绣品。"

林思借口上厕所将绣品交给陈跑叮嘱："你要卖完啰。"

林思装着尿急快步走出集市，焦急地寻找当铺，远见街心一处高挂一面金色"当"字的蓝旗兴奋地急步而至。抬头看门头高挂凸字金底"福来当铺"。当铺内堂掌柜老头见她似有钱太太样子没有怀疑，摸了摸、看了看金戒指说："50元。"

林思皱了皱眉："这是从南洋带来的，成色，做工都是上等，样式很水。"

掌柜还是挑剔地说："样式过时，兵荒马乱，金银首饰如果不来赎很难卖出。"

林思无心讨价还价拿着50元钱迅速离开当铺。她找到厕所小解，刚从厕出来就见陈跑急匆匆地找来。

"怎么这么久？我以为你迷路了。"陈跑拉着林思的手就走。边上人惊奇地看着。林思挣脱了手。

林思眼巴巴地看着芭蕉、菠萝、龙眼、枇杷、荔枝等馋得直吞口水。

今非昔比，若是从前定是吃痛快。陈跑带着林思到点心摊吃一碗花生汤。林思想起在厦门与陈志广的父亲，突然很想走一趟厦门。

陈跑牵林思的手的消息传到陈跑父母的耳里。陈母忧虑地对陈父说：“阿狗看上阿思了，我们要赶紧找一个姑娘结婚。”

“各人的命。”陈父淡然地说。

陈母到处托媒为陈跑说亲。陈跑拒绝相亲，除林思不娶。

陈母反对道：“年纪更大不说，还拖儿带女。”

陈大哥实话实说：“阿思生得这么水，又写了一手漂亮的字，若没儿女也不会嫁阿跑。”

陈父淡淡地说：“能让阿狗变得规矩，不再到外面博（赌）、吃、玩，有一个家也不错。”

陈母极力反对：“名声，名声。找一个结婚过还拖儿带女的查嫫人，厝边大小笑死。”

数日后的一个晚上，陈跑走进林思的房间。林思抱着陈志广教陈秀萍识字、写字。陈跑在床边坐下，聊了数句后，鼓起勇气对林思说：“我想要娶你。”

林思诧异，拒绝：“我不同意。”

陈跑惊疑地问：“为什么？”

“我安在厦门。过几日，我要去厦门找他。”林思相信丈夫还在人世。另外自己已结婚生子，陈跑未婚。

陈跑很失落地说：“我等。你找到安，我为你们母子欢喜。你若没有找到安就嫁给我。”

农历六月二十四的早晨，陈母和陈跑的四位嫂子在下厅的八仙桌上放一个米筛。米筛里放着秤、墨、笔、书、算盘、光洋，饼、糕、糖。

林思将身着新装的志广放入米筛坐着。众人在一旁笑着，盯着。

陈志广一会儿看一看笑眯眯的大人，一会儿小手摸着，拍打着米筛里的东西。

林思希望儿子别抓吃的、玩的。

陈志广爬着，抓过算盘，小手在算珠上玩着。

林思惊喜地脱口而出："像你爸，赚大钱，做大老板。"

陈跑家人惊诧地看着林思。林思自知失言，不再言语，抱起儿子亲了亲。

中午，陈跑家人为陈志广烧一桌佳肴庆生。陈跑送了一套新衣裤、鞋、帽给陈志广。

林思想起四个女儿的满月酒、周岁宴热热闹闹的一幕幕。想到不知丈夫如今怎样、三个女儿过得如何、她的泪水不禁涌出，赶紧拿出手帕擦拭，深呼吸。思念像夏季里的爬藤一样疯长，她决定去厦门寻找丈夫。

农历八月，林思对陈母、陈大嫂道："想给志广断奶。离开几日，断奶更好断。麻烦你们带志广、阿萍。"

陈母问："去哪里？"

"去厦门找家里人。"

陈母希望林思能找到丈夫。

陈跑执意要陪林思去厦门，林思坚决不肯。陈父担忧道："你一个查嫫人路上不安全。"

林思微笑："厦门我很熟，没要紧。"

次日清晨，陈大嫂拿着刚出锅的数张煎堆到林思的房里说："这些煎堆你带在路上吃。"

林思不舍地望着睡梦中儿女对陈大嫂说："麻烦你了。"

陈跑不舍地与林思挥手，看着车开。

第十九章　厦门遭遇

1939年9月10日下午，林思拎着包袱走出厦门汽车站。林思故意穿着旧衣衫，髻子盘得松蓬，纷乱的刘海遮掩美人额、眉毛。她偷偷盯着迎面而来的人，渴望找到丈夫，遇见熟人。她腿重脚板疼走不动，雇一辆人力车到轮渡。

轮渡码头一米余高的木板围栏出口处，身着黄色军服的日本海军与身着黑色警服的厦门警察搜查往来行人。海面上一艘冒着黑烟的邮轮。木帆船、舢板、木舟进进出出。

林思想在轮渡附近找旅社。住好的客栈安全，但与此时衣着打扮不配，住差的又担心不安全。她找到轮渡码头对面的一座水泥平房。门楣横檐红漆底黄漆楷书写着“白鹭旅社”。

林思走进白鹭旅社。一对中年夫妇笑脸相迎。老板娘带林思看房间。房间设施简陋、陈旧，卫生条件还好。林思向老板娘打听鼓浪屿的事。老板娘愤愤不平咒骂日本鬼子造成厦鼓困难。林思想先找陈刺桐、陈敬伟，她将行李放在客房里，乘公交车到厦门大学。

厦门大学门口五个日本兵雄赳赳、气昂昂挎刺刀枪巡逻，两个日本兵昂首挺胸挎刺刀枪武威地站岗。校园内停着数辆坦克。校园已成为日本军的军营。不时有嘻嘻哈哈的日本兵进进出出。

林思慌忙离开。她先后到中山路，雍菜河、开元路，没有遇见一个熟悉的身影，到处是喜笑颜开的穿和服、趿木履的日本人和耀武扬威的日本官兵。

林思沮丧地回到旅社。在南安看不到报纸，没有收音机，她向老板要一些报刊，抱一沓报纸走进客房，靠在床头的枕头被褥上翻阅。她习惯先看日期，再看大标题，最后再看自己喜欢的内容。她希望看到一些丈夫、陈敬德、许志平等熟人的消息。阅至午夜，没有一个熟人的消息。她失望地关灯躺下，辗转难眠到凌晨才迷迷糊，乱梦不断。

天大亮。林思洗漱后，在旅社边的一个早点摊喝一碗稀粥，然后走向轮渡。日本兵盘查过渡的人。林思挤到前面，镇定地用不流畅的日语说："我要到鼓浪屿找领事馆的吉田太太。"

日本兵疑道："你的日语……"

"来厦门十多年了，在厦门多说厦门话，少说日本话。"林思急中生智用日语说，长时间没有说日语，说起来生硬。

日本兵听起来像是生气，连忙赔笑："对不起！"

林思挤上轮渡船。船上人贴人难以动弹。海风吹不散船上的闷气，林思有点晕船。船到岸，她跨上岸，深呼数口闷气，缓解晕船的难受。她环顾一眼熟悉又似陌生的鼓浪屿，急奔心怡别墅。站在别墅前她的心一阵阵痛楚。铁门大敞，院内横七竖八着站的、躺的、靠的、蓬头垢面的难民。林思在不远处看了数分钟，不见蔡管家的身影。她绕心怡别墅一圈，看不出地下的宝藏是否挖过。

林思急步走向郑氏咏春拳馆，见大门紧锁。她一路向人打听郑氏咏春拳馆，无人知晓。

她快步到安旺别墅。别墅杂草丛生。她想起与陈敬德、尼拉、陈宝珠等人在这美丽的别墅搓麻将、喝酒、聊天、欢歌笑语。她伤心地离开安旺别墅，到许志平别墅。别墅一片荒凉凄静。许志平夫妇、许丽丽等人已不知踪影。

林思垂头丧气地走到平安别墅。两扇铁门上的平安两字悲悲切切地相望。垃圾，杂草、荒芜的庭院。戏台满是枯叶、枯草。她想起晋江阿婆生日和厦门抗日首战告捷，这戏台都唱了三天的戏。院内挤满看戏的男女老少，一片欢声笑语。她心痛地走开。鬼子祸害了多少原本子孙满堂、荣华富贵的家庭。

美国领事馆的门岗不让林思进入。林思哽咽地向门岗诉说女儿阿芳送给领事馆的瑞克夫妇之事。门岗说没有这个人。

林思抹了抹泪朝英国领事馆走去。她远远地看见领事馆前熟悉的那面米字旗。门岗不让林思进。林思打听满乐思夫妇的消息。门岗摇头不知。她想起曾经带女儿骑着小三轮车穿梭于领事馆中央走廊，在领事馆前荡秋千。想起送走女儿阿芬的情景，泪如雨下。她见边上有人注意，低头抹泪离去。

林思深呼吸吐出堵在胸口悲伤的愤气，朝番仔球甫走去。当年看门的头扎红巾、满面大胡的“马答仔”无影无踪，在绿草如茵的场里追着小球乱跑、打网球、曲棍球、踢足球的娱乐的洋人杳如黄鹤。当年领事馆人员、洋行老板及商界知名人士娱乐、聚集的地方如今只有日本兵在打球、踢球、聊天。

每到一处，林思都感到似熟悉又陌生。她肿胀疼痛的眼叠映当年酒杯、音乐、舞步、扑克牌、麻将牌。她走遍鼓浪屿的大街小巷，没有遇到一个熟人。呜咽的细砂、哭泣的海涛无法告诉她离别亲人的消息，无法传送她对亲人的呼唤。她心碎地赶乘最后一班轮渡回厦门。

9月12日晨，民国路。林思东张西望想寻找熟人。突然一男子冲过她的身边。她还未反应过来。“啪、啪、啪”一阵枪响。林思瞥见一人扑地，血流如注，慌忙跟着行人纷纷逃避。被暗杀的是厦门陆军特务机关情报部长田村丰崇。她不知道陈跑来厦门，此时就在这里，东张西望地寻找她。

日本兵抓住一个约十岁的男孩逼问。男孩子吓得说：“短发、白衣、黄裤。”

日本兵看到穿白衣、黄裤、短发的青年就抓。日本兵一下抓住陈跑。陈跑奋力挣脱，大声喊叫：“我又没犯法。”

四个日本兵抓住陈跑，扎实绳索，押上卡车。卡车已押着十余位平头、白衫、黄裤的青年。陈跑疑惑：平头、白衫、黄裤触了鬼子的什么霉头。

林思伤心回南安。陈母见林思回来一阵兴奋，却不见陈跑又一阵紧张。第二天，陈跑仍没有回来。林思、陈家的人心急如焚担忧陈跑的安危。

一个星期后，陈三哥带着陈跑的照片到厦门找陈跑。

陈三哥一下车就顿感厦门天堂变地狱。陈三哥小心谨慎地来到开元路南安抗日联络点的“南安茶米铺”。老板是抗日联络员，年纪与陈三哥相仿，精明强干。

陈三哥拿出陈跑的照片给老板看，说明来意。

老板担忧地问：“你的尾弟是不是平头、穿白衣、黄裤？”

陈三哥不解地看着老板说：“他是平头。但是不是穿白衣、黄裤就不知道了。”

“前几日，一个日本头被杀了。说是平头、白衣、黄裤的年轻人杀的。当日抓了许多平头、白衣、黄裤的年轻人。”

陈三哥惊慌：“我尾弟是有一件黄裤，不知是不是穿来了。”

日本警署刑讯室，陈跑被打得遍体鳞伤。

这时走进一位年轻的长官看审讯记录，又仔细端详陈跑。突然，他对陈跑狂笑道：“你不叫陈跑，你叫陈国泰。”

陈跑大声辩道：“我就是叫陈跑。”

年轻长官坐到审讯桌前笑道：“泰哥，你这两年躲到哪里？”

陈跑忍痛道：“我一直在南安。”

年轻长官拍了拍额：“对了，我忘了你是南安人。你来厦门找老婆、孩子。”

陈跑知道眼前的人确实认错人了。陈跑不知承认泰哥是祸还是福谨慎地说：“我孩子都在家里，老婆跑来厦门。”

年轻长官吩咐日本兵暂时不要用刑，单独关，急忙去向吉田太郎报告抓到陈国泰。吉田太郎兴奋地直奔审讯室。二年了，陈国泰杳无音讯。他以为陈国泰死了。他希望陈国泰死了。吉田太郎一看此人没有陈国泰浓密的大胡子，眼神少了陈国泰利剑般的寒光，多了几分流气与稚气。吉田太郎知道陈国泰是孤儿，这个人与陈国泰如此酷似，估计沾亲带故。

吉田太郎审问陈跑。陈跑咬定不认识陈国泰。吉田太郎示意用刑。点梅花、吊钟、拶指、灌肛门、碾膝、薰鼻；以烧红的铁条放入口中“吃雪茄”。随着一道道酷刑，陈跑一声声惨叫。随着一阵阵剧痛，陈跑一阵昏死。吉田太郎见眼前这人一脸的无辜，确认此人与陈国泰素不相识。他悻悻而去，脸上荡起阴笑。

陈敬德祖厝。陈国泰、陈敬德与刺桐花会的组长们猜疑日本人为什么要放出话说抓到陈国泰？有什么阴谋？

陈敬德走进大中路喜乐咖啡厅找了一个最里边的空桌坐下等人。一会儿，一位瘦高个、戴礼帽的人在陈敬德对面坐下。此人是陈敬德、陈国泰的朋友“台湾哥”。台湾哥在日本警察署工作，台湾人，日本国籍，讲一口流利的日语。少年时期被日本在台湾的组织看中吸收入警视厅。熟悉各种特工手段，机敏，得于重用，成为特高课，随吉田太郎到厦门，成为其副手。他另一身份是军统。

陈敬德轻声地问：“为什么日本人要放出话来说抓到‘陈大胡’？”

台湾哥敬佩陈国泰的男子汉气，答应帮忙探听消息。他饮完一杯咖啡离开。

第二天傍晚，陈敬德回到祖厝，告诉弟兄们：台湾哥传话，监狱里关着一个与陈国泰长得一模一样的人，只是那人不是大胡须。

陈国泰兴奋：“妙妙的舅舅说妙妙身边跟着丽珠和一个长得与我一模一样的人。找到这个人就能找到妙妙母子。”

“劫狱？哪有那么容易。”陈敬德劝陈国泰别急。

日头高照，天气依然十分冷。日军龟田少佐吆喝着叫狱警押出戴着脚镣铁链的抗日可疑分子到海边的一个小山包。龟田强迫受刑的十余人一字排开。第一个被叫出场的是外号叫“大股的”（高大魁梧）中年男子。被折磨得人不人鬼不鬼“大股的”，依稀可见粗壮的骨架。

龟田踱着步，拿指挥刀在“大股的”鼻尖前晃荡，用流利的汉语、闽南话交织着说：“大股的，心情怎么样？嫫(妻)没安(丈夫)，仔没爸。哈哈哈……”

“大股的”怒眼圆睁冷笑一声，清了清嗓子：“我姓吴的血脉通海，你杀不尽斩不绝”。“大股的”喘了口气回头对战友们说：“好样的都跟上，同日好做忌。”

龟田恼羞成怒呵道：“砍头！”

两个刽子手推搡“大股的”到靠海的石崖边。一个日本兵操木棒往“大股的”脚弯处猛击。“大股的”跪倒在地，另一个操马刀的日本兵挥一刀，“大股的”头颅飞落在地上，人依然挺立着，脖颈处血如泉涌。两个日本兵同时飞腿踢向“大股的”身、头，身、头飞下海。

陈跑见一刀一个踢下海去，浑身瑟瑟，深深地后悔没有听父母的话在家等待，跑到厦门来送死。林思可能已在家等待自己回家……

一阵吆喝，陈跑被推到场地中间。龟田用指挥刀挑了挑陈跑的裤裆，冷笑地用闽南话说：“怎么样？滴尿了！对皇军干过哪些伤天害理的坏事。”龟田和边上的人异口同声发出一阵狰狞的狂笑。

陈跑想尽量拖延时间，等人来救。昨晚，陈跑吃饭时，口里被刺了一下，一根半寸的细铁丝，一张字条：用此铁丝开手铐、脚镣，等待来人解救。陈跑从舌下拿出铁丝插入袖口。他大声喊道：“你们抓错人！”

龟田阴笑道：“怎么可能？”

陈跑描述一番林思的美貌，说：“厦门一个有钱公子到洪濑看到我嫫水，骗来厦门。没嫫的日子很困难，饭菜没人煮，衫裤无人洗，儿女没人顾。最糟糕是一个吃奶的达啵仔很可怜，哭啊，哭啊。没办法，我来厦门找她。”陈跑想拖时间愁眉苦脸哽咽地真真假假、可怜兮兮地说。

突然枪声大作。日本兵反击。陈跑从袖口悄悄地拿出铁丝开手铐、脚镣，忍痛，赤脚一拐一瘸地跑。

陈三哥的人，陈敬德的人，军统的人不约而同一起劫法场。陈三哥朝陈跑去，背起陈跑就跑，其他人掩护着撤退。陈敬德的人没有找到与陈国泰长得一样的人，与军统的人一起打开另外四人的手铐、脚镣，掩护四人撤走。

次日早，“南安茶米铺”老板烧饭时，陈三哥将陈跑的血衣裤放入灶中烧尽。陈三哥请南拳馆的人为陈跑治伤。日军全城大搜捕。米铺老板将陈跑藏粮仓米袋间。一个星期后，陈跑化妆跟陈三哥回南安。

陈三哥扶着陈跑跨火盆。陈跑在护厝洗了头、身，换上家中干净的衣裤才进大宅门。陈母将换下的衣装等叫陈大嫂扔了。

林思满面欢笑，压在心头的重石顿时飞走。她端着一碗香喷喷的红菇、肉丝面线蛋到尾间。陈跑开心地吃着。关系好的邻居带着扎红线，放红纸的鸡蛋、面线来看陈跑。来者听陈跑说厦门遭遇愤愤地咒骂日本矮子，赞扬厦门抗日勇士。

陈跑历险的经历只有林思心理明白。陈跑被误认为泰哥说明日本人没有抓到丈夫，没有丈夫死讯。林思心底充满希望。

陈母炖鸡汤让陈跑服田七粉，草药炖猪蹄为陈跑治疗内伤。

林思不时炖鸡汤、猪蹄汤给陈跑补身。她时常带陈秀萍、陈志广陪陈跑聊天，解寂寞。

陈跑伤好继续跟着哥哥、父亲上山砍柴。他砍的柴都给林思，帮林思劈柴、挑水。林思做绣活时，陈跑将志广骑在脖子上，带陈秀萍逛街，买零食，到洪濑溪看船来来往往、钓鱼、网鱼。陈志广和陈秀萍亲切地叫陈跑“阿叔。”

这日上午，陈跑在小杂店给陈秀萍、陈志广买零食时遇见三个赌友“红眼”、“鸡嘴”和“阿三”。红眼因每日喝酒、赌博眼白总是血丝，朋友就叫他“红眼”。“鸡嘴”因脸尖、下巴尖，而得此绰号。阿三排行老三被称作“阿三”。陈跑拒绝阿三约晚上打牌九。“红眼”冷嘲热讽地：“离不开仙女，想做个现成的阿爸，儿女双全。”

陈跑不悦道：“我欢喜，你摔浪（屁事）。”

“红眼”冷笑道：“有本事，娶一个，生一个。”

陈跑怒火中烧放下志广，一拳打过去。“红眼”酒劲未退一拳回过。

阿三、“鸡嘴”忙拉开两人。

陈秀萍抱起弟弟惊慌地跑回家报信。陈跑的父母、陈大哥、陈二哥赶到小杂货店。

杂货店门前围满了人。陈跑与“红眼”鼻青脸肿。陈大哥怒骂着、拽着陈跑回家。

林思听到过一些谗言，看到人们眼神的异样，抱着儿子，牵着女儿赶忙离开。

陈母边为陈跑的伤处擦药酒边生气地责训：“你知嘛，万银买无好名声。”

陈跑家人对陈跑想娶林思一事赞成与反对各半。

一连数日，林思躲着陈跑。每日大早，她吃力地挑着半桶水来来回回，将水缸装满不让陈跑挑水。

这日清早，林思挑着的木桶前晃后荡，一步一颠吃力地往家走，“啪”一声重重地滑跌倒在地。井边一位挑水的中年男子放下水桶，一位洗衣姑娘一起上前扶起林思送回家。

陈三嫂喊婆婆，一家人都跑出来。陈三嫂拿药酒为林思擦脚踝。林思痛得忍不住轻唤，流泪。林思的踝关节肿如碗糕不能动。陈跑的母亲和嫂子们照顾陈秀萍、陈志广吃住在陈家。

陈跑上山摘草药，碾糊为林思敷包，一日三餐，将饭菜端到护厝给林思吃，讲故事给林思听。林思感动地、自嘲说：“跋折（摔断）脚骨吃倒勇（更壮）。”

陈跑笑哈哈道：“你想要躲我，结果更离不开我。天意。”

林思边吃猪蹄汤边想：这真的是天意吗？难得他为了我差点丢了性命。一个衣来伸手、二来张口的尾仔为我砍柴、劈柴、担水，帮着带陈秀萍、陈志广真不容易。

未生育的陈四嫂照顾陈秀萍如亲生女儿，常说：“有一个水查嫫孩就好了。”

陈三嫂笑说：“你喜欢阿萍就认她做义女。”

林思、陈四哥、陈四嫂按南安习俗举行陈秀萍认义父义母的仪式。

一样的米养百样人。总有闲人闲得慌，听风就是雨。镇上到处传言：漂亮的厦门女人原来就是陈跑的女人。鬼子侵占厦门只好到洪濑来找陈跑。陈跑的家人本来不信，说的人多了，说得神乎其神，半信半疑。从未见陈跑这么无微不至地关心女人、孩子。传言让陈母开口逼问陈跑。

陈跑对天发誓："阿思住我们家之前我根本不认识阿思。骗你们给雷劈。"

陈三哥替陈跑澄清说："阿跑不是说在监狱审问时，有一个人说叫陈跑叫泰哥吗？"

陈跑补充："当初是那个叫丽珠的人认错人，我才认识她们。"

陈母不放心林思的身份，忧虑地说："阿思为什么不说安的事，也不说厦门家中的事，不知这里面有什么名堂。"

第二十章　祸从天降

除夕晚，当陈跑抱志广，林思牵秀萍走进大门时，陈跑的家人感觉陈跑一家子回来。席间大家相互敬酒祝福，说说笑笑、亲亲热热。林思忘了自己不是这个家庭的人。陈秀萍、陈志广"阿公、阿嬷、阿伯、阿姆、阿叔、阿婶"叫得亲如一家。

饭后，陈家的女人撤去宴席，在厅堂和房里的桌上插"春枝"，摆上红橘、柿饼等果盒，硬币、红蛋、"来年米"、龟粿、碗粿、碗糕、甜粿、"九鬃芋"等供奉祖龛前，直至大年初一。

陈跑的家人摆上丰盛菜肴酒席，围上"吉祥喜庆"的绣花桌裙。陈父点燃厅堂的大红烛，拈香。陈跑及家人一齐向列祖列宗跪拜，恭

请祖宗降临饮宴，庇佑合家大小平安，兴旺发达。

上香之后，陈家老少在门口堆上一些干稻草、干番薯藤，再盖上野生“火囤刺”以及“掸尘”用过的扫尘枝等烧起火堆。陈父在鞭炮声中点燃“火囤”，火焰升腾。陈跑牵着陈志广与哥哥们、侄儿们跳“火囤”，边跳边喊：“烧火囤，火拉轮；公担金，婆担银”。

女人们不能“跳火墩”，林思与陈跑家的女人笑着，不停地念道：“发财啰！火盆跳入来，新年大发财；火盆跳出去，新年有福气；火盆跳向东，新年银钱满厅房；火盆跳向西，新年财源入厝内。跳进来，年年发大财；跳出去，无忧又无虑；跳过东，五谷吃勿会空；跳过西，钱银满屋内。年兜冥，跳火盆。公挑金，婆挑银……”女人们不时地往火堆中撒食盐使火堆响声不断。

午夜，火囤快熄灭时，陈父把供奉的“灯猴”，用火钳托出，伸到火囤堆里烧。把烧着的“灯猴”残骸托进厅堂放在小风炉里，口中念着：“灯猴入厝埭埭（即代代）富”。男孩们跳着回屋。陈母把火囤堆余烬装到新的“火烘”中“加火”。

林思带着儿女回屋洗漱，哄儿女入睡，自己躺在床上没有一丝睡意。久违的热闹、喜庆搅得她热血沸腾。她想起心怡别墅节日的热闹、喜庆，不禁悲伤起来。

转眼到初九敬天公。林思沐浴更衣，设香案，供一个猪头，带着儿女烧香叩头敬拜，祈求保佑亲人平安健康！她想起在鼓浪屿敬天公的情景鼻子一酸眼泪出眶。她忙偷偷地拭泪。没有人能预知未来的事。林思想起过去那些始料不及的一桩桩，一件件，悲悲喜喜，起起落落充满感慨、反思。

陈跑笑哈哈地端一盘十个“黑龟粿”走进护厝林思的厨房。林思喜欢“黑龟粿”墨绿的皮、清明草香味、糯、Q，花生、芝麻白糖馅的酥脆香。她迫不及待地拿一个给秀萍，一个志广，自己也拿一个吃起来。“黑龟粿”是敬天公的祭品。南安逢年过节的重要食物，代表喜庆、吉祥。陈秀萍、陈志广边吃边赞“好吃。”

陈跑见林思吃得津津有味开心地笑。

林思不禁想起黄怡琴、苏爱梅、蔡管家、叶丽珠、旺婶的“黑龟粿”的味道。

农历二月的一个上午，镇上男女老少欢快地出门看天香踩街盛会。周边乡村的人来了许多。锣鼓声、鞭炮声、彩灯、旌旗。陈跑脖子架着陈志广。陈志广兴奋得舞手蹬脚。

香踩队伍童男童女粉雕玉琢，服饰缤纷巡游。男童扮成皇帝、王公大臣、状元等威风凛凛地骑在马背上，女童妆成公主、小姐娇贵优雅端坐在妆阁上。轿夫穿着红色衣服，远远看去就像蜈蚣的百足。

围观得人指着扮何仙姑的陈秀萍惊叹其可爱、美丽。陈跑仿佛赞叹自己的女儿自豪地看了看林思。林思充满幸福地笑。

林思渐渐地适应洪濑的生活。

端午前，白日，万里无云的晴天，半夜里，狂风大作，暴雨如石，雷声如炮，闪电如剑，像要把天地劈裂。陈志广吓醒了，“哇哇”大哭。陈秀萍吓得紧紧地抱住母亲。

“不要怕，不要怕。”林思嘴上哄着儿女，心理非常恐惧。从前遇这种天气，父母、哥哥、芹姨总有人陪在她身边。志广的生父会搂着她。一声惊雷心一颤，一道闪电身一抖，林思整夜无法入眠。此时，她闪过嫁给陈跑的念头，身边有一个男人壮胆。

林思对陈跑的示爱从无动于衷的装傻渐转为心领神会的微笑。她担心陈跑家人反对。她更担心镇上的人看不起陈跑，未婚小伙娶一个生儿育女过的女人。

陈四嫂父亲六十寿，陈四嫂、陈四哥准备去集美贺寿。陈四嫂想带秀萍一起去。陈秀萍嚷着要去。林思想让陈秀萍去看看集美学村，增加读书的兴趣。

林思到镇上的布店扯二块花布赶做一套新衣裤。

这日一早，陈四哥提着寿礼，陈四嫂牵着穿着新衣裤的秀萍高高兴兴出发。

车上，陈四嫂搂着秀萍说：“猜谜语。红关公，白刘备，乌张飞，

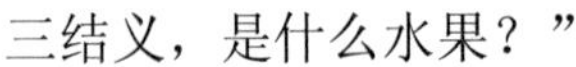

三结义，是什么水果？”

陈秀萍马上回答：“荔枝。”

陈四嫂笑赞：“真聪明。”

陈秀萍笑咯咯：“我母叫我猜过了。”

陈四哥看着妻与义女如亲母女幸福地笑了。陈秀萍亲亲地、甜甜地叫“义爸、义母”时，陈四哥、陈四嫂顿时升起为人父母的幸福感。

陈四嫂微笑地问：“除了阿爸、阿母，你家有几个人。”

“还有大母、二母、大姐、二姐、三姐、大妹妹、小妹妹，还有丽珠阿姨、蔡阿伯，还有旺婶。”陈秀萍忘记母亲的叮嘱，讲起记忆中鼓浪屿的点点滴滴。

陈四嫂微笑：“你爸叫什么名？”

陈秀萍笑咯咯：“陈先生、胡须陈、头家、陈老板。”

陈四嫂笑：“你知道你爸的姓名吗？”

阿萍摇头道：“不知道。”

陈四嫂耐心地问：“你姐姐、妹妹呢？”

陈秀萍笑说：“大姐在厦门大学读书，二姐、三姐在码头和二母找不到了。两个小妹送给别人了。”

陈四哥、陈四嫂从陈秀萍的只言片语中大概知道林思从前富贵、幸福的生活。

陈四哥愤愤道：“林思肯定是日本侵占厦门时不得已将两个小女儿送人，丈夫不知下落，逃出来时与家人走散。”

陈四嫂深深地怜悯林思的不幸。

陈四嫂的娘家在集美学村。陈四嫂对陈秀萍叹道：“本来这里很热闹，很多学生。鬼子飞机轰炸，先生和学生都到山沟去了。学校空荡荡。集美许多人四处避难，现在变得没什么人，冷冷清清。”

陈秀萍学着母亲的话愤愤道：“可恨鬼子。”

陈四哥、陈四嫂牵着陈秀萍穿过冷冷清清的集美学村、住宅区，走进一幢三落大厝。今日，陈四嫂娘家热闹无比。陈四嫂的姐姐、姐夫，妹妹、妹夫带着儿女已先到达。陈四嫂的两个哥哥、嫂嫂忙碌办寿宴。

伯伯、叔叔等亲戚陆陆续续来贺寿。请坐、泡茶、敬烟、聊天。人多、笑声多，充满喜气。左邻右舍听说四嫂带回一位漂亮、可爱的义女纷纷来看。众人皆喜欢卷发如波，高鼻梁、亮眼睛的陈秀萍。陈四嫂娘家又增添许多欢快。

午饭后，陈四哥、陈四嫂带陈秀萍参观集美学村。四嫂之母叮嘱："早点回家开宴。"

集美学村楼宇栉比。红砖、白石、绿瓦蔚为壮观，艳丽夺目。陈秀萍满眼新奇欢悦，满面笑容。

陈四嫂开心地指着楼房说："这些房子多是缅甸、菲律宾、泰国、马来西亚、新加坡的华侨盖的。"

陈秀萍笑眯眯："我阿母是缅甸仰光人。"

陈四嫂与陈四哥惊异地对视问："你外公、外婆还在缅甸仰光？"

陈秀萍伤心地说："都老去了。"

陈四嫂愣了一下问："缅甸仰光还有什么人？"

陈秀萍摇摇头："不知道。"

陈四嫂不想陈秀萍不开心，指着一座座教学笑说："这里的厝真正水。"

陈秀萍笑咯咯道："我的厝也水。"

陈四嫂趁机问："你厝住哪里？"

陈秀萍笑哈哈："五龙屿。二层楼，门口有树、花。"

陈四哥、陈四嫂知道鼓浪屿的别墅都是有钱人住的。

"等鬼子滚了，先生和学生回来了，这里就又热闹了。"陈四嫂告诉秀萍陈嘉庚建校的故事。

"我以后到这里读书。"陈秀萍笑咯咯说。

陈四嫂摸了摸陈秀萍可爱的小脸蛋说："好啊，好啊。我们住在外婆家。上学很近。"

陈四嫂买一小袋"咸酸甜"给陈秀萍。陈秀萍开心地吃着。在集美学村间的一栋居民楼前围着三四个男孩看手艺人现场"装糕人（小面人）"。

陈秀萍跑上前去看，眼里充满喜欢说："真正水（真漂亮）。"

陈四嫂对陈秀萍说："选一个。"

陈秀萍犹豫："阿母交代不能乱花钱。"

陈四嫂笑说："这不是乱花钱。"

陈秀萍选一个仙女。陈四哥说到远处买一包烟。数分钟后，陈秀萍尿急。陈四嫂要带陈秀萍到数十米外的厕所。陈秀萍将半袋的"咸酸甜"递给陈四嫂说自己能行，独自跑向厕所。

陈四嫂接过艺人捏的仙女，付钱。突然，日军多架飞机俯冲投弹。陈四嫂不顾一切地冲向厕所。她刚冲出数步，炸弹在厕所炸开。一股热浪涌出，陈四嫂许久喘不过气。整个厕所被炸塌大半，到处是残砖破瓦。陈四嫂哭喊着发疯地冲向厕所，刨着，叫着。装糕艺人及听到悲恸哭喊声的人冲向厕所帮着刨。陈四哥见状冲向厕所疯狂地刨。

有认识陈四嫂的人跑去报信。陈四嫂的家人、贺寿的亲友全都赶来疯狂地刨。人们从砖瓦中抱出血肉模糊、满是尘土的陈秀萍。有人找来破席盖上。在场的人忍不住泪如雨下。

人群中有人劝，天气太热这样放着不好。陈四哥与妻娘家人商议如何办？有人说要叫孩子的母亲来，有人反对说让一个母亲看到孩子的惨状太残忍。众亲商议后，陈四嫂大哥去雇殡仪工。

陈四嫂的姐姐、妹妹强行抱扶着浑身瘫软的陈四嫂回家。陈四哥跟着去拿陈秀萍的行李。

殡仪工为陈秀萍清洗、更衣，买了一副棺材埋了。

陈四嫂娘家怒骂声、哭泣声冲没贺寿的喜庆。陈四嫂娘家人轮流守护着悲伤极度的陈四嫂。家人、亲友、邻人安慰陈四嫂说："不是你的错，是鬼子害的。"

站锅台的人没心情烹饪，东一盆，西一钵的食材没能烹饪色、香、味的佳肴。来宾没有心情说出祝寿辞。陈四嫂的父母发话免了祝寿。贺寿如送葬一样悲凄。大家随意地填了一下胃，安慰一番陈四嫂及其娘家人，悲愤地离去。

陈四嫂头痛，其姐灌了数匙稀饭汤。这一夜，陈四嫂的娘家人无眠。

四嫂之母不停地抹泪，时而唉声叹气：“没法向她母交代啊。”

陈四哥、陈四嫂不敢回家面对林思。数日后，四嫂之母拿出10块大洋递给陈四哥哽咽道：“千元、万元也不能抵上一条命。早晚都要面对。回去吧，你父母家人会担心的。”

陈四嫂的大哥、姐夫，弟弟，妹妹各拿出10块大洋托陈四哥交给秀萍的母亲表心意。

陈四嫂说好三天回来，五天了没有回来。林思、陈跑及家人心急如焚。陈父叫陈跑吃完午饭去集美一趟。

午饭时，陈四哥、陈四嫂、四嫂的大哥、大嫂来了。陈跑及家人没有看见卷毛的陈秀萍正惊疑，发现陈四嫂双眼红肿，脸色苍白，陈四哥一脸忧伤，四嫂的大哥、大嫂脸色憔悴。未等众人问，陈四嫂就号啕大哭。陈四哥扶着妻，抹泪。四嫂的大哥、大嫂哭诉发生的悲剧。晴天霹雳，众人脑子一片空白，流泪发呆，不知如何向林思交代。

林思听见哭号声抱着志广快步而来。她见陈四哥抱着哭泣的陈四嫂，众人眼泪汪汪，没有看到女儿，不祥袭上心。

陈大嫂忙抱过志广逗说：“阿婶带你买饼吃。”

陈母扶着林思坐下。四嫂大哥边流泪边将秀萍的不幸复述一遍。林思眼黑、脑白、魂飞。陈跑眼疾手快抱住昏迷的林思。

街坊邻居听见陈四嫂的悲号声纷纷赶来。听说讨人欢喜、可爱、漂亮的陈秀萍被飞机炸死，忍不住掉泪，愤愤地痛骂鬼子。

陈母掐林思人中，陈二嫂灌开水。

第二十一章　精诚所致

林思的脑浆如凝固的冰十余分钟后才融化，放声大哭。悲恸地哭声令在场的人跟着流泪。众人知道没有任何言语可以安慰失去孩子的母亲撕心裂肺的悲伤。

一个星期，陈母带着陈志广吃、睡。陈四哥守护着陈四嫂。陈四嫂时常悲泣：“我是无仔命，才刚得到水查嫫孩就没了。”

白日，陈跑端茶、送饭、讲故事、讲趣事、守护着林思。夜晚，陈大嫂、二嫂、三嫂轮流陪林思睡觉。林思时常在睡梦中惊哭、惊叫，陪睡者将她叫醒。

陈父请镇上最有名的郎中为陈四嫂、林思开安神药煎服。

“你若是真爱阿思，就娶她吧。”陈母对陈跑说。她觉得这样可以弥补陈四哥、陈四嫂对林思的过失。

陈家人无微不至地照顾神情恍惚的林思。林思感受到家的温暖，此时真的很想有一个温暖的家。

林思羡慕陈跑一家的和睦。陈跑第N次说“嫁给我吧”的时候，林思默许了。

陈母等人清扫、整理陈跑的尾间，新添梳妆台等家具，置办新枕、新被、新蚊帐等。门贴红双喜字、门框贴喜联。家里人办三桌酒席，简单地把婚事办了。

陈跑担心林思会偷跑到厦门找前夫悄悄地将林思的厦门良民证烧了。

陈跑及家人不时地安慰林思。林思只能将悲伤压在心底，假装恢复如常。与家婆、妯娌共同承担家务，折菜、洗菜、洗碗、烧水、沏茶，与公婆、四位伯子、妯娌聊天。林思大方、健谈，见多识广有不断的新话题。缅甸、日本、马来亚、菲律宾风景，英国、美国人习俗，电影、戏文给陈跑家人及周围的人带来更大的、精彩的世界，深受众人喜欢。陈宅大埕一日比一日热闹，俨然成了洪濑镇的讲古场。热情好客的陈跑父母欢喜人气旺盛。

陈跑常将志广骑在脖上走家串户，遛街、到洪濑溪边看船来船往，码头上装卸货物。他带着志广玩弹弓、竹水枪。

陈跑有时与哥哥们下田、上山砍柴、担水、劈柴。林思心想只要能这样下去把儿子抚育成人就行。

婚后，陈跑的赌友、酒友时常找陈跑玩。林思常提醒陈跑道："记得你的发誓。"

陈跑嬉皮笑脸道："记得，记得。"

陈跑不理睬赌友、酒友的冷嘲热讽、诱惑。

林思压制住从前我行我素的性格，与陈跑家人和睦相处。她为陈跑、志广洗、晒、收衣裤，清理自己屋内的卫生。她绣一些枕套、手帕、帐帘送给婆婆、嫂子们、姑子们。

陈跑经不住赌友、酒友一而再再而三地诱惑，开始赌博、饮酒至深更半夜，甚至天亮回家，睡到八九点钟或是中午。林思劝导无果，只能忍。她不敢像从前 样发脾气。她珍惜陈家的温暖。离开这个家不知可以到哪里去生活？陈跑除爱赌、爱饮酒外没有别的坏处。他对自己和儿子很照顾。赌赢了会带自己和儿子逛街，买一块布料给自己，买一个玩具给儿子或者带看戏、吃点心。林思的愿望就是养大儿子。

陈跑父母、兄嫂希望林思能与陈跑过个平安的日子，添一双儿女。陈跑不争气，他们就尽可能地对林思和志广多一些爱护。陈跑就算没有添一儿半女，老也有所靠。

陈跑父母、兄嫂们时常规劝陈跑不要赌、不要饮酒。陈跑总是态度很好，虚心接受，改一段时间，抵不住诱惑，死灰复燃又赌、又饮酒。

陈父端着茶叫陈跑饮茶。陈跑知道父亲有话要说，坐下饮茶。陈父耐心道："你喜欢林思，也如意娶了她，就要像男子汉担起照顾她们母子的责任。不要跟那数个赌鬼、酒鬼来往。将来添一男半女的。你对阿广好，阿广也会对你好。"

陈母见状在陈跑身边坐下和颜悦色说："当初你一心要娶阿思。现在得到了就要好好珍惜。阿思虽然娇贵一些，也不是很会做家务，但不是坏查嫫。好好过日子，早点生一男半女。志广可爱，好好对他，也是个儿子。"

陈跑笑嘻嘻地保证："会的，会的。"

陈母提醒："你又跟那些浪子来往，迟早有一天，你会被他们害的。"

陈跑笑嘻嘻："放心，我心理有数。"

林思精心照顾儿子，与陈跑家人和睦相处，转眼到一九四二年冬。这晚，陈跑与阿三等人到镇尾饭店吃饭饮酒。饭后，到阿三家饮茶，吸竹筒烟、赌牌九。这晚，陈跑的手气一直不好，身上的钱、戒指、手表都输光了。陈跑准备回家。"红眼"道："不想翻本啦？"

陈跑不悦道："我没有翻本的钱、物。"

"鸡嘴"接口："厝。"

"你心真正毒。没厝，我全家那么多人住你厝。"陈跑骂着想走。

"红眼"赢得心花怒放说："田。"

陈跑怒骂："你心也毒。没田，我全家那么多人你养。"

阿三唤妻往茶壶里加开水。阿三妻到厅里加开水时，听到"红眼"说："水查嫫的达啵仔。"

"你没达啵仔，想从我这儿赚一个达啵仔。"陈跑奚落。

"有钱还怕买不到达啵仔。""红眼"讪笑说。

"你买不到这么聪明的，生得这水（帅）的达啵仔。"陈跑反驳说。

"鸡嘴"道："屁股后，每个人都说这个厦门水查嫫是你的人。达啵仔也是你的种。"

陈跑遗憾道："若是我的仔就好了。"

"红眼"坏笑道："不是你的种，哪会生得与你像饼模印的一样。"

“鸡嘴”道：“若不是你亲生仔你就别心疼。”

“这达啵仔真是小男子汉。城市查嫫见世面多，厉害，又读过书更厉害。你不卖这个达啵仔，她是不会为你生达啵仔。”“红眼”说。

陈跑与“红眼”你一句，我一句，脸色越来越铁青。高一声，更高一声吵起来。阿三制止“红眼”。

“鸡嘴”微笑地拍了拍陈跑的肩说：“红眼说得也不是没有有理。再说将那达啵仔押上，说不定会把本翻回来。”

“好。”陈跑提心吊胆、犹犹豫豫地说。他害怕输掉陈志广，又非常想翻本，再一想近日的手气不好，也不会一直不好。

阿三妻常请林思帮助自己画绣样，同情林思的遭遇。林思只有这个儿子，若没有儿子怎么活下去？阿三妻给四人加完水后，蹑手蹑脚地出了门，一路奔跑，慌慌张张跑到林思房屋前，轻轻地敲门，气喘吁吁地轻唤：“阿思，阿思。”

林思刚入睡，迷迷糊糊听见敲门声和轻轻的叫声，惊醒，侧耳细听后，慌忙开门。阿三妻闪进屋神色慌张地说：“尾仔今晚一直输，全输完了。他们叫他把阿广押赌上。若是再输，阿广就会被抱走了。你赶紧抱志广去躲几天。”

“去哪里呢？”林思忧愁地说。

“去码头看一看有没有船。我不能久留，他们会发现的。”阿三妻说完，急匆匆地往离开。

林思毫不迟疑地钻进床下挖出小瓮。从大衣柜里拿数件衣裤，到厨房将豆豉倒入小瓮盖住从厦门带来的珠宝首饰。她背着熟睡的儿子悄无声息地、慌慌张张地离开屋。

阿三妻心惊肉跳地回家躺在床上，努力使自己平静下来。她专注地听隔壁间的动静。今晚，她希望陈跑能赢。她听得隔壁赌者起身的凳子声，想是赌局散了。她装着刚从床上起来的样，弄乱了头发，披着衣服，揉着眼睛。阿三见妻起床，问赌友要不要吃点心。

赢了志广的“红眼”说：“不吃。先去抱我的仔。”

陈跑有些不舍得可爱的儿子，更不知如何面对水查嫫，也担心半夜三更吵家人说：“明天再去吧。太晚了，家里人这时都在睡觉。”

“红眼”说：“我可等不及。”

阿三妻担心水查嫫母子跑不远，被抓回来，想给水查嫫更多时间，热情地说：“半夜了，腹肚饿了，煮一些番薯汤给你们点心。”她不等他们回答转身跑到厨房煮地瓜汤。她故意慢慢地削皮，慢慢地切块，慢慢地点火，少少地塞柴禾。

阿三进厨房嚷嚷：“你不会多塞一些柴禾，火旺一些，快一些。”

“红眼”埋怨：“你嫫做事情太慢了，煮番薯汤煮这么久。”

陈跑不知如何面对林思、家人。他希望越迟回家越好，笑道：“没要紧，不差这几分钟。”

吃完番薯汤，红眼一定要去抱赢来的儿子。

陈跑慢慢地走。他后悔极了。他担心面对林思母子分离的惨景，担心面对父母、家人的愤怒。

“红眼”得意地说：“你舍不得了，故意慢腾腾。”

阿三理解陈跑此时此刻的愧疚、害怕的心情说：“将心比心。那个达啵仔人见人爱。若是你，你会舍得？也不差这一时半刻。”

四人走到陈宅。陈跑深吸一口气，深呼一口气后走进宅门。三个赌友在宅门外等。陈跑心慌地摸黑进屋，点灯，床上空的。他心惊地举灯满屋照，空空的。陈跑到父母房间询问林思母子。这一问，陈跑父母惊慌。全家惊醒。屋前屋后找林思母子。陈母到尾间里，发现衣柜衣服还在。

陈大嫂忧虑地说：“我看见她关门睡了。”

阿三、红眼、鸡嘴听见宅内闹哄哄的声音冲进宅门。

听说林思母子不见了，红眼对陈跑急吼：“你找人报信叫她跑。”

陈跑怒骂：“你说话不用脑。我一直坐着在你边上，去哪里找人报信。”

陈父逼视陈跑责问：“林思为什么要逃？”

阿三说陈跑将志广输给“红眼”。

陈父狠狠地扇了陈跑一个重重的巴掌，骂道：“没人性。”

陈跑的兄嫂们七嘴八舌地责骂四个赌徒。

“红眼”指着阿三：“你嫫，是你嫫跑来报消息。”

阿三生气：“我嫫在厝内睡。她不知道陈跑输仔的事。”

“红眼”叫上十余个哥们疯狂地寻找林思母子。

陈父对陈跑的兄嫂们说：“你们不管是谁找到阿思母子，不要带回来，直接带到阿姑或阿姨厝。阿广若被‘红眼’抢走，阿思定是不能活。”

陈跑的侄儿结束讲述。老林、老王、老刘三双眼对视。老林说：“从时间上和事件上，谢龙部救的林莲花母子应该就是从这里逃跑的林思母子。”

陈先生不明白地问老林怎么一回事。老林说明外调南安码头一对母子。

陈先生点头道：“应该是。听父母说过，尾叔后来找到林思母子。林思已嫁人又有孩子，不肯回来。尾叔相思、后悔、病死。尾叔死的时候，林思母子还来见最后一面。那孩子还穿孝子服。尾叔也算有儿子送终了。”

老林问陈先生：“你有你尾叔的照片吗？”

陈先生进屋拿出陈跑的照片。老林、老王、老刘的眼睛惊喜地对视。陈跑的照片与陈志广果然很像，与雷家寨的人和谢龙部的叙述相吻合。

老林慎重地问：“你尾叔与那个男孩真的没有血缘关系？”

陈先生肯定地说：“没有关系。”

老林饮了一口茶说：“男孩是林思的儿子吗？”

陈先生疑惑地看着老林道：“应该是吧。因为刚满月，林思还在喂奶。”

老林郑重其事地问：“若不是你尾叔的儿子怎么会长得这样相像？”

陈先生认真道：“原来镇上的人传说是尾叔的查嫫人和儿子。阿公、阿嬷也怀疑。尾叔先是说肯定不认识厦门查嫫，后来为了让阿公、阿嬷同意娶厦门查嫫，他默认传说。真真假假，搞不清上一代人的事。

也许是缘分。”

老林、老刘、老王再三谢别陈先生，回镇招待所退房，乘班车赶到厦门。三人查找了相关期间的敌伪档案，证实在这期间变节人员中没有陈泰或陈什么泰、陈泰什么的人。当晚老林通过邮局与叶主任通电话汇报已尽最大能力查找了，没有任何线索。叶主任同意他们回斤市，中止外调。

外调结果，陈志广生父更加神秘，母亲更让人疑惑。

这一次，在陈志广意料之中，也没有第一次那么难受，没有与母亲争吵。

第二十二章　番婆番举

星期日上午，远新一家、远强一家先后来到志广家。谢碧玉泡好茶。七个大人围坐在饭厅兼客厅的八仙桌。小孩在三个房间玩耍。

妙妙丹饮了一杯茶郑重其事地说：“今天，我想和你们说一事。”

儿子们、儿媳们好奇而紧张地注视着妙妙丹不知她又想干啥。他们对这位番婆的“番”性领教过的。她总有新事、奇事，想一出是一出。她将全家召集一起，定有大事要通告。

“你们兄弟小的时候，半头青（雷永安的老婆）咒我说，‘你的三个儿子，乞丐婆讨到门口都不肯嫁，只有做和尚头。’有一日半夜，我跪在厝门口对天公许愿：‘天公若保庇我把三个儿子养大成人，娶三个媳妇，我一定点大烛，敬上一头全猪，烧金磕头。’”妙妙丹的脑海闪现出当年跪求天公的情景哽咽说。

儿子们、儿媳们仿佛看见当年妙妙丹跪求天公的悲伤样，个个眼睛潮湿。

妙妙丹眨了眨眼眶里的泪花，咽了咽口水，缓了一下悲伤的情绪说：“许愿就得还愿。不守信用就要遭受惩罚。我许的愿没有还，我死了，你们不知道我许的愿，那么天公就会惩罚你们，子子孙孙去还这个债。”

妙妙丹眼尖，瞟见儿子们、媳妇们脸上露出不相信的笑丝，告诫：“你们不要认为这是迷信。这是做人的道理。做人要讲信用，没信用没得做人。若是做不到的事就别说。不能‘放屁安狗心（空许诺）。’”

妙妙丹以《季扎还愿》《曾子杀猪》《商鞅立木》……说教论证人要守信。做生意、待人、当领导都要守信。

远强笑赞：“知道的故事很多。”

妙妙丹得意地说：“你们以为我不读书不看报，没文化是吗？在厦门时，我常去讲古场听讲古。”

儿子们、媳妇们七嘴八舌地商议还愿一事。

妙妙丹已有主意，井井有条地安排道：“长兄为父，还愿在志广家。我看了日子，下礼拜天是好日子。你们正好都休息。金纸、大烛、香我来请。星期六，阿广你去请一个猪头，四个猪蹄洗干净，焯熟。阿玉你买面线、水果、糖果。”她指着众子孙叮嘱：“星期六开始，大家都不许吃荤腥。大大小小都要洗身，穿干净衫裤。星期日，大家要早来。”

星期日清早，陈志广家四十九平方米的三室一厅挤满了祖孙三代十六人。客厅的窗台边上，四个喇叭三用机播放着一曲曲歌仔戏。妙妙丹指挥儿子、儿媳妇们忙碌着敬天公一事。

一米五宽、二米长的阳台摆放着一张小方桌。最多只能站二人。妙妙丹进进出出，亲自摆放敬天公的菜肴。桌上放着三个白色蓝边大搪瓷盘。正中一个放着一个猪头、四个猪蹄；另二个分别装着线面、橘子、苹果、糖果。

妙妙丹点燃二支大红烛和九炷香，双手持九炷香跪下，虔诚地、默默无声地对天公说：“感谢天公保庇我把三个儿子养大，娶了三个好媳妇，生了孙子、孙女，人丁旺盛。今天我按当年许的愿还愿。我是讲信用的人，说到做到。为什么这么久才还愿呢？因为过去的时候没有钱，也买不到这些东西。这个许愿我从来没有忘记过。请天公理解、原谅。”

妙妙丹说完，磕三个响头，站起来顿感一身轻松，从阳台退回屋内。

陈志广、雷远新、雷远强依次带着妻儿到阳台跪拜天公。

妙妙丹见五斗橱上白亮亮的毛主席挥手全身瓷像，双手合在面前，恭敬地向毛主席三鞠躬，对站在身后的子孙叮嘱道：“要感谢毛主席、共产党。不然就没我们一家人的今天。无论什么时候都要听毛主席、共产党的话。”

陈念念笑嘻嘻道：“阿嬷，你说了N次了，怎么忘得了。”

午餐，全家人分为二桌，三个儿子、媳妇与妙妙丹一桌，孙辈们一桌。子孙们轮番敬妙妙丹酒。远强最小的五岁儿子端着饮料，稚声稚气地来给奶奶敬酒：“祝阿嬷健康！”

“大家健康！”妙妙丹心花怒放一饮而尽。她虽已年高，酒量仍然不错，来者不拒，一杯又一杯，面红耳赤。

妙妙丹娴熟地换上邓丽君的磁带。三用机里播放着邓丽君的《甜蜜蜜》。

第二十三章　守口如瓶

1979年初夏的晚上，志广、远新前后脚来到远强家。远强三岁的儿子、六岁的女儿礼貌叫：“大伯，二伯。”

远强娴熟地烫杯、泡茶、沏茶。

志广环视一眼问："母呢？"

远强妻有点情绪地说："她，晚上不是去看电影就是出去遛街、聊天。"

远强为两位哥哥倒茶说："现在生活条件好了，她爱玩的本性就跑出来了。今天请大哥、二哥来商量为母亲做寿一事。"

兄弟仨你一言我一语地商量为母亲做寿一事。

妙妙丹进门，见三个儿子泡茶聊天，兴奋地坐下。

远强倒了一杯茶递给母亲。

妙妙丹接过一口而尽，兴致勃勃地讲起香港电影《三笑》。兄弟仨静静地听母亲绘声绘色、时而比画地讲电影故事，说到好笑之处，哈哈笑。妙妙丹笑哈哈说："很好看，很好笑。你们也去看看。买不到电影票，我帮你们买。而且可以买到好排位。"

志广惊奇地看着母亲。

远强笑道："电影院卖票的两个阿姨跟她很好。"

妙妙丹得意地饮一口茶道："一回生，二回熟。"

远新夸道："母啊没有当外交家真是浪费人才。"

志广转入正题说："下礼拜就是五月节了，我们想办几桌酒席，为您做生日。"

妙妙丹伤感道："生日本来是查嫫孩操办的。找了这么多年，你们的姐姐也没有音讯。"

远强笑道："什么人规定生日是查嫫孩操办。达哝仔办就不行啦。"

志广感慨道："以前生日就一碗面线蛋，一碗红烧猪蹄。现在好过了，热闹热闹。"

妙妙丹笑道："不要请外人，让人包红包，破费不好。你们三人现在都有一官半职，给我办酒不好。让人借此送礼。你们不能'户神（苍蝇）母贪甜'。不敢'棉被不睏，翻筋斗'。"

远强开玩笑说："假马列。"

妙妙丹笑说："不是假马列。是真马列。没为国家想，也为自己想。

我老了。你们若关监狱，我怎么办？你们的妻儿怎么办？一个家好好的就散了。不做亏心事不怕鬼敲门，过得踏踏实实，自家人两桌就好了。长兄为父，在志广家办。”

陈志广从衣袋拿出两张票和五张十元递给母亲说：“我这里有两张‘的卡’布的票，您喜欢什么颜色，自己买。”

妙妙丹笑眯眯地接过票，珍惜地揣入右襟衣袋，将五十元钱还给志广说：“我的那些老人伴，一直叫我找你弄票。我都说老人不敢为难子孙。下次若没有违反纪律，有‘的卡’票给我一二张送人。”

志广、远新、远强与母亲商议端午节生日菜谱。

端午节一早，妙妙丹早早就到志广家。

陈思思开门见祖母穿着胡蓝色“的卡”新对襟衣，湛青“的卡”新裤，新的丁字牛皮鞋，笑道：“哇！阿嬷，你好时髦，穿‘的卡’的衣服、裤子，丁字皮鞋。”

“住厦门时，我的衫裤都是最好料头。你们的阿公去英国、法国、美国都会买衫裤或是布料、香水给我。”妙妙丹得意地说。

谢碧玉趁机道：“他为什么经常出国？”

“我来包粽子。”妙妙丹卷起袖子到厨房洗手，坐到八仙桌边包粽子。

谢碧玉知道婆婆不肯说公公的事，边包粽子边说：“‘的卡’布是现在最好布料。票很难弄的。你看，全家人只你有。”

妙妙丹笑赞：“你会做人。”

婆媳俩有说有笑地聊天、包粽子。谢碧玉从小就感到莲花婶比母亲更疼自己。嫁给志广后，对莲花婶比亲母更亲。妙妙丹失去女儿们后，思念女儿，对恩人谢龙部的女儿疼爱有加，尤其是小女儿谢碧玉，疼如亲生。

远新一家、远强一家陆续来到志广家。远新妻、远强妻已习惯大嫂与家婆亲如母女的关系。她们知道大嫂的父母是婆家的恩人。远新妻、远强妻一起洗葱、蒜、菜。

厨房飘出阵阵粽子的香味。

陈志广特请一位在食堂做厨师的亲戚到家里来烧菜。卤碱面、红烧猪蹄、九层粿、荔枝肉、红烧五花肉、瘦肉羹、花生甜汤……

大人一桌，小孩一桌。

寿宴进行一会儿，响起了怯怯的敲门声。陈念念抢先开门。一少妇拎着水果脱了鞋进来，见厅里挤满了人惊奇道："没想到你家的端午节像春节一样热闹。"

"我阿嬷是端午节生日。"远新六岁的儿子说。

"不知阿婆过生日。"少妇尴尬地笑，掏出口袋里原先要送给陈志广的钱给妙妙丹说："祝您健康长寿！"

妙妙丹推辞说："这里有一百元吧。那是你二三个月的工资吧。"

少妇苦笑说："不差这些。"

妙妙丹笑盈盈地说："大家都不容易。你不要这样。

妙妙丹装了十个粽子给少妇。少妇拎着粽子很不好意思地走了。

远新妻嬉笑说："您那些粽子比这些水果贵多了。"

妙妙丹笑道："三双来，六块去，量大福大。"

远强妻竖起拇指笑道："您真是好口才。"

谢碧玉开玩笑道："最佳政委人选。"

妙妙丹开怀大笑自夸："你们以为我没文化啊。忆苦思甜时，我站在主席台上，一讲就是一个小时。台下的人听得一把鼻涕一把眼泪。"

谢碧玉开玩笑："其实你是资本家的女儿，资本家的太太。"

"我讲的是贫农家老婆的苦口了。"妙妙丹不禁又讲起苦难，泪水"哗哗"流。

子孙们知道"番婆"的"番"性来了。

谢碧玉打断妙妙丹的忆苦说："我们喜欢听你唱歌，唱一首。"

雷远强鼓掌。众人跟着鼓掌。陈念念笑道："欢迎阿嬷唱邓丽君《甜蜜蜜》。"

妙妙丹擦掉泪水，浅笑。

远强五岁的女儿笑咯咯："阿嬷又哭又笑，两个眼睛开大炮。"

妙妙丹对小孙女笑说："你呀，真正调皮。"

众人笑。

妙妙丹喝一口汤，清了清嗓，开始唱《甜蜜蜜》。大家打着拍子，小声地哼着。欢快的歌声驱散了刚才的悲伤。妙妙丹满面欢笑。

妙妙丹叫志广再开酒。

远强觉得母亲喝多了阻止说：“不要开了。”

妙妙丹坚持要开。陈志广犹豫。谢碧玉等人示意陈志广不要开。

志广到厨房冲一杯白糖水出来放在母亲面前。

妙妙丹满面通红、神采奕奕，兴奋道：“我年轻时，每天晚上都要喝一杯万全堂药酒才去睡。”

三个儿媳妇惊叹妙妙丹容颜，透红、光亮的脸与白亮亮的卷发相得益彰，透出一种高贵的气质。

妙妙丹理解子孙们是担心自己的身体承受不了，不让多喝，没有再喝酒。天生好酒量的她还能喝。她兴奋地讲起《若兰行路》戏文。苏若兰不远千里，跋山涉水，一心要找到夫君。她情不自禁地唱起：

阮一双弓鞋又短细，
过尽（有只）万岭共千山。
……

妙妙丹突然停止歌唱，说想去厦门。儿子、儿媳们面面相觑。陈志广问跟谁去？妙妙丹说独去。众人惊疑并反对。从前，妙妙丹独自去厦门，志广、远新、远强没有过多阻拦。而今她的身体还健康，腿脚也还灵活，但毕竟是七十岁的人，大家坚决反对。

妙妙丹固执地说：“你们反对没有用。我不是征求你们的意见。我是告诉你们一声。”

妙妙丹想到志广的父亲、三个女儿不禁流泪。

雷远强误认为母亲是因为他们反对她去厦门流泪皱眉：“你要理解我们做子女的心情。”

妙妙丹擦着泪说：“我是想起从前的事伤心。”

志广趁机问：“您是不是想找我爸？你不知我爸是死还是活。”

妙妙丹擦着泪说：“你爸早死了。”

志广追问：“您去厦门找谁？住哪里？做什么？”

妙妙丹浅笑：“有钱怕没地方住。想住哪里就住哪里。”

远强仍想阻止说：“厦门你去了多少趟了，有什么地方没玩过？”

远新附和：“再好玩的地方去多了也不好玩。”

志广继续说：“你是想去找我爸吧。”

远强有点不满说：“到底有什么秘密？连自己的亲生儿都不能说。”

雷远新、雷远强听说过市里的外调小组多次到厦门查大哥的生父，没有查出。母亲至今不肯说出大哥生父的名字，这背后到底隐藏着什么秘密。

志广紧接远强的话：“我爸到底是做什么的？”

妙妙丹顺口：“码头工人。”

志广反问：“码头工人穿白装？”

妙妙丹随口：“没做工时穿。”

志广质疑问；“码头工人怎么能经常去国外？”

妙妙丹不耐烦：“跑船。”

远新插道：“那是海员了。”

妙妙丹烦躁道：“算是吧。”

志广不悦道：“是就是，不是就不是。什么叫算是。”

妙妙丹拿起汤匙喝汤避开话题。

志广缓和了一下口气：“是不是，鬼子打入厦门，他自己跑了，没带你跑，你恨他？”

妙妙丹不悦道：“你们的记忆太差。我说了多少次，他死了。”

志广追问：“什么时候死的？”

妙妙丹不耐烦：“四十多岁时候，肺痨病死了。”

志广反驳：“不对吧。你说他属虎的。那么就是1902年出生的。四十多岁死的，1938年，你已经在南安了。”

妙妙丹生气地说：“我老糊涂了，记不清楚了。”

志广追问：“你为什么不肯说出我爸的名字？”

妙妙丹气呼呼道："知道名字有什么意义？你在我的腹肚里他就不在了。"

志广不肯放过这次机会恳求："起码我知道我是谁的儿子。"

妙妙丹怒道："你是我的儿子。"

远强怕大哥与母亲闹出不愉快，又想帮大哥，笑嘻嘻道："你一个仰光的富家小姐嫁给厦门的码头工人，是不是很奇怪？"

妙妙丹脸色缓平，淡淡道："说来话长。"

远强妻笑说："说来听听。"

"这要说几天几夜说不完。爱睡了。要回家了。"妙妙丹起身，拿起她的包，开门走了。远新、远强等人忙起身跟上。

妙妙丹酒醉时，要么滔滔不绝讲故事、要么唱歌唱不停；要么喜笑颜开地谈自己在仰光的幸福童年，初到厦门快乐的生活；要么痛哭流涕地诉说南安的悲伤往事。但有一点她始终不会说出志广生父的名字。

第二十四章　晚年闽南行

晚上十点五十分，开往厦门的绿皮列车启动。一会儿，卧铺车厢的顶灯熄了，留下昏暗的地角灯。妙妙丹的心与火车的"咔嗒、咔嚓，哐叮"声同跳跃。酸甜苦辣的往事在她的脑海一幕幕地闪现。她在梦中睡，在睡中梦。"咣当"的刹车声，车厢与车厢、车轮与铁轨的碰撞声不时地惊醒她迷糊的睡梦。

次日，天刚蒙蒙亮，妙妙丹醒来，到洗漱间梳洗后，坐回到窗口边，望着黎明湛蓝的天空，想到这应该是最后一次来厦门了，心底泛起一股惆怅。

天渐亮，陈思思、陈念念醒来，见祖母早已梳好头发看着窗外，便到下铺来。姐弟俩第一次见到掠过车厢的浩渺的大海，欢天喜地道：“哇，海真大啊。”

清晨六点，列车到达厦门。陈思思、陈念念各挎一个军包，一左一右地跟在妙妙丹身边。

陈志广提着白漆写的“上海”灰色人革旅行包在，祖孙三代走出火车站，乘上前往轮渡码头的公交车。

“原来这里是……”妙妙丹看着窗外拓宽的人行道、街道，装潢华丽的高楼，繁华的商街，向对子孙介绍昔日的厦门。

妙妙丹祖孙挤上厦门到鼓浪屿的轮渡船。

踏上鼓浪屿，陈志广注意到母亲兴奋的眼神充满期盼。

妙妙丹仿佛走入梦中，仿佛穿越到几十年前。一路上，只要有过往的老人，她都要仔细盯住老人看。幻想着能相互认出对方是熟人。有的老人用奇怪的眼神回盯妙妙丹，嘴咕咕嚷嚷。

陈志广理解母亲的心情，期望母亲能够认出一位故人。这样就能知道生父是谁，就能揭开母亲的秘密。

妙妙丹明白离开鼓浪屿五十年，耄耋之年者少之又少。故人相认就如陨石掉落砸到人脑袋一样难遇。

陈志广带母亲、儿女入住鹭岛大饭店。陈思思与祖母一间，陈念念与父亲一间。妙妙丹换上自己缝制的衣裤。海蓝色提花斜襟上衣，黑裤。她将白苍苍的长发梳了又梳，挽了一个白亮的髻子。

陈思思笑道：“阿嬷你真的很妖妖吔。”

妙妙丹笑眯眯地说：“老人也爱水，也要水。”

陈志广、陈念念耐心等待妙妙丹梳妆好一起下楼。

“厦门吃的东西很多，烧肉粽、蚝仔煎、蚝都汤、麻糍、韭菜盒……”妙妙丹带子孙走向龙头路，讲起三十年代热闹无比的龙头路。

妙妙丹站在一家环境较好的酒店门口问：“有雅间吗？”

一位姑娘带妙妙丹等人看雅间。妙妙丹开灯环顾一眼：“干净。可以。”

陈志广、陈思思、陈念念围坐在妙妙丹身边。

“来一壶最好的铁观音。”妙妙丹随口对姑娘说。子孙看到从未看到的她的潇洒。

姑娘应答转身而出，很快端来茶壶和茶杯，为四人冲茶、倒茶。

妙妙丹微笑：“谢谢！麻烦你来四碗花生汤，四个烧肉粽、一碟麻糍、一碟韭菜盒。”

妙妙丹娴熟点菜的神情让子孙们仿佛看到她年轻时阔气的样子。

一会儿，早点上桌。妙妙丹像一位烹饪家不停地介绍厦门饮食。陈思思、陈念念边吃边赞不绝口。

早餐后，妙妙丹带子孙游日光岩。陈思思、陈念念兴奋地一会儿跑，一会儿歇脚看景。山上巨石垒叠，树木苍郁，楼亭错落。

妙妙丹、陈志广扶梯登临岩顶。陈念念对着上来妙妙丹喊道：“阿嬷，住厦门好爽啊！”

妙妙丹随口道：“那你好好读书，考厦门大学，工作分配在厦门。”

陈志广紧盯母亲。妙妙丹微笑地对陈志广说：“你不要顾我，这里，我闭着眼睛都不会走错。顾好两个小的，他们第一次来厦门，别走失了。”

日光岩上，陈思思、陈念念仰望天风浩浩，俯瞰海浪滔滔心旷神怡。厦鼓海峡、大担、小担、圭屿、青屿等岛屿尽收眼底。

妙妙丹不像其他游客欢快地欣赏着鼓浪屿独特的海天景色。她满面布满感旧之哀，愣愣地望着茫茫大海，刘海在海风吹拂中飘扬，宽大的裤角在小腿下被海风吹得啪啪响。这里的一切，她是那样的熟悉、依恋。滔滔海浪声就像她心中汲汲的呼唤。她解开右胸襟的布扣，从衣袋里拿出整齐的白底蓝花手帕擦拭涌出的泪水。她仰望苍穹，心底撕心裂肺地呼唤：天啊！都说您有眼，为什么看不见我思念的泪。地啊！都说您有灵，为何不知我祈望的心。天呀！您若有眼，就让我再见一眼我夫和女儿。地呀！您若有灵，就将我夫和女儿的生死托个梦给我吧。否则我不甘愿……

“母啊，您又想我爸和阿姐啰。”陈志广打断了母亲思绪。

妙妙丹用手帕擦去泪水，不想让儿子再问下去，说：“叫两个小的抓紧时间下山。”

从日光岩下来，妙妙丹带着子孙到龙头路吃午饭。陈思思姐弟俩对蚝仔煎、蚝都汤、土笋冻、薄饼，赞不绝口。

陈念念开心地唱起祖母教的闽南民歌《土笋冻》。

午饭后，妙妙丹像一名专业的、娴熟的导游带着子孙游览鼓浪屿，详细介绍“下脚店”、“四木丛松”等地名来历，曾发生的事件。她说起在乌猫跳舞场跳舞时满面春风，说起在某家别墅观海听潮、打牌赏月时眉飞色舞。她在平安别墅前，愤怒地讲起晋江阿婆家破人亡的惨剧。她想起与孩子们捉迷藏嘻嘻哈哈，与丈夫卿卿我我，全家人的欢声笑语，想起在英国领事馆、美国领事馆前将女儿送人……妙妙丹老泪纵横，思绪万千。

数以百计的别墅把鼓浪屿变成一艘“永不靠岸的彩船”。一座座哥特式、希腊式、伊丽莎白、白宫式、闽南骑楼式、古典园林式等建筑；尖塔顶楼，弧形门窗、半圆的露台、镂空的凭栏、石雕的门廊……匠心独运，中西合璧，古香古色的建筑物漫透着往昔的森严与豪华，俨然一篇篇不同的“乐章”和“旋律”，在这高高的拱顶之下，精致的雕花窗棂之中，曾有的欢歌笑语的快乐生活；在细密的枝条，圈绕的藤蔓，相思树里曾有的荡气回肠的爱情故事，使陈志广、陈思思、陈念念的心绪跟着妙妙丹一阵喜一阵悲。

“没想这么美丽的鼓浪屿建筑有这么悲惨的事！”陈念念感叹：如今很少人知道这儿承载着多少历史腥风血雨。别墅斑驳房体刻满岁月的伤痕，但风华依旧，透着一股倔强的硬气。这些旧屋曾经的主人历经多少人间的悲欢？这里的每道门，每扇窗都藏着一个个多变的辛酸的、悲凄的、无人可知的故事……

陈思思笑盈盈地建议：“可以想办法托人找驻英国、美国大使馆帮助找回两位姑姑。”

陈志广道：“等你想到黄花菜都凉了。多少年前我们就到处托人。”

陈念念问："姑姑怎么不找我们呢？"

妙妙丹哽咽："她们太小没有记忆。没有人告诉她的身世，她也无法找。再说她们也不知道我生了你老爸。"

"阿嬷，您不是在鼓浪屿住过嘛。你住哪幢房？"陈念念好奇地问。

妙妙丹把话岔开，对志广说："他们难得来一趟，你带他们好好玩一玩，照几张相。"

陈志广恳求："母啊，您告诉我，我爸的名字吧！"

妙妙丹不松口，说："过去的事就让它过去了，何必再提。"

陈思思帮腔："您总不能让人家一直说我爸来路不明。"

陈念念接话："就是嘛，就算是私生子，也该知道自己的生父是谁吧。"

陈志广厉声："胡说八道。"

陈志广断定母亲根本不知道父亲是生还是死。所以每年都要到厦门。不知父母是怎么别离的？母亲对父亲的情感是爱？是恨？还是爱恨交集。思念是毫无疑问的。解放后，每年母亲至少一次来厦门，每次三至五天。到厦门住哪里？做些什么事？她从不说，总是一句话："看看有什么生意可做。"别无多言。对父亲的名字守口如瓶。他觉得父亲有着不一般的传奇故事，以至于在自己政治生命最关键的时候，母亲也不肯说出父亲的事。外调小组的人说母亲提供生父的姓名是假名。母亲必有忧虑，定有隐情，不让人知道。

夜色降临，灯影寂寂，水的气息浓浓淡淡地弥散开来，凝聚成酽酽的风韵。妙妙丹领着子孙到夜摊，在一对年过五旬的夫妻摊的八仙桌旁坐下，说："一碗面线糊、一盘九层粿、一碟五香卷、一盘蕹菜、一碗肉羹汤。"

妙妙丹与店老板、老板娘聊天，细细打听。老板姓陈、老板娘姓许，都是厦门人，父母兄弟姐妹是农民。妙妙丹没有发现任何故人的蛛丝马迹，起身告辞："你的面线糊好吃，下次再来你这里吃。"

一番客气道别后，妙妙丹带着子孙们走海滩，找到那一块海边岩石坐下来，回味初孕时与丈夫看日出，回味与朋友乘凉、看海景，看轮船星星点点进出的往事。

志广、思思、念念也找一块岩石静静地坐下观赏。骤然，对面长长的堤岸被无数灯光点缀，在海上形成了一条白链。月亮出来了，水面上细碎的月光轻轻地漾开来，涛声如鼓。志广想：从前父母一定是常常坐在这里吹海风，听海涛。

次日早餐后，妙妙丹带子孙离开鼓浪屿住进厦门酒店。放下行李，妙妙丹带着子孙到“望夫石”。她摸了摸“望夫石”有些伤感地说：“这里原来叫‘目屎流崎’（闽南话：眼泪流）。明朝、清朝从厦门出海的船每年去来一次。出去的人多年才回来，所以一听说有洋船回来，亲人就到海边或山上等亲人。多数是某（妻）等安（丈夫），后来大家就叫这块石头‘望夫石’。”

陈志广深情地望着母亲问：“您每次来厦门都来这里吗？”

妙妙丹点头无语，拿出手帕擦涌出的泪。她不知道志广生父在海天茫茫的哪一边？四十年，音讯渺茫。她心底呼唤丈夫：你还活着吗？我是你的番娜婆。成千上万个日日夜夜，我思念着你、呼唤着你，数不清有多少个睡梦梦见你，空欢喜；多少个睡梦梦见你惊哭醒。你是我心心念念，牵肠挂肚的人。为了有一天能见到你，我饱尝人世间最痛苦、最艰辛的一切，苦苦地煎熬着，抚养着你的骨肉啊！你心心念念想要一个儿子……

陈志广见母亲又伤心，说：“我们要抓紧时间，还要去别的地方。”

陈思思、陈念念懂事地附和：到别的地方玩。

妙妙丹带子孙到南普陀。南普陀人气旺盛，香客进进出出。香烛烟袅袅。妙妙丹率子孙到各殿请香、燃香、虔诚跪拜各路神仙，祈求能再见志广生父和三个离散的女儿。

妙妙丹祖孙四人走进紧靠南普陀、依山伴海的厦门大学，顿有赏心悦目之感。水泥大道两边挺立着一株株棕榈树。躺着一片片茵茵的草地。中西文化的建筑。黄岗岩的白，红砖绿栏美轮美奂。艺术雕塑。湖面如镜、碧波粼粼。

妙妙丹想起第一次到南普陀、厦门大学、登五老峰顶的情景：父母、哥哥、两位保镖、陈敬德和他的母亲。她感叹：物在人已矣。

妙妙丹带儿孙在厦门数日没有遇见一个相识的人，很失望。

第二十五章　遗憾离世

元宵晚，志广家客厅的长江牌三用机传出一曲曲南音。一张八仙桌围坐着妙妙丹及其儿子、儿媳，另一张圆桌围坐着妙妙丹的孙子、孙女。

一盆原味汤圆、一盆肉馅咸汤圆、一盆花生芝麻陷甜汤圆。妙妙丹觉得汤圆噎在胸口没有下去。她边饮汤边用手由上而下的推。远新妻忙倒一杯开水。妙妙丹喝完开水未见好。众人有些紧张。

妙妙丹摆摆手说：“没要紧。过一会儿就好了。”妙妙丹一杯杯豪爽地饮下子孙们敬的酒，两颊红红的。

陈志广笑说：“心情好就多喝些吧，不要醉就可以了。”

“我的酒量很好。在厦门时，白酒一杯过一杯，罕得醉过。”妙妙丹得意地讲起当年宴席上畅饮美酒的场景。

众人全神贯注地听妙妙丹兴奋地讲述年轻时喝酒的酒量。

妙妙丹突然很认真地说，“我今年恐怕过不去。”

众人吃惊。

“您身体这么好，活一百岁没问题。”陈志广实话实说。妙妙丹七十九高龄，思维清楚，酒量不减，声音响亮，走起路来“乒乓”响。买菜、烧饭做家务麻利，能从百米远的粮店扛三十斤米轻轻松松到三层楼远强的家。大家说妙妙丹那么健康，定能活到百岁。

“我们打算您八十岁大寿时到饭店办几桌。”谢碧玉说起前日三兄弟商议给妙妙丹做寿的事。取消鱼、肉、蛋、豆腐等票证，三兄弟的收入增加，有条件、有能力办寿宴。

“我近来常做同样的梦，都是梦见志广的老爸穿白西装，戴白招瓢（礼帽）来找我。他伸出手肘，叫我‘番婆，来，到我这里来。’他叫我睡他的手肘。我想他是叫我去做伴。”妙妙丹坦然地说。

儿孙们七嘴八舌地说妙妙丹迷信。

妙妙丹平静道：“生有日，死有时，没办法强求。”

陈志广趁机问：“您不是说我爸是码头工人吗？码头工人穿白西装，戴白招瓢帽？”

妙妙丹避而不答。

陈志广抓紧机会问。“我爸酒量好吗？”

妙妙丹夸道：“海量。”

“你常和我爸饮酒。”陈志广总是抓紧一点一滴的良机乘母亲毫无戒备时，从母亲的牙缝里抠出一丝生父的情况。

远新、远强理解大哥的心情静静地听着。

妙妙丹笑说：“他如果没出远门，我们俩每晚都要饮一杯药酒再睡。”

陈志广紧接着问：“你常陪他出去应酬？”

“他常常携我去。”妙妙丹说。

“真的？”妙妙丹的三个儿媳妇异口同声。

“当然。”妙妙丹语气让儿子们、媳妇们不能置疑。

谢碧玉知道“番”婆婆被赞扬会飘飘然，滔滔不绝地说，连忙夸赞：“那您很派头。当时的警察局长都跟你认识。”

果然妙妙丹竖起大拇指，喜滋滋道：“我是有名水番婆。志广爸是厦门当时有名人物，认识市政府的大官小官，市长、许多国家的领事。”

众人静静地听妙妙丹兴致勃勃地讲述往事。

谢碧玉见妙妙丹结束讲话，立即问：“志广的老爸叫什么名？”

妙妙丹假装没有听见谢碧玉的问话，沾沾自喜地讲起童年：“我爸是缅甸人，我母是南安人。只有一个阿哥。家里很富。我们家也说闽南话。我五岁那年的家里请一位画画的先生教我画画、写大字。我小时很顽皮，跟达啵仔爬树、摸鱼。我外公是个私塾的先生，我母有文化。我很小的时候，我母就教我念诗词，唱南曲。她唱得很好听。”

陈念念好奇地问：“您还会说缅甸话吗？”

“会。你好——敏格拉巴（任何时候对任何人都可用），中缅友谊万岁——德柚缅玛漆基耶阿动偕巴塞，谢谢——杰租顶巴的，很好——刚的。”妙妙丹熟练地说着。

妙妙丹的孙子、孙女们嘻嘻哈哈跟着念，其他人不停地笑着。

数日里，妙妙丹一直觉得汤圆卡在胸口。这日上午，雷远强带妙妙丹到斤市第一医院。医院人头攒动，摩肩接踵，如菜市场一般喧哗。雷远强的朋友第一医院院长亲自为妙妙丹检查胸口异物感。数日后，雷远强接到院长的电话说母亲患食道癌，急匆匆走进院长室。陈志广、雷远新接到雷远强的电话后很快赶到院长室。

院长安慰一番三兄弟建议保守治疗。三兄弟认为院长言之有理，频频点头。

全家人瞒住妙妙丹谎说：“胃病需要住院。”妙妙丹住医院内科，三个儿子轮值夜班，三个儿媳妇轮值白班。妙妙丹的三餐由接班的人负责送。

每日，妙妙丹声情并茂地讲戏、故事、见闻、笑话，兴奋时唱上一段。她讲起二十年代、三十年代厦门的生活眉飞色舞。她咬牙切齿地控诉鬼子侵占厦门的罪恶。听者感到如有鬼子在场，妙妙丹能生吃他们。妙妙丹的病房里有六个床位。每日，病房里的病人、病人的家属少则七八人，多则二十余人。别的病房的人搬来凳子或坐在床上或站在床边听妙妙丹讲天说地。

妙妙丹的爽朗、健谈、乐观感染着病友、家属、医生、护士、杂工。沉闷的病房有了笑声。

妙妙丹右邻床是一位患肝癌的漂亮姑娘。姑娘的未婚夫每天来看姑娘，两人卿卿我我。随着住院时间的渐长，病情反而加重。姑娘深知自己无望出院。未婚夫来了，姑娘就骂、吵。未婚夫知道未婚妻的用心是想让他离开。他赔笑、忍耐。姑娘的亲朋好友来探望姑娘时姑娘说说笑笑，他们一走，姑娘就哭。

“生死有命，富贵在天。活一天就要快乐一天。你快乐，你的亲人才会快乐。”妙妙丹劝姑娘，并讲起自己的苦难经历。

妙妙丹的乐观感染了姑娘。姑娘接受现实，姑娘未婚夫的父母来到医院劝说姑娘好好治病，并为姑娘戴上戒指。妙妙丹被这对年轻人真诚地相爱感动。

一个月后，姑娘在未婚夫的怀中离开人间。妙妙丹为姑娘难过、惋惜流泪，为姑娘的父母流泪。白发人送黑发人是最大不幸。姑娘死后，妙妙丹便断定自己得了癌症。子孙们不让自己知道，自己就装着不知道。她对儿子、儿媳们说：“我不想住院了，胃病回家慢慢疗养。就算死也要死在家里，不能死在医院作半路鬼。”

陈志广、雷远新、雷远强都不同意妙妙丹出院。妙妙丹拒绝输液、吃药、量体温。医院院长拨电话给雷远强。雷远强约两位哥哥到院长室。

医院院长对三兄弟说：“让老人回家。满足老人的愿望。年龄那么大，挂瓶挂得手都肿了。人要活得有质量。老人喜欢吃什么就吃什么，别限制。想吃不让吃，多活几日又有什么意义呢？老人的病情有什么变化，远强可以联系我，我派医生、护士上门。”

兄弟仨觉得院长言之有理。

妙妙丹选择到陈志广家过最后的日子。妙妙丹满脸绽笑地踏进志广家，回家的感觉真好。她坚持自己照顾自己，不让儿子们、媳妇们请假侍候。白日，陈志广、谢碧玉、陈盼盼去上班，陈念念去上学后，妙妙丹到陈念念的房间看念念的课本。除了语文、历史、地理看得懂，其它都看不懂。有时，她到阳台伸伸手、弯弯腰、踢踢腿，看公路上往来的车辆和行人。有时，她打开电视机，看节目。有时打开三用机，听南音《陈三五娘》，高甲戏《桃花搭渡》《管甫送》，歌仔戏《山伯英台》或是现代歌曲……有时她跟着唱，有时舞起来，自娱自乐。

电视和歌曲有时触起妙妙丹对某种食物的食欲。听闽南民歌《土

笋冻》《卖肉粽》《卖汤圆》她就会告诉谢碧玉想吃土笋冻、肉粽、汤圆。谢碧玉会做的就动手做，不会做的从菜馆买。

一个月后，妙妙丹只能食半流质。谢碧玉煮花生汤、鸡汤面线、鸭汤碱面、锅边糊，馄饨、粿条、咸稀粥……妙妙丹脸渐长、皱纹渐多、红光渐褪。每日，妙妙丹在套房里走走、站站、坐坐、躺躺，看电视、听歌。远新妻、远强妻时常煮一些半流质的食物送来。

又过了一个月，妙妙丹只能食流质，人明显消瘦、面色苍白、浑身无力。谢碧玉请假在家护理妙妙丹。每日，妙妙丹依然坚持自己擦洗身，换上干净的内衣。每天清晨，妙妙丹叫子孙们扶她坐起来，让谢碧玉帮着梳好髻子，把枕头垫在床头让她靠，听歌、看电视，有时让家人扶着走走。

这样过了一个月，妙妙丹喝汤、水，数分钟后就吐出。子孙们递一小杯汤汤水水给妙妙丹含在口里品味、润唇舌。远新一家、远强一家每日都过来陪妙妙丹说话。子孙们看到妙妙丹皱眉咬唇，疼得满头大汗都不叫喊，真心佩服妙妙丹的坚强。在省军区医院的陈思思请探亲假回来，为妙妙丹打止痛针。

妙妙丹召集三个儿子和三个媳妇到面前，从怀里掏出钥匙递给志广。志广打开褪色掉漆的天蓝色杉木箱，按照母亲吩咐从木箱里拿出箱子里所有东西。妙妙丹让三个儿媳将自己的服装一件件整入箱，留下数块“的确良”花布和白布。

妙妙丹微笑：“把那个红绸布包给我。”

陈志广将红绸布包交到妙妙丹手中。妙妙丹打开红绸布。众人见有一个玉佩、粮票、光洋。妙妙丹笑说：“这里有五十斤粮票、三十三个光洋是我攒着作‘手尾’。这个玉佩是志广认三个姐姐的信物留给志广。那三个姐姐也有相同的玉佩。不知道志广这辈子有没有与姐姐相认的缘分。你们不会有意见吧？”

远新夫妇、远强夫妇异口同声：“没意见。”

远新妻浅笑道：“大哥的姐姐也是远新、远强的姐姐。”

妙妙丹抚摸着左手无名指上镶着翡翠的金戒指说：“我想戴着它。”

谢碧玉安慰："我保证让它跟着你走。"

妙妙丹有气无力，充满期望地说："我死了后，只要你们的阿姐还活着，我在天上会保佑你们找到那些阿姐。"

妙妙丹疼得咬了咬牙根。

谢碧玉喂妙妙丹吃止痛药。妙妙丹渐渐不疼了，面色渐好，五官松开，开始分"手尾"，说："新社会男女平等，孙女和孙子一样分。但是按老家的习惯长孙与小儿一样。三个儿与长孙每人二十斤粮票，三个光洋；三个儿媳每人二个光洋、一块'的确良'花布；其他孙子、孙女一人一个光洋、一块'的确良'布。"

众人忍住悲伤依次领取"手尾"。

妙妙丹坚决不火葬，要求三个儿子想办法将她土葬。大家轮流给她讲火葬的政策。她忧愁说："火烧很痛的。"

谢碧玉开玩笑说："你会感觉到痛吗？"

妙妙丹一时语塞，笑了起来。众人跟着笑。

……

数日后的一个上午，远强接到一个朋友电话说按国家政策外国人可以申请土葬。远强大喜，立即回家拿户口簿到派出所开证明，带着户口簿和证明到民政局办理母亲的土葬手续。

当晚，妙妙丹接过远强的土葬审批单露出笑容。

陈志广见母亲开心抓紧最后一线机会恳求："母啊，告诉我，我爸的名字。"

妙妙丹收起笑容坚定地说："我不会告诉你。"

陈志广知道这是最后一次机会，跪求："我保证不去查找阿爸。"

妙妙丹摇摇头，眼圈红了，哽咽道："别求我了。为了你们好，也为你们的孩子想。"

陈志广泪如泉涌："我想知道自己老爸的名字，这一点要求都不行吗？"

"别怪我，只要说了你爸的名字，我死后，你们一定会去查找。过去的事不要再去翻，麻烦。"妙妙丹说完，脸转向白墙，背对陈志广。

雷远新夫妇、雷远强夫妇无语。他们理解大哥。谁都想知道自己的亲生父母。他们也理解母亲，猜想定有难言之隐。他们有时会想或许大哥根本就不是母亲亲生的，捡来、抱来的，她也不知道大哥的父亲。或许她不愿意大哥寻找自己的亲生父母。或许是私生子，大哥的父亲不会承认。或许她向大哥的父母承诺过什么。

陈志广不忍心逼迫临死的人，只得站起来，揉揉疼麻的膝盖。

妙妙丹听见志广站起来的声音翻过身来，泰然地交代后事："志广去请风水先生找一块风水好的墓地。远新、远强去订棺材。碧玉去买白布、蓝布、手帕、扇子。一把漂亮的扇子放在我的左手，一条漂亮的手帕放在我的右手。鬼子害得我身边没有女儿做寿衣。你们三个儿媳一起去做寿衣。棺材内放一套黄绸缎的缅甸式样的衣裙，一件红色金丝绒旗袍，一双厦门珠珠拖鞋，一件枣红色缎子丝棉袄，一双绣花鞋。我到阴间才配得起志广的爸。逢年过节要多烧些纸钱让我有钱花。"

"胭脂、口红、香水……"谢碧玉问。

"鬼子打入厦门，我离开厦门时，扔了胭脂、口红、香水，发誓没有见到志广的老爸，不用胭脂、口红，香水。"

"那你去阴间是要见他的。"谢碧玉提醒道。

"那就买，放在我的手边。"妙妙丹恍然大悟。

连日里，志广、远新、远强陪着南安老乡的风水先生走遍斤市之城的公墓山，选定墓地。

风水先生是一位比妙妙丹小数岁，白发苍苍、精瘦的老翁。他很专业地对妙妙丹说："墓地面正对面是一座笔架山，代代都能读书，读好书。还有一条河，青山绿水。"

妙妙丹苍白的瘦脸绽开笑容，皱纹成了朵朵花蕊，笑眯眯说："缅甸有一句话说'知识的金锅谁也偷不去。'有书读，会读书，好。"

雷远新、雷远强正想问，陈志广先问："墓碑上怎么写？"

妙妙丹早就想好了墓碑之事，毫不犹豫答："写林氏之墓即可。"

陈志广突感生父会不会是姓林呢？问："你当初为什么选姓林？"

妙妙丹答："我母姓林。"

陈志广连忙问："你有几个名字？"

妙妙丹想了一下说："三个。妙妙丹是父母起的，林莲花，莲花很水，出污泥而不染。林思，思念亲人。"

妙妙丹在滴水不能进的第十天下午四时离世。这位经历人生大起大落、大喜大悲，一生沧海的番婆带着她曾经有过隐忍的伤和无法言说的秘密，带着对下落不明的丈夫、三个女儿的思念、未了的团圆心愿，无限遗憾地离开人间。

第二十六章　揭密"行动"

妙妙丹逝世三个月后，陈念念收到厦门大学的录取通知书。他放弃北京大学选择厦门大学的目的是要边读书边寻找祖父，揭开祖母的秘密。

课余时间，陈念念去图书馆、阅览室查找资料，仔细研读厦门、福建的史料。

陈念念拿着祖母晚年的照片，通过同学父亲的关系找人请省公安厅有名的还原画像专家，画出祖母二三十年代年轻时的容貌。他带着父亲三十余岁时的照片来到中山路"宗宝画像馆"。要求按照片画像，然后加画大胡须。

一个月后，陈念念拿着祖父母的画像到照相馆请摄影师翻拍，并洗了一打12张。此后的节假日，陈念念与同学上街看到七八十岁的老人就拿出"祖父母年轻相片"，拦着问："你年轻时认识这两人吗？"

老人们认真地看了看画像，然后摇摇头说“不认识”离去。

陈念念买了数本厦门二三十年代相关信息的书仔细阅读。通过各种关系查找作者、编者的电话号码，想方设法约见他们。

这日下午，陈念念提前十分钟到达中山街的鹭岛茶馆。茶馆装修简单、洁净。此时客人少安静。陈念念在最里面、最后一张茶桌坐下。一名男服务生微笑上前。陈念念要一壶铁观音茶、一碟贡糖、一碟咸酸甜，叮嘱等客人到了再上。陈念念眼睛望着门，静等《民国厦门》作者。一会儿，一位年约七旬，理平头，头发白多黑少，神采奕奕的老者进门。陈念念起身扬手。老人走到陈念念面前坐下。

男服务生立即上茶、茶点。陈念念先为老人倒一杯茶，请老人用茶点，将听来的残缺不全的祖母和祖父的故事告诉老者。

老人没有插话，聚精会神地听。老人等陈念念说完，坦诚地说：“我在收集史料时，隐约有一些情节与你所述相似。按组织纪律和职业道德，我无权透露给你。”

陈念念理解地点点头说：“解放后，我阿嬷每年都自己一人来厦门。她不让人跟。我们不知道她住哪里、找什么人。”

老人似乎有些相信陈念念说：“早些年，是有一位老太太来鼓浪屿吵闹，说有一座房子是她的，要归还她。你可以让你阿嬷提供房契，当年厦门的良民证、居民证之类的身份证明。你阿公叫啥名？”

陈念念突然想起祖父的外号，说：“我阿公叫‘陈大胡’。”

老人脸色突变，瞪大眼睛惊愕：“陈大胡？”

陈念念惊疑看着老人。两人相互惊视无语。空气骤然凝固。

“陈大胡是个大汉奸，抗战胜利后被枪毙了。”

老人的话字字如针刺得陈念念的心要跳出嗓子口，强辩：“我阿公不可能当汉奸。”

老人生硬地问：“那你阿嬷为什么不肯说你阿公的事，不让你们找？”

陈念念被问得哑口无言，脸色青白。老人害怕陈念念承受不了，缓了缓口气宽慰：“同名同姓也有可能。这个陈大胡也不一定是你阿公。

等你有时间，我们再约见。我将陈大胡的资料找来，你看一看是不是。”

是的。同名同姓。陈念念沉重地回到学校宿舍。

雷良生见陈念念心事重重、不言不语，想是不好的消息。雷良生问了两次，陈念念避而不答。雷良生不再问。

陈念念有一个月时间不敢约《民国厦门》作者。他害怕那个陈大胡真的是祖父，真的是汉奸。他整日整夜忐忑不安。有时自我安慰，也许像谍战片一样，祖父面上看是汉奸，实际上是为抗日搞情报、消息，他强迫自己静下心来准备毕业论文。

这日上午，陈思思刚上班，白大褂还没穿好，科长就对她说院长找。陈思思脱下白大褂快步到综合楼。

院长见陈思思走进来，从办公桌走向沙发，和蔼地请陈思思入座，沏茶、倒茶，然后关切地询问陈思思父母、姐姐、弟弟等家事。

陈思思顿生疑惑：一大早，院长找自己来问家里情况，家里出了什么事？她忐忑地回答院长的问话。

院长饮一口茶说：“有人举报你爷爷是厦门的大汉奸‘陈大胡’。”

陈思思惊叫：“不可能。”

院长惊望陈思思。转而一想，陈思思的强烈反应是正常的。任何一个人都会是这样的。

陈思思缓过神，不好意思地笑了笑，恢复温文尔雅的神态，简述家人不知祖父姓名一事。

院长微笑安慰：“重在表现。我们只是将此事对你说一下。上级一定会慎重处理的。”

陈思思猜想一定是弟弟陈念念找祖父引出的问题，辩白道：“也许是同名同姓。”

院长点点头道：“完全有可能。”

院长微笑地宽慰陈思思。

陈志广家的饭厅。饭桌上的烟灰缸已装满了烟头。陈志广、雷远新、雷远强吸着烟。浓烈烟味、沉闷的气氛让谢碧玉、陈盼盼反复深呼吸缓解胸闷。

陈盼盼埋怨说：“你看邻居看我们的眼神。同事背后指指点点。”

雷远强安慰：“按照大哥的性格，大哥的老爸不可能当汉奸。”

雷远新宽慰：“一定是搞错了。”

谢碧玉、远新妻、远强妻责怪念念没事找事做。

陈志广开腔：“事已至此，只能搞一个水落石出。该面对就面对。”

志广、远新、远强七嘴八舌，决定动用所有的关系查实汉奸陈大胡是不是陈志广的父亲。

省军区大院，离休的老首长们在锻炼身体、闲聊。有人提到了军区医院漂亮女医生陈思思被举报为汉奸孙女一事。

女首长得知陈思思的父亲就是斤市的陈志广，来到司令员的办公室。办公室的沙发上坐着数位军区领导。

“我曾去过斤市，陈思思的父亲是个苦孩子，年年是先进，是省劳模。他们一家都很热爱共产党。”女首长讲起十余年前视察斤市之行。

“陈思思当年入伍时一定调查清楚了。政审才能通过。”有人说。

女首长虽然离休，但现任军区领导都敬重她。她的抗日烽火女侠的故事到处传颂。军区领导认真地听她动情地讲述陈思思奶奶传奇。

次日上午，女首长的吉普车开进军区医院。在一幢五层红砖综合办公楼门前停下。已等候在此的陈思思上前问明司机上车。昨天上午院长让陈思思今天调班，说军区领导要见她。她心理七上八下，不知今天是好事还是坏事。

陈思思望见迎面矗立的一尊毛主席挥手的高大的全身雕像，崇敬之情油然而生。雕像两边是一片绿草坪，后边是军区红砖大礼堂。礼堂门前左右两边是整齐的、苍翠的柏树。

吉普车开进竖挂干休所牌子的双开门，在一幢三层红砖小楼前停下。楼前是百余平方米的水泥地，数张花岗岩固定的圆桌、圆凳。半圈绿绿的、齐整的灌木，松柏、榕树、芒果树，幽静、舒适。

陈思思紧随司机走上最右边的一栋二层红底白墙小楼。

女首长白多黑少的运动短发，身着白短袖衣、蓝裤，脚穿北京平绒黑布鞋，笑容满面地请陈思思入座。陈思思抑制住内心的紧张走进女首长简洁的客厅，拘谨地在一张三人座木沙发坐下。边上一张办公桌椅。一个矮柜上齐摆着一对开水壶，一套茶具。卧室门掩着。

勤务兵泡一杯铁观音茶递给陈思思。

“十年前，我去过斤市，认识你父亲。”女首长和蔼地说。

陈思思的兴奋驱散了紧张。她曾多次听父母和奶奶荣耀地提起过抗日之花女首长请父亲陪同吃饭、看演出的事。当时斤市各种传言，说女首长是父亲的姑姑、堂姐、母亲。她偷偷地细看女首长五官与父亲确实像。

陈思思放松地、如实地回答女首长的询问，将陈念念放弃上北京大学选择厦门大学，利用寒暑假、课余时间查爷爷身份一事简叙一遍。

“我小学、中学、大学都在厦门读书。厦门有不少同学和战友，可以帮助你弟弟查你阿公的身份。”女首长起向走到办公桌，坐下，从抽屉拿出纸笔，很快写一张同学、战友的姓名、单位、职务递给陈思思。

午饭前，女首长带着陈思思在军区大院走了一圈。军区大院南北两个大门。南门为家属区，北门为办公区。营房、训练场、操场、篮球场。红砖平房、小楼错落于绿茵茵的草坪，果树、水泥大道、鹅卵石小径，大院干净，灌木整齐、松柏苍翠。

每每遇见熟人问陈思思是谁？女首长都笑答：“亲戚。”熟人就笑说：“难怪有一点像。”女首长、陈思思相视一笑。

晚上，干休所前的操场上，围着数人聊天。司令员对女首长说：“军区有不少人私下议论说陈思思跟你长得很相。说没有关系都不相信。”

女首长笑说：“我倒真的很想有关系，不会孤单一人。”

“是啊，要不认陈思思做义女。”司令员建议。他知道鬼子侵占厦门前，陈红霞随厦门大学师生迁往长汀，不久参加抗日。后来与战友结婚。丈夫在抗战中牺牲，未再嫁。解放后回家。外公、外婆、母亲因妹妹失踪，忧郁成疾已去世。她寻找父亲、妹妹、两个姨姨的家人没有结果。

半个月来，每晚，雷远新夫妇、雷远强夫妇都到大哥家安慰大哥、大嫂，关心陈思思在部队的近况。六个人正在谈论着如何查实陈大胡。沙发边的电话响起。陈志广伸手接起。电话里传来陈思思兴奋的声音。陈志广满面笑容地“哦”、“嗯”。

陈志广放下电话，笑哈哈地讲述陈思思被当年到斤市视察的女首长接到军区一事。

陈志广兴奋道：“女首长还写了一张战友、同学的联系电话、单位。这些人可以帮念念查实陈大胡。思思已寄给念念。”

雷远强开玩笑：“大哥，你觉得你跟女首长有没有关系？”

雷远新笑道：“她会是你姐姐吗？”

陈志广浅笑道：“不会。那年女首长来斤市没有与母啊见面。哪有女儿不想认母亲，哪有母亲不想认儿女的。”

雷远强进一步开玩笑：“都说女儿像父亲，儿子像母亲。女首长会不会是你的母亲？”

陈志广笑道：“怎么可能？女首长最多大我十几岁。”

雷远强笑逗道：“十几岁生孩子怎么不可能？”

雷远新笑侃道：“如果女首长是你的母亲。母啊怕你被认走，当然不与女首长见面。女首长不见母啊，不认你，或许当年有约定。如果是这样母啊说不出你生父的名字就很正常。”

三兄弟、三妯娌对女首长充满猜测臆想。

1992年，厦门大学门外建一条学生街。陈念念租一个店面，隔成里外两间，里间为小卧室，外间为书吧。门边挂着铜色合金店牌“相思树书屋”。书籍以闽南建筑、风俗、美食学术性为主。陈念念白天经营书吧，晚上到大街小巷的讲古场听厦门老故事。

这日晚上，中山街的讲古场。陈念念听到熟悉的“陈大胡”，一阵惊悸。一位头发斑白，约五十岁的讲古仙怒诉汉奸陈大胡的各种罪行。

陈念念的心一阵阵难过。他极力抑制自己痛苦的情绪，担心边上的人看出来。

“陈大胡名字叫陈大胡却没有大胡子，只有淡淡的胡子。”讲古仙讥笑说。

陈念念兴奋得站起来叫道：“真的吗？”

讲古仙瞪了陈念念一眼，不悦道：“当然是真的。”

陈念念坐下，兴奋地听完讲古，等人走完，上前问讲古仙：“你刚才讲的故事是真的吗？陈大胡不是大胡子？”

讲古仙凝视陈念念，点点头。

陈念念眉开眼笑地问：“陈大胡是名字不是外号？”

讲古仙疑惑：“是啊。你为什么对此兴趣？”

陈念念动情地讲起祖母的故事，寻找祖父的经历。

讲古仙全神贯注地听完，笑道：“我认识许多厦门当地老人，我帮你找阿公。你将找你阿公的情况告诉我。到时我又有好故事：名为陈大胡与绰号‘陈大胡’的故事。”

陈念念开心地答应讲古仙。

陈念念收到二姐陈思思的来信后，按照女首长的名单上找人。名单上的人已事先接到女首长的电话，非常热情地带着陈念念找相关部门的人。有的人将已找到的资料复印给陈念念。

清晨，陈念念如约跟女首长战友的孙子陈承诺乘吉普车前往南安九都。陈承诺与陈念念一见如故。同龄、同届厦门大学的学生，有许多共同话题一路聊。吉普车盘旋在蜿蜒起伏的公路上一会儿拐入茂密的森林，一会儿弯出东溪河畔，一会儿奔驰在绿色与金色的田地间。

吉普车在山美水库停下。陈念念敬陈承诺烟，两人舒展四肢、腰、颈，边吸烟边观赏山美水库。远处四面青山，近处湖水碧波清清，码头停靠商船。蓝天、白云，美丽和宁静。

陈承诺微笑说：“山美水库1958年动工，1972年建成。当年为了建山美水库，这一片的人都被移民到外地去喽。1966年社会主义教育运动后，九都人移居泰宁、长泰、同安等地，支援山区建设。当时只剩六千多人。现在要找人了解你阿公的情况，难。”

陈念念、陈承诺吸完一支烟上车，继续赶路。

陈念念、陈承诺天蒙蒙亮就出发，夜深才回九都乡政府休息。他们时常吃方便面和饼干。陈念念、陈承诺一次次翻山越岭，充满希望地走进村庄，一次次失望地离开村落。

这日清晨，陈念念、陈承诺吃完方便面，去剩下的最远的两个村。

连绵起伏的丘陵，绿黄相间的梯田，清澈的小溪。依山傍溪坐落着新旧不同，三开间或五开间，硬山式屋顶或双翘燕尾脊等各式各样、大小不一的红砖厝。三户或五户一片。也有独门独户“戴斗笠穿西装、外西内中”的番仔楼。

陈承诺向一位年过半百，赤膊老汉打听，方知村里都姓陈。

陈念念恭敬地笑问：“村内几十年前有人在厦门、鼓浪屿挣食吗？”

赤膊老汉笑道：“有几家在厦门做生意。”

陈念念与陈承诺喜笑地对视一眼，兴奋地问：“这几家有亲戚是缅甸仰光人吗？”

老汉笑指着远处村中最宏大、靓丽的三幢连排三层红砖洋楼说：“那家口的堂亲当年在厦门生意做得最大，赚得最多。好像是有缅甸仰光亲戚。”

陈念念、陈承诺谢过，快步走向红砖洋楼，在红砖洋楼前宽敞、精致的石埕住脚。

石埕人工打磨的石块块块相扣。石埕的正前方一棵盘根错节健壮的榕，叶茂蔽大如一把撑开的绿绒大伞；两棵挺拔的棕榈树如蒲扇的大叶碧绿碧绿；两棵茂盛的相思树；透过树间视野开阔，一片平坦的田。

陈念念、陈承诺仰望美轮美奂的三幢相同连排三层红砖洋楼。白石与青石的浮雕双龙戏珠西式山头，两端是一对石虎。下有传统的柜台脚，正中嵌郡望“南院传芳”的青石匾，两侧是天官赐福、花卉、花瓶等传统图案。从楼下到楼上由白石和红砖砌成的门面，配有石框“大铁枝”窗。巴洛克的山花顶端塑一对飞翔的雄鹰。

坐在石埕前榕树下的五位赤膊老汉一手摇芭蕉扇，饮茶，乐哈哈聊天，见陈念念、陈承诺细看红砖洋楼立身走向陈念念、陈承诺，询问何事？

陈念念笑说：“想了解陈国泰的事。他的老婆是不是缅甸人？”

晒成蜜色的精瘦老汉们惊诧地你看我，我看你。堂叔一家无声无息四十多年，今天突然冒出两个年轻人来打听。

陈念念自我介绍后，简述祖父母的故事。

老汉们怀疑地看着陈念念、陈承诺自我介绍，他们都是陈国泰堂兄弟的儿子陈志明、陈志强、陈志气、陈志杰、陈志高。

陈志明炫耀道：“三姨太人水又有钱。她的老爸是缅甸最大的玉商。”

老汉们热情地请陈念念、陈承诺入洋楼。

陈志明夸耀：“中间一座是陈国泰留着自家住，左手边是他送给伯伯、叔叔的，右手边是他送给堂伯的。”

陈志强笑着点点头，领着众人踏上五级花岗岩台阶说：“外看是西式洋楼，内部是闽南传统‘五开间’结构的三层楼。”众人跟着走进陈国泰的洋楼。一层客厅，厨房、餐厅、客房。刺桐红旋转楼梯扶手，花岗岩楼梯。正中楼二层祖厅，廊内是厚厚的木门。苹果绿的天井防盗铁栅栏；白底红枫叶瓷砖地板，棕色木吊顶；苹果绿的百叶窗。

陈志气惋惜道：“人啊，想得都很好。实际就不一样。堂叔盖这三座大楼，想老的时候回来住，几十个房间给儿孙的，结果一个都没有回来。”

陈念念、陈承诺惊奇地看着红木屋梁，安金刻柳，雕梁画栋。精雕细琢的门、窗、堵石。锦屋华堂仿佛娓娓而谈它那曾有过不平凡的美、威、凝固的语言。

陈念念感受到闽南人爱家的情结，无论到天涯还是到海角，赚了钱就要寄回家盖房子。极尽奢华见证主人的艰辛，炫耀能干、聪明和辉煌，提高家族地位。

陈志明得意地说：“这栋楼在当时轰动全南安，十里八乡的南洋

客要起厝都来看样。”

陈志强满口烟牙说：“在那个年代，钢筋水泥在闽南还罕见，建材皆从南洋运来。”

陈志气夸耀道：“从南洋运来到渡口，当时没有公路、汽车，都是人工搬回。每根石柱有千斤，要十多人用肩头抬。山路弯弯曲曲很难拐弯。山路陡，抬前的人不好走，抬后的人更难走。从山脚到山顶要两三天。”

陈志杰炫夸道：“当年南洋设计师根据陈国泰要求设计图纸，外形外国风格，内面是闽南传统结构。楼房走廊、过道、相互畅通，雨天过道不淋雨。外装饰进口花砖等由南洋专船运回。这幢楼配有先进的地下排水系统，若有小球落入沟中，不管在哪个角落掉落，下雨天可在前面的中找到。每一块墙砖、柱石都是手工打磨。”

陈志强自豪道：“每个房间都有卫生间。在楼后挖有一口水井。随时将水抽到顶楼的蓄水池。再流进铺墙内的管道流向各个房间冲厕所。”

陈念念、陈承诺惊叹：“那个年代就这么先进啊！”

陈志明沾沾自喜道：“他走世界，见得多。”

陈志高指着地板扬扬得意道“这些红地砖六厘米，有钱人用的，没钱人用二三厘米。”

陈国泰的堂侄儿们你一言我一语地得意地讲述着从前辈听来的陈国泰的事。

陈承诺叹息：“想到老了回来住，结果……”

陈念念焦急地问：“你堂叔怎么啦？”

“日本军打入厦门，堂叔全家无声无息。”陈志明哀叹，抗日战争胜利后找到现在都没找到。

陈志强问：“要不要我带你们去看堂叔父母、堂叔和三个大嫫小姨的墓？真气派。”

陈念念想既然来了，就看一看有可能是自己的祖父的空墓。

陈承诺与陈念念跟在老汉们身后向山上走去。

墓地很大，坐北朝南。墓地左、右、背三面环山，林木茂盛，一派天然磅礴的气势。墓为坊墓结合的古建筑，硬山顶，檐牙高啄。墓设五道埕阶。墓茔隆出地面，白花岗岩叠起，中西混搭。东西南北四个角分布四座风格迥异的小洋楼。墓地面朝一条小溪，常年流水。

陈志明介绍："这叫做'后有靠山，左右有抱，前面有照'的风水宝地。"

陈志强叹道："没想到他失踪了。他的大嫫小姨、子女都不知去向。到现在墓还是空的。我们也不知怎么弄。现在是上山的人坐着抽烟、泡茶、休息的地方。"

陈念念将话题引向陈国泰。陈国泰的侄儿们七嘴八舌地讲起从长辈们时常谈起的陈国泰的往事。

第二十七章　祸从口出

陈国泰出生在南安九都陈姓村。连绵起伏的丘陵，绿黄相间的梯田、清澈的小溪。依山傍溪坐落新旧不同、构造不同的破旧祖屋、土楼，土木结构的老屋。三户或五户一片，也有独门独户的房屋。村尾一个池塘、村中一口水井。

陈国泰父亲租田耕种。收成好的时候能打二十五草袋的米，交出十三袋租粮给地主。一家人靠剩下的那点粮食过活，还要拿出一些来换必不可少的日用品。不涝不旱一年到头都是番薯稀饭，稀得清澈见底能数饭粒，只有逢年过节才能吃上一碗焖芥菜干饭或焖芋头干饭。若是遇到旱涝灾年，庄稼歉收，一家人的肚子都填不饱。

陈国泰出生在路边，父母呼其“路狗”。陈国泰二岁时，四岁的哥哥夭折；五岁时，父亲病故；八岁时，母亲也病故。四口之家只留下他一个人。他只能在伯伯、叔叔家轮流吃饭，在伯伯家吃饭时帮伯伯干活，在叔叔家吃饭帮叔叔家做事。他与堂哥陈国建、陈国民，堂姐陈丽花，堂弟陈国安，陈国财、陈国宁，堂妹陈丽梅上山砍一些细枝，割一些杂草，拾一些树叶、松果球回家当柴烧。他下田帮着浇水，拾猪粪、牛粪。

普度来临，村人谈论不同乡镇和村落之间的普度。谁的客人多，谁办得酒席丰盛，谁演戏的台数多。谁祭神典礼隆重。

国泰的伯伯、伯母、叔叔、婶婶围坐在自家前的砖埕愁眉苦脸地平摊陈国泰的份礼。村里统一做普度。寺院竖灯篙、放水灯、设祭坛孤棚、诵经拜忏……费用按“丁”出份钱。

“家里穷得叮当响，还要出这么多份钱。”伯母与婶婶异口同声地埋怨。

“份钱出得多，说明人丁旺，是福。有的人想多出份钱还没有。”站在陈国泰身边的堂伯母不满地说。

陈国泰感激地看一眼堂伯母，对伯伯、叔叔说：“等我长大了，赚大钱给你们享福。”

伯母鼻子、厚唇一翘，嘲笑说：“等你赚大钱？”

伯母轻蔑的眼神刺痛陈国泰的心。

“达啵仔（男孩）虎要夜里生的才有吃。你是中午生的虎，怎么赚有吃？”婶婶没好气地补充说。

陈国泰低头无语。

堂伯母生气地顶国泰的伯母、婶婶：“话不能说过头。这仔大头大脸很有福相。达啵（男人）嘴大吃四方。”

“那我们就等着这一天。”伯母、婶婶讥讽道。

“三转二转就等到了。”堂伯母忿忿地说，抚摸着陈国泰的手安慰。

陈国泰暗下决心要挣大钱。

陈国平铭记“月半不回无祖”的祖训。在“中元节”前，从厦门赶回家。他在厦门浮屿角、中山路、思明路、开元路开“国平麦芽膏店”，生产与销售一条龙。他的麦芽膏甜度适中，稠粘适度，销路好。他远远看见全村唯一的红砖厝，自豪感顿时荡漾周身。他家是村里的首富。三进五开间的红砖厝，最佳朝向。夏季南面日晒不入室，冬季北风后墙挡住。屋脊高翘，雕梁画栋，门前墙砖石浮雕，门墙厅壁书画点缀，窗梭镌花刻鸟，巧妙华丽。

这日中午，全村人都在陈国平的红砖厝的石埕吃“普施”。村人都不愿与陈国平的独子“鬼都怕”同桌，担心被他作弄。陈国平连生五个女儿，中年得子，全家上下捧在手中怕摔，含在嘴里怕化。国平妻把儿子宠得蛮横、霸道。“鬼都怕”瘦矮如猴却天不怕，地不怕，想得到的东西一定要得到。家人若不给，他敢拿破碗碎钵片往自己的腿上扎出血而不哭。村里的大人小孩遇到他都躲避，背后叫他“鬼都怕”。

陈国泰与堂兄弟及村里的男孩儿坐到哪桌，七岁的“鬼都怕”就跟到哪桌，偏要与陈国泰等人坐一桌。“鬼都怕”不等开桌就剥荔枝吃，吃了一大挂荔枝，荔枝壳扔得一地。他见同龄人不与自己玩很不开心，将荔枝核往每个人的脖子放。同龄人掏出荔枝核朝“鬼都怕”身上扔。开席一上菜，“鬼都怕”双眼睁得大大地盯着菜碟，挑来撩去捸喜欢的食物，“吧嗒、吧嗒”大口大口地嚼咬。一上汤，“鬼都怕”立即站起，睁大眼瞧着汤碗捞来捞去，舀起喜欢的食物“啧、啧、啧”吃。大人小孩厌恶他的贪吃相。散宴时，孩子们拣起荔枝核朝“鬼都怕”扔去，一哄而散。

七月十五上午，陈国平在红砖厝的石埕设“孤棚”祭无主孤鬼，并延请僧众礼忏。法事完毕，围在一旁的孩子们一哄而上，你推我挤抢祭食。满台的鱼肉、饭菜、糕、粿、瓜果瞬间抢空。

陈国泰与堂兄弟往家走，见“鬼都怕”正在抢与村里同龄男童的鸡腿。陈国泰冲上前帮助男童抢回鸡腿。男童拿着鸡腿转身就跑。“鬼都怕”躺在地上大哭大号，手舞脚蹬。“鬼都怕”的姐姐们见状连拖带拽地将一把鼻涕一把眼泪的“鬼都怕”拽回屋，清洗脸面、手。五

个姐姐看不惯“鬼都怕”，家里有鸡腿，却要抢沾着纸钱灰、香灰的鸡腿。

国平妻听“鬼都怕”哭诉后，带着“鬼都怕”到国泰的伯伯家告状。国泰的伯伯、伯母再三道歉。

中午，陈国泰、陈国民、陈国建担柴回家时，伯母、婶婶怒责陈国泰为什么惹“鬼都怕”。国泰的堂姐、堂哥解释过程。

陈国泰不愿意连累堂兄弟承认：“是我做的，跟他们没关系。”

伯母气呼呼：“吃太饱了才会管闲事，中午就不要吃了。”

婶婶在一边附和：“饿了眼睛才会亮。”

陈国泰默默回到自己的破屋内。陈国泰饿了就喝水，上床躺，解尿，再喝水。他躺在床上，希望自己能快快长大，不要依靠别人。他等待堂伯母来送食。

随着数声“吱呀”门被推开了。陈国泰欢喜地起床。果然是堂伯母送吃的来了。堂伯母怕被国泰的伯母、婶婶看见，轻轻地将门插上。

陈国泰饿得慌大口大口地吃着地瓜干稀饭汤。堂伯母静静地听陈国泰叙述得罪“鬼都怕”的过程。

堂伯母慈母般爱怜地摸着他的脸叮嘱：“没爸没母的仔要懂事，少惹大人生气。”

陈国泰眼眶潮湿地点头，再一次默默发誓言：若有一日出头，一定要好好报答堂伯母。

次日晚，四周黑蒙蒙。村里只有陈国平的红砖大厝的石埕通亮。大杉木柱和杉木板搭起的戏台前围满本村人和邻村的戏迷们。戏台的白汽灯照亮戏台。陈国平从县里请来的“小开元班”正在演和尚戏《目连救母》。陈国泰与堂兄弟姐妹像其他小孩一样不时地往人缝里钻挤到前面。

散戏时，“鬼都怕”故意抬脚拌陈国泰。陈国泰“啪”摔倒在地。“鬼都怕”跑到家门口开怀大笑鼓掌。

陈国泰爬起来，拍去身上的尘土，与“鬼都怕”对骂。

陈国民拽拖陈国泰回家。

“别以为鬼怕你。鬼来抓你去，你就怕鬼了。我看你，今年的中秋都过不到。”陈国泰边与“鬼都怕”对骂边回家。

第二天上午，“鬼都怕”起床说人不舒服。陈国平家人想可能是连日这边吃，那里喝，吃太多，吃太杂，积食。国平妻煮半块范志万应神曲哄“鬼都怕”饮。早餐、中餐、晚餐“鬼都怕”只吃白稀粥调理肠胃。当晚“鬼都怕”发高烧。陈国平到南安丰州慈济宫、泉州的花桥慈济宫请医生来看，都说是积食发烧。“鬼都怕”吃药不见好转，十天后“鬼都怕”死了。红砖厝一片哭声，悲悲凄凄。村人虽厌恶“鬼都怕”，但“鬼都怕”真的死了，村人也难过惋惜。

洪婶惊慌地跑到国泰伯伯家说陈国平全家认定儿子是被陈国泰骂死的，正准备带人来找陈国泰算账。

村人知道陈国平在悲怒中来算账会出人命纷纷来劝。国泰堂伯母速将陈国泰拖进自家后轩，关上门。

国泰的伯伯、叔叔势单力薄理亏词穷不敢抵抗。

陈国平兄弟五人拿着棍、棒，横眉竖眼、气势汹汹冲进陈国泰祖厝。

村人纷纷拖、拉、拽、劝说。村长、族长劝说陈国平。

族长耐心地说：“生死有命，富贵在天。骂死人应该是巧合。”

国平妻道：“村里谁不知‘路狗’是‘皇帝嘴，乞丐身。’伊骂人厝鸡死，人厝就鸡被老鼠吃了。”

村长笑道：“那他说‘黄金来’，就有黄金了，我们不就富了吗？”

婶婶附和：“是啊，我们就可以坐着享福了。”

国泰伯母道：“要不，你们也找一个‘皇帝嘴’骂‘路狗’。”

陈国平要求国泰伯伯、叔叔赔偿或者让陈国泰到其儿子坟头守坟。

国泰伯伯、叔叔贫穷无法赔偿，坚决不答应。

陈国平兄弟怒不可遏冲入伯伯、叔叔的厨房摔砸锅、碗、钵、盆、瓮、坛。愤怒随着阵阵破碎声发泄，沸腾的血液渐渐平缓，在村人推、拉、拽下，顺势回家。

陈国泰在伯母、婶婶的谩骂下与堂兄弟姐妹收拾破碎片。

堂伯母劝伯母、婶婶：“孩子吵架，骂歹话也是常事。谁也不会想到会应验。”

国泰伯母怒道：“‘鬼都怕’你们还敢‘草蜢弄鸡公’。”

村长、族长知道陈国泰家贫穷，出钱给国泰的伯伯、叔叔去镇上买锅。村人东一户西一家拿出家中的钵、瓮、坛、碗送给国泰的伯伯、叔叔。

晚上，正厅。

国泰伯母对伯伯说：“赔一点给他们吧。不会吵吵闹闹。”

陈国泰对咒“鬼都怕”心理过意不去，但制止道：“不能赔，赔就承认是我骂死的。”

众人惊讶地看着陈国泰，小小年纪这么聪明。

国泰伯伯叹息：“人咧衰，放屁弹死鸡。”

国泰伯母忧郁地说：“关门厝内坐，祸从天顶落。”

国泰婶婶不想养国泰趁机提议：“让他到他阿姑家躲一躲。”

“这样行吗？”国泰的伯伯、叔叔犹豫地看着只有八岁，没有出过远门的陈国泰，真不放心。这毕竟是老二家唯一的血脉，万一有个三长两短，如何能安心啊？

国泰伯母也希望少管一张嘴说：“牛仔出世十八跋（跌倒）。”

国泰婶婶连忙附和：“鸭仔落水身就浮。”

国泰伯母、婶婶忙帮着收拾行装。

第二十八章　背井离乡

一九一〇年夏天的一个黎明，瘦骨嶙峋的陈国泰身穿粗布裤褂，斜背着二个小包袱离开村庄。一个包袱里放着数件破旧衣裳和草鞋，另一个包袱放着今早蒸的番薯、芋头、煎堆、碗糕。他看了又看旧木屋，看了看种着番薯、茶树、水稻的层层梯田。

伯伯、叔叔悲伤地叮嘱陈国泰一路小心，照顾好自己。伯伯哽咽道：“一到大姑厝就让人写信回来报平安。我们不能送你，怕被国平家的人发现你跑了；万一国平家的人发现要追你，我们可以抵挡一阵。”

堂伯母一直在擦泪，坚持要送陈国泰一段路。

陈国泰一步一回头地向伯伯、伯母、叔叔、婶婶、堂伯及其堂兄弟姐妹告别。就要离开生他、养他的地方。

“你回去吧，我自己行。”每走百米左右陈国泰对堂伯母说这句话。他担心堂伯母一人回走，却又害怕独自一人。看不到村落，到了半山腰，陈国泰停下脚，坚决不让堂伯母送。

堂伯母知道陈国泰的性格停住脚，抱住陈国泰亲了亲脸，忍住泪，转身下坡。陈国泰转身跑，泪水“涮涮”流。

堂伯母爱陈国泰如亲儿子，担忧、悲伤。她走了十余步，转身，边擦泪边快步跟在陈国泰身后跑，直到不见陈国泰的身影情不制禁哭泣。

阳光透过树梢。陈国泰沿着崎岖的羊肠山道跑跑、走走，感到肚子饿，放慢脚步，拿出竽子、碗糕各吃一些。他加快脚步。眼前出现岔路口，他不知哪条路是通往永春姑姑家？周围无人可问。他想了一会儿向左边走去。他听见身后有脚步声，转头一看，果然是陈国平及其二个兄弟。他撒腿就跑，边跑边喊：“救命。”只一会儿，三个大男人就挡在他的面前。三双愤怒的眼瞪着他。这条山路很少有人。他仍充满希望地大喊：“救命。”

“不要叫，这里没有人。明日是我仔的头七，我要抓你回去跪拜。”陈国平阴笑。

一个男子洪亮的声音吼道：“住手。”

陈国泰惊喜地愣住。

陈国平兄弟三人愣了一下，见只有一个个子不高的中年瘦男子。国平三弟无所畏惧上前推一把瘦男子。瘦男子纹丝不动。国平二弟上前就是一拳，瘦男子手一挡，国平二弟倒退数步。陈国平一扬头兄弟仨一起上。

四个大男人钩、针、弹、踢；寸、拐、撩、杀、踩；“八仙醉拳”、“白鹤独立”、“白鹤展翅”、“白鹤踏雪”、“勾漏”、“二字钳阳”、“梅花八卦”、“佛拳”……闪电般的拳术变化莫测。陈国泰呆看瘦男子以一抵仨。陈国平三兄弟被打得敲胳膊腿时，陈国泰才回过神来，慌忙向救命恩人说声谢谢，飞快地跑了。

瘦男子欲叫住陈国泰，陈国泰已无影无踪。

陈国泰日夜兼程。一路饿了吃一点番薯、碗糕、竽子不敢吃饱。口干就到路边小沟、小溪或水井喝个够。疲倦了，找一个有屋檐的门口躺下，将衣物包袱当枕头压着睡，双手紧抓着食物包袱当被压在腹部上。他一会儿突然惊醒，摸一摸头下的包，捏一捏腹部上的食物包，看一眼黑蒙蒙、静悄悄的周围。一会儿迷迷糊糊似睡非睡。夏日里，下半夜凉风习习凉醒他。他揉揉惺忪的双眼和冰凉的面颊，见天色放亮，拎起包继续赶路。走累了，席地而坐，捏一捏腿小肚，敲一敲大腿，歇息一阵儿再走。脚板的水泡一触地就钻心地疼，疼得汗涔涔。他咬紧牙，深一步浅一步地继续赶路。八天后的中午，陈国泰的眼前出现一望无际的大海。他惊诧大海的浩瀚。没有想到海比河大得这么多，看不见尽头。阳光下，蓝蓝的天与蓝蓝的海连在一起。他十分惊奇地看着高楼大厦，大马路上来来往往的人、人力车。

陈国泰找到一条小巷的水井，兴奋地用井边上立一个掷着麻绳的木桶，打了数次的半桶水，在井边冲洗头上、身上的汗水、尘土。他找一个僻静无人的地方换上干、净的衣裤。将湿、脏的衣裤在井边洗净，找一处矮灌木上，将衣裤摊开晒。

夜幕降临，陈国泰收起衣裤，扎好包，找到一处屋檐下坐下，吃最后一个碗糕。饥饿的胃不疼了。他头枕着衣物包，将包食物的旧花布盖着肚子躺在石板上睡。

海风凉醒陈国泰，他起身拎起衣物包快步走，驱走凉意。他走到筲箕港，找了数处建筑工地的主事者，主事者都嫌他瘦弱、矮小。他到码头，看着身强力壮的码头工人弓着腰背着一大箱或一大袋东西，满头大汗，喘着大气，一步一颤，举步维艰。卸下东西的工人艰难地、缓缓地直起弯弯的背。他在码头绕了一大圈，看着那一箱箱、一袋袋比自己高大的箱子、麻袋，用劲推了推，一动不动，沮丧地离开码头。他买一块煎堆，实在饥饿了，吃一点。他向店铺的人讨一碗水喝。晚上在骑楼走廊睡觉。

第三天，陈国泰拖着疲惫的身心走到神前澳。海关大楼顶上的旗在海风中飘扬。沿岸大厦林立，街道纵横。陈国泰瘦弱和孩童稚气的样子找不到事做。他感觉到从未过的凄凉、孤独，思念故乡，想起死去的亲人模模糊糊的身影不禁鼻酸，泪水簌簌而下。父亲似房，阻挡风雨袭击；母亲似食物、床、被、衣物给孩子温暖。陈国泰感觉天很不公平，连一个兄弟姐妹也没有，孤孤一人。

陈国泰每日找事做，每日无数次被拒绝。每日只吃一块煎堆。盘缠用得所剩无几，饱一顿、饥一顿，睡在房前屋后。现在回家，陈国平一家不会饶过自己。他不知所措地走着。

此时数位流浪儿冲过来抢陈国泰的包裹。陈国泰紧紧地抓住包裹不放，毫不畏惧，奋力抵抗。不远处一个个子不高的瘦男子静静看着这一幕。一会儿，陈国泰寡不敌众，包裹被抢走。瘦男子上前，一把夺过包裹递给陈国泰。

“谢谢阿叔。”陈国泰擦着嘴角、额头上的血欲走。男子叫住陈国泰。陈国泰回头认出救命恩人。瘦男子也认出陈国泰。

瘦男子将陈国泰带到“阿美茶店”。

一个圆脸富态的少妇惊疑地看着陈国泰。

“陈嫂，找一个达啵仔帮你看店、烧水。”瘦男子指着陈国泰说。

瘦男子为陈国泰擦涂伤口说：“不要紧是皮外伤，很快就会好的。”

陈嫂烧了一锅水。陈国泰洗澡，换上一套干净衣裤。宽大的衣裤下，陈国泰更加显得瘦小。

陈国泰听陈嫂叫瘦男子“郑师傅。”

陈国泰与陈嫂一起住店。陈国泰的小床在茶店的墙后，床边一个

柜子放衣物。陈嫂睡后院。

次日，陈嫂带陈国泰去裁缝店做春、夏、秋、冬四季衣裤各两套。

每日，陈国泰洗茶具、学烧水、学泡茶。泡茶的水不能滚过头。饮茶要茶、水、火三者都好，缺一不可。用没有烧滚的水泡茶，茶汤不鲜美。水滚过头，同样地茶汤缺乏鲜爽味。若用回烧的开水泡茶，茶汤会有“熟汤味”。泡茶时间3—5分钟最适宜。泡得过长，茶汤有苦涩味。一壶茶，初巡鲜美，再则甘醇，三巡意欲尽。七分茶、八分酒，斟酒、斟茶不可斟满，让客人不好端，溢出了浪费，烫着客人的手或撒泼到衣服上。客人来了，沏一壶茶、立身、双手奉。有耳的茶杯一手捏着耳，一手托着杯底……

陈国泰记性强，一教就会。

每日上午，陈国泰撤下一块块比自己长一半的沉甸甸的杉木板，开门。夜深了，没有客人，陈国泰拼上一块块杉木板，关门。

三个月过去了，陈国泰学会冲茶，看茶色、闻茶味。对茶的品质、茶道了解许多。他喜欢茶店的工作，习惯茶店的生活。人胖了、白了。他感觉到在味美、汤美、形美、具美、情美、境美下饮茶给人带来心情愉悦，和睦相处、增进情谊、益智明思，修身养性，冷静从事。

一天中午，一个陌生中年壮男走进店。陈国泰笑迎问壮男买什么茶？壮男说找洪嫂。陈国泰摇摇头说这里没有洪嫂，只有陈嫂。

陌生男子浅笑：“我找陈嫂。”

陈国泰走向后院。

后院，天井里架一把小刀，数个陌生壮男子从刀下钻过，将左手食指用刀割破，滴血酒中，各人坐地分饮。

陈嫂见陈国泰进来不悦道：“不顾店，跑进来做什么？”

陈国泰忙说店内陌生壮男来找。

陈嫂跟着到店内。陌生壮男与陈嫂对暗语后警告陈国泰：“孩子有耳朵没嘴。”陈嫂将陌生壮男引入后院。

“孩子有耳朵没嘴。”陈嫂的警告深印在陈国泰的心理。他觉得这些人神神秘秘，心中充满疑惑，不敢问。

有吃有住。陈国泰感觉日子过得真快。初冬，寒冷的夜晚八九点钟基本无人到茶馆饮茶。陈国泰便关门，洗漱，钻被窝睡觉。午夜，睡得正香被陈嫂叫醒，叫他快跑。陈国泰惊慌地穿上外衣裤，将衣裤包扎一下就跑。陈国泰跑出茶店数百米时停下脚步，远远地看着茶店。只见陈嫂与数位男子分开跑。这么突然，这么慌张，一定是出了大歹事。陈国泰的心惶恐地乱跳。很多人认得我是这茶店的人，我不认得别人，留在厦门一定不好。想到这里，他狂跑，边跑边想去哪里呢？去永春找姑姑。白日，他喝一些水解渴。夜晚，他到田里偷挖番薯，逃到远处才拿出来吃，累了找一处干净、平坦的地方将包袱枕着头睡。他的心情越来越沉重。他听说姑姑家境艰难，姑父会接自己吗？数日或半个月可能可以，一年半载恐难于接受。家是不能回的，“鬼都怕”的家人不会放过自己的。他忧心忡忡地走走停停，不知要到哪里？

这日早上，天开始下雨，雨越下越大。天黑黢黢。陈国泰又冷又饿，放慢脚步，弯着腰，眯着眼，借着闪电察看田里的农作物。他看见了番薯地，兴奋地一手抓着杂草，小心翼翼地走下田埂。雨水浸入，土湿松，手中的草脱土，人滚了下去。

第二十九章　绝处逢生

闽南男人岁数忌“九”，遇“九”跳过做十。黄和贵的岳父五十九岁，做六十大寿。和贵夫妇按女儿、女婿必需的贺礼：布料、毛巾、寿联、猪蹄、炮烛、寿面、寿蛋。从头到脚的帽、衣裤、鞋袜去永春祝寿。数日后，和贵夫妇、三个女儿拖着疲惫的脚步进村。小女儿黄怡芳尿

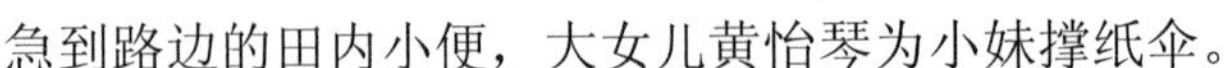

急到路边的田内小便，大女儿黄怡琴为小妹撑纸伞。

黄怡芳小便后，正穿着裤子，一道闪电划过，黄怡芳惊恐的叫声。

路边的和贵夫妇惊慌地问：“什么事？”

黄和贵冲下田问是不是虫、蛇。

黄怡琴恐惧地喊：“人。”

黄和贵看到躺在田边的人，不知是死是活。他紧张地将手靠近那人的头，那人没反应，触了触那人的额头烫手。黄和贵对妻说：“你下来。”

和贵妻下田埂蹲下。黄和贵将那人的头扶起来，原来是个男孩。黄和贵让妻女帮着把男孩弄上背。和贵妻为黄和贵撑伞。三姐妹紧跟父母急步回家。

黄和贵背着迷迷糊糊的男孩急步进护厝的长工屋。和贵妻吩咐长工金田说：“把你的衫裤拿给这孩子换。”

和贵妻到厨房烧一盆热水让金田给男孩擦头，擦身，换衣裤。

黄和贵与妻女退出长工屋。

和贵父母闻声到护厝看男孩。和贵母梳着纹丝不乱的发髻上插一支水仙花银簪，过膝的蓝粗布斜襟长袄，和贵父着蓝粗布棉袍。

和贵妻煮一盆稀粥，盛一碗米汤，碗对碗地倒来倒去快速散热，一汤匙一汤匙地吹着喂男孩。一碗米汤下去后，男孩睁开双眼，疑惑地扫视一眼屋子的人。

在场的人惊叹：男孩一双漂亮的大眼睛，清瘦而英俊的五官，充满小男子汉气概。

金田告诉男孩说：“你晕倒在田里。”

和贵妻问男孩还要吃吗？男孩点点头。男孩狼吞虎咽地连吃五碗稀粥，眼睛顿时焕出清澈的光芒。

和贵母关切地询问男孩家住哪里？家里还有什么人？为什么会在这里？男孩想家里大人的叮嘱，别对不认识的人掏心掏肺。他又不愿骗救自己的人，说自己叫陈国泰，没有父母、兄弟姐妹，在亲戚家轮流吃饭。亲戚家穷，一个人去厦门，没有找到事做，钱也用完了，就走路回家。

和贵母怜悯地说：“苦人孩。”

陈国泰感到暖和，有力气，起身再三道谢，欲走。

和贵父母、和贵夫妇挽留：“天黑了，又下雨，你还发烧，明日再走。”

陈国泰本不想走，见恩人再三挽留连忙谢谢。

翌日清早，金田焦急地对和贵妻说：“苦人孩发烧很厉害。脸上、手上长了一些红粒粒。厦门、泉州有鼠疫。鼠疫传染性很强，死得很快，听说早上抬着别人去埋，下午就被人抬着去埋。人人恐慌，有的人为躲避鼠疫，离开厦门。”

和贵妻大惊失色到门口大埕告诉丈夫。

“不必慌张，生死有命，富贵在天，请个先生来看看。”黄和贵叮嘱家里上上下下的人不要把这猜疑说出去，免得引起村里人恐惧。

和贵母在大厅虔诚地烧香、拜佛祈求保佑这孩子的病不是鼠疫。

黄和贵二口三口把早饭填进胃，拿着斗笠和蓑衣赶往县城找医生。中午，黄和贵带着一位头发斑白的老中医生急匆匆走进护厝的长工屋。老中医翻起半昏迷的陈国泰的衣裤看，然后摸脉。望闻问切后，摇摇头：“出疹受寒，疹出不来，很危险。”

和贵妻告知男孩是从路边救的，没父母、兄弟姐妹的“苦人孩”。

老中医无奈地说：“你们真是好心人。生死有命，神仙难救没命人。他若是有命人就会好的。开个药方，试试看吧。出疹不能风吹受凉，需要精心护理。”

“我看这个达啵仔（男孩）大头、大脸、大耳朵，人中也很长，是个大福大贵的福相人，不是‘短命相’。”黄和贵安慰家人后，跟着老中医到县城去抓药。

和贵妻打扫一间榉头，铺上干净的床单、套上干净的被套。金田背着昏昏沉沉的陈国泰住进榉头。和贵妻亲自为陈国泰煎药、喂药。陈国泰连日发烧不退，疹豆不出。和贵妻按照村人教的鸭蛋煮虾米、香菇脚煮面线等食谱喂陈国泰，希望疹能从头出到脚底跟，出透透。夜里金田与黄和贵轮流守护陈国泰，喂开水。

这日傍晚，和贵母喂陈国泰饭汤，见陈国泰睁眼惊喜地喊："醒了，醒了。"

陈国泰打喷嚏、流鼻涕、流眼泪、咽喉疼痛、浑身无力。一个星期后，一粒粒疹痘冒出来，布满全身，成了"豆人"，恐怖而丑陋。黄怡琴、黄怡芳、黄怡芬进屋又纷纷退出屋。

和贵妻正欲进陈国泰的房间问："怎么啦？"

黄怡芳露恐惧道："满面红痘痘吓死人。"

和贵妻笑道："出麻就是这样，退了就好了。你们三个都出过麻不会被传染。"

陈国泰茫然地看着和贵父母、和贵夫妇、金田等人惊喜的面孔。

和贵妻笑着告诉陈国泰发生的一切。

婴幼患麻疹好照顾，不危险。村人抱着未出麻疹的婴幼过来传染麻疹。

陈国泰烧退，疹豆渐渐暗淡、沉消，渐渐康复。他想帮做一些事，和贵夫妇不让他做事。他就在屋内屋外走一走，看一看。恩人的房屋是全村最好的。花岗岩铺的大埕。一座三进十间张的祖厝。硬山顶燕尾脊屋檐。门前浮雕墙砖石，门楣窗楣、木墙面转角、立柱、木窗镌花刻鸟。高高的红漆门。方方正正的大厅里雕花中案桌摆着公妈龛、佛龛。龛前各有一个精致的香炉，插着已燃尽的香棒。两侧一对烛台。一对花瓶。正厅前方有一灯梁，正中悬挂天公炉，两边悬天公灯。两侧回廊外是长列"护厝"。

和贵父母、和贵夫妇都注意到陈国泰的好吃相，搛菜都是搛自己面前的位置，从未在菜碗里挑来撩去；舀汤从未从汤碗底捞汤料。饭粒、菜偶尔掉到桌面，拣起来吃；花生掉到地上，拣起来将皮搓了吃下……非常的惜福。

陈国泰遇见村里的长辈都先打呼。村人疼爱陈国泰，鼓动和贵夫妇留下"苦人孩。"每次陈国泰提出要走时，和贵父母、和贵夫妇都极力挽留。陈国泰并没有下决心回家，只是住久了，担心给和贵家添麻烦。和贵家人真心挽留，陈国泰就再住一阵。

黄和贵是村里的私塾先生，写一手好字。他反对“女子无才便是德”，教三个女儿识字、写字、阅读。他让陈国泰识字。陈国泰摇头道：“种田人识字没什么用。”

“鸟无翅膀无法飞，人无知识难作为；没知识金包草，有知识，草包金；字墨随身宝，遇事免烦恼。知书才能达理，读书能变得更加聪明，不会被人骗。”黄和贵耐心地举例说服陈国泰识字、写字、读书。

陈国泰忍住好动的性子，耐心地识字、写字、读书。陈国泰缺乏耐心，每次练不到半小时就开始东张西望。黄和贵不厌其烦地等陈国泰劈柴、担水、玩耍半个小时后再找他来练字。陈国泰很喜欢听黄和贵讲故事。黄和贵拿一些简短的故事给陈国泰看。陈国泰渐渐地从听故事变成看故事。村里的男孩喜欢听陈国泰讲故事。被尊重、崇拜的感觉真好。陈国泰喜欢上阅读，喜欢识字、写字。不识的字常向黄怡琴姐妹仨请教。陈国泰聪明，一拨就亮，记忆好，讲过一遍便能记住。

黄和贵教陈国泰礼节。从吃饭的座次，动筷子的先后……

陈国泰与黄家姐妹玩耍，一起读书，学写书信，学算术、珠算。黄和贵拿长篇小说《三国演义》《水浒传》等小说给陈国泰看。

每日清晨，陈国泰到厨房烧水冲茶。黄和贵及其父母都感到陈国泰沏的茶更好喝。他们喝了几十年的茶，对水从不讲究。陈国泰将在厦门茶馆当过伙计学的烧水娓娓道来。黄和贵家人没想到苦人孩知道许多。

陈国泰陪黄和贵等人喝一会儿茶，在早饭前挑满一大缸水。一有时间，就到厝外的大埕，拿起斧头劈柴。将劈好的柴架成一个六边形方柱晾晒，晾干收到柴火房。陈国泰总是闲不住用多做事来减轻心理压着沉甸甸的救命之恩。

又过了二个月的一个晚上，黄和贵全家人围在八仙桌饮茶，陈国泰烧水、沏茶，眉欢眼笑地讲沏茶技艺，烧水的讲究。和贵父母、和贵夫妇聊种茶、制茶的技艺。陈国泰鼓起勇气说：“阿公、阿嬷、阿叔、阿婶，过二天，我想回家了。”

众人突然安静下来，面面相视一分钟。和贵妻急问："为什么？"

陈国泰实说："住很久了。给你们添很多麻烦，花费你们很多钱。"

"你帮我们劈柴、担水，也没有白用我们的钱。"黄和贵连忙宽慰说。他喜欢陈国泰。找到聊天的人。黄和贵教陈国泰走中国象棋。两人如亲生父子品茶、下棋。陈国泰给他带来了欢乐。一起劈柴、晒柴、收柴。

和贵妻附和说："是啊。你帮我们做了许多事。我们要感谢你。"

"你别回去。你回去没有人照顾。你把这里当成家就可以。"和贵母焦急地说，她喜欢这个充满男子汉味的懂事的孩子。

"你在这里帮我泡茶、点烟、陪我下棋、聊天。我也应该付钱。"和贵父开玩笑地说。他喜欢这位天上掉下来的孙子。

"泰哥，你别回去。"黄怡琴三姐妹极力挽留。自有了泰哥，家中更热闹。

"茶园想要雇工看头看尾，正愁找不到人，您如果愿意，包吃包住，工钱是金田的一半。"黄和贵想出留下陈国泰的理由说。他知道陈国泰年纪虽小，感恩的心太重。他怕还不了恩情。欠人情比欠钱的分量重。恩情债沉甸甸压得他承受不了。

果然，陈国泰答应留下。陈国泰感受到家庭的温暖并不想离开这个家。同时这种爱的温暖压得他心理越来越不安，他不知该如何报答这家人的恩情。

和贵妻见陈国泰走出大门，轻声地问："为什么不多给一些呢？"

黄和贵笑道："多给，阿泰就会觉得欠我们的人情，心理负担重，很快就会走。给大人的一半工钱呢，他会心安理得，以后不会再提要走了。"

陈国泰安心地在黄和贵家生活。

这日中午，陈国泰找怡芳回家吃饭，见黄怡芳在哭泣。黄衍强、黄衍泉、黄衍阳正抛她的红线毽子开心大笑。

陈国泰跑上前大声道："还给她。"

黄衍强、黄衍泉、黄衍阳愣了一下，见是"苦人孩"并不放在眼里，接着嘻嘻哈哈地扔起毽子。

陈国泰冲上前，猛推黄衍强、黄衍泉、黄衍阳。黄衍强等三人个个踉跄。陈国泰二道剑眉一竖，大眼一瞪，指着黄衍强等三人命令道："捡起来，还给她。"

黄衍强、黄衍泉、黄衍阳呆立相视。黄衍强害怕陈国泰利剑般的眼神，颤抖地捡起毽子，递到黄怡芳手中。

陈国泰用食指一个个指过去，警告："日后，再欺负她，担心你们的骨头！"

黄衍强、黄衍泉、黄衍阳吓得大气不敢喘，愣愣地看着陈国泰。

黄怡芳破涕为笑，家中也有哥哥可以撑腰，再不担心被村里的男孩欺负。黄怡芳看见陈国泰身后的男人，笑唤："大舅。"她向大舅介绍陈国泰。

黄怡芳的大舅站在陈国泰身后静静地看了刚才的一幕。他喜欢陈国泰的勇猛。

"郑师傅"。陈国泰一眼就认出此人是两次救自己的人，惊喜地唤道。

黄怡芳的大舅也想起了陈国泰。

怡芳的大舅郑成安问陈国泰为什么被追杀。陈国泰面对恩人不敢隐瞒。全盘道出。陈国泰忍不住问"阿美茶叶店"的事。郑成安淡淡地说得罪人，被对方砸了。

陈国泰知趣地不再问下去。郑成安好奇地问陈国泰为什么会在此？

陈国泰充满感恩之情、激动地叙说黄和贵救命之恩。郑成安倾听着，一手牵陈国泰，另一手牵黄怡芳朝黄和贵家走去。

陈国泰听黄怡芳说外曾祖父是著名的咏春拳师，声明远震。外祖父是一代武学大师，弟子遍布闽南。大舅郑成安8岁开始练功，身手快如闪电，人称"闪电"。另外三个舅舅是永春"郑氏拳馆"的师傅。大舅是厦门郑氏拳馆的师傅。郑家在厦门、永春开拳馆、卖跌打骨伤药，帮人接骨。晚饭后，陈国泰鼓起勇气请求郑成安教自己学拳。

郑成安告诉陈国泰："不信者不教，无礼者不教。"

陈国泰表态："我不会欺负别人的。不会随便用拳头的。"

永春古称桃源，南宋蔡襄誉之：“万紫千红花不谢，冬暖夏凉四序春。”永远如春。县城面积不大，厚旧的石土城墙。祠堂、宫殿庙堂分布密集。有金井、银井、玉井、龙井、虎井合称“五星井。”丁字的五里街繁盛，骑楼商铺、鳞次栉比，十米宽的街有48间店。

“郑氏咏春拳馆”在县城的东头。石头砌的厚实围墙。围墙内的番石榴树、龙眼树、榕树枝叶茂密，伸到墙外，洒下斑驳的树影。红砖雕饰精美。中间是一座两层阁楼。大门门匾上浮雕一位小童砍柴、一位老叟钓鱼。门栏立体地嵌着一条活灵活现的青绿色张着嘴的鲤鱼。两扇大门上瓷片砌起的一幅鲤鱼化龙图。麒麟顶花篮。

拳馆的边上是一幢坐南朝北三进30间的祖厝，红砖、黛瓦、雕梁、翘脊。

陈国泰与20余名师兄弟住在“郑氏咏春拳馆”。郑成安有二个儿子、二个女儿，也在学拳。每日练功前，郑成安要陈国泰背诵警言。十戒：戒淫欲，戒酒兴，戒欺侮老人、小儿、妇女、戒好斗、戒好名、戒好利、戒为非作歹。五顾：一须顾己体，二须顾学弟，三须顾乡邻，四须顾高低，五须顾师长。四善……

练功之余，陈国泰讲故事给师兄弟姐妹们听。

陈国泰深知功夫好，拳头硬、功夫深不会被人欺负。每天，起早贪黑刻苦练功。郑成安的拳书、口诀很快都背熟在心理。一招一式都很快学到位。别人需学三年的功夫，他不到一年就学会了。

郑成安的父母喜欢这个没有血缘的外孙子，常叫陈国泰回郑氏祖厝吃饭。

第三十章　雏鹰落巢

半年过后郑成安发现两个女儿喜欢陈国泰。他担心两个女儿爱上陈国泰，破坏了妹妹、妹夫的计划。他想多花一些时间训练陈国泰，让陈国泰早一些时间学成回家。陈国泰勤学苦练，加之天资聪慧，悟性强，很快掌握各种套路的要点、拳法。需要三年的学习基本功，一年半就学会。郑成安让陈国泰回黄和贵家练习。

这日上午，郑成安送陈国泰回黄和贵家。郑春辉、郑春耀、郑丽秋、郑丽玲说是很久没有到姑姑家，跟着一起到黄和贵家。

陈国泰刚进村就被黄衍明、黄衍亮、黄衍强、黄衍阳、黄衍泉围着问长问短。陈国泰滔滔不绝、眉飞色舞地描述学拳的精彩生活，向黄和贵厝走去。

黄衍明、黄衍亮、黄衍强、黄衍阳、黄衍泉羡慕地听着，不时地说："教教我。"

陈国泰得意而豪爽答应。

大埕前，黄怡琴三姐妹与表兄弟姐妹兴奋地聊天。

顶厅。黄和贵为郑成安倒一杯茶。和贵妻不安地问："阿泰是不是调皮？爱打架？"

"不是。他很懂事。"郑成安笑赞。

黄和贵问："不是要学三年吗？"

郑成安笑夸："阿泰是个绝顶聪明的孩子。记忆超强，悟性好。别人要学三年，他学一年就会了。现在就是坚持练。阿秋、阿玲都喜欢他。我担心再下去他变成我的女婿，没法给你们交代。”

和贵母笑滋滋地说：“你做得对。”

“你们想办法留住这个孩子。好好培养。他如果走了，我都会心疼。”郑成安实说，如果不是妹妹家没有儿子，他会顺其自然让陈国泰成为自己的女婿。

和贵夫妇对女儿管教严格，煮饭、炒菜、洗衣服、绣花……家务活样样都要照规矩学。

陈国泰与三姐妹一起读书、识字、写字、玩游戏、劈柴、下地、上山。

相思树花开花落，转眼八年过去。陈国泰双唇边黑了，似乎要长胡须，声音也变得嘶哑。

和贵妻每月一次草头根炖猪蹄，或者炖欲打鸣的小公鸡，汤服田七粉，猪油拌干饭。

陈国泰正是发育时，营养跟上，个头一下拔高许多，清瘦的长方脸变得方圆饱满，红润光亮。浓发黑亮亮，粗浓黑的剑眉下大大的眼睛炯炯有神。微微高出的两颊，高耸挺拔的尖鼻子充满刚毅。人见人夸“真正少年家（很帅）。”

陈国泰十六岁生日的前一天。黄和贵家热闹而忙碌。蒸红糖发糕、龟粿。

生日这一天早晨，刚理了平头的陈国泰显得精神。陈国泰身着和贵妻做的从里到外的新衣裤。戴着和贵妻线织的帽、灰色粗布对襟衣，蓝裤子，脚穿新线袜、黑布鞋。

黄和贵杀一只小鸡公。和贵妻煮一大碗红菇鸡汤线面，二个鸡腿、鸡肝、鸡胗，二个剥了壳白亮亮、光滑滑的鸡蛋。和贵妻在陈国泰的床前摆上“三牲”、红糖碗糕、面线等敬床母。陈国泰吃着生日面，暗下决心报答恩人全家。

郑成安三兄弟夫妇及其儿女，黄和贵的姐姐一家，妹妹一家近中午时陆续到来。他们带着布料、鸡蛋、面线、活公鸡。表兄弟姐妹在大埕前嬉戏、玩耍、聊天。

午餐，和贵妻主厨、和贵母、黄怡琴做助手。上厅、下厅摆七桌丰盛的菜。

陈国泰感恩地敬每一位长辈。黄怡琴的表兄弟姐妹们频频敬陈国泰酒。陈国泰满脸通红一口而尽。十余杯酒下肚。和贵母、和贵妻不时劝陈国泰别饮了。

郑成安对和贵妻说："让他醉一次。看看他的酒量。"

陈国泰时常帮助劳力弱的人家挑水、劈柴。他见村人手中活重就会搭一把手。东家有重活，西家有累活，他都帮着干。村里的长辈们人见人夸，劝和贵夫妇想办法让"苦人孩"成为女婿。

陈国泰长成一个帅小伙，壮实的身体充满男子汉坚毅刚强。村里的姑娘们都喜欢与陈国泰搭讪。围着听陈国泰讲故事、趣闻、笑话。黄怡琴能感觉出黄秀华等同龄姑娘与陈国泰搭话时的温柔、羞涩的笑意，眼神充满爱慕。黄怡琴总要带着两个妹妹紧跟"哥哥"身后。黄怡琴与黄秀华等姑娘聊天时，时不时含蓄地暗示她们别幻想嫁给陈国泰。

和贵父母更是明示村里的老人：陈国泰必须是自家的孙女婿。和贵夫妇也不时露出将陈国泰作女婿的口风。

姑娘们的长辈告诫自家姑娘不要幻想嫁给陈国泰。陈国泰是黄和贵家救命来的。救命之恩大于天。

这日上午，一位肩背包袱，一手拿竹杖，另一手摇动响筒（竹筒里放若干竹条）的"算命先生"。走进村，和贵妻听见竹筒响声急忙出门，将陈国泰与三个女儿的生辰八字报给算命先生。算命先生唇一动一动，口中念念有词，以拇指捏食指、中指的关节，按天干、地支、五行、命宫等推算一番，笑着说："这达啵仔（男孩）与三个查嫫孩（女孩）的八字都能合。"

和贵妻心想不管陈国泰的八字与三个女儿中的哪一个，夫妇俩都愿意。黄怡琴、黄怡芬、黄怡芳都长得有模有样。黄怡琴稳重，勤俭、朴实、温文尔雅。黄怡芬心直口快，开朗、健谈。黄怡芳娇气，聪慧。无论陈国泰喜欢谁，夫妻俩都欢喜。

当晚，和贵夫妇分别找三个女儿谈话。黄怡琴心理早已爱上陈国泰羞涩无语。黄怡芬、黄怡芳未经世事对结婚的概念就是到一个陌生男人的家生活，生孩子、当妈妈。嫁给泰哥，不要到陌生人家生活，可以与父母在一起。她俩懵懵懂懂，心理充满五味杂陈说不出怪味。只是沉默。

和贵夫妇商议抓紧时间把婚事办了，免得夜长梦多。

黄和贵的茶园在后山上郁郁葱葱的群山环抱之中，甘泉潺流，气候温和，水量充沛，是茶树良好的生长环境。

“茶季到无老小，起早摸黑累断腰。”一年三次的采茶季时，黄和贵要请季节短工。每天上午10点开始到下午2点前是采茶青最好的时间。全家老小上山采茶。上午10时前，陈国泰起早挑水、劈柴。黄怡琴三姐妹帮着母亲摘菜、洗菜、切菜、洗筷。家里一日三餐，餐餐有三四十人吃饭。

茶场铺满刚采下的鲜绿的茶叶。陈国泰跟着黄和贵、制茶师炒制茶叶。陈国泰一不小心，手就被烫起泡，又不敢吭声。和贵妻发现后心疼地为陈国泰擦药。

在做茶的季节里，整个村的四周都是茶香味道。走在路上迎面扑来浓郁的茶香。黄和贵将烘干后的上品茶高价卖与茶商。较“次”的茶叶留一部分自家喝，一部分陈国泰与黄和贵挑到镇上贩卖。

过了采茶季的茶园空空寂寂，不适合捉迷藏。

陈国泰、黄衍明等人各拿着自制捕蝉器正在捕蝉。茶场四周多是樟树，蝉声响成一片。

黄怡琴三姐妹的眼睛盯着陈国泰的竹竿。陈国泰捕蝉不如黄衍明。他缺乏耐心，数分钟后便不捕。黄衍明见那个布袋已有二十余只“知了”说不捕了。众人到黄和贵家厨房燃火，把知了拧了翅膀，放在灶里面，迅速用火灰盖住。一会儿，陈国泰拿竹夹夹出“知了”。众人嘻嘻哈哈地拍拍灰，扔掉“知了”的屁股，享用“知了”的两块胸肌美味。

突然，村人来报说黄和贵左手大拇指被蛇咬伤。村人用一根藤绑住被咬的小伤口。黄衍明的父亲、陈国泰与村人一起紧急地将用两根拳头大的树枝，用麻绳扎一个担架，垫上席子，将黄和贵抬到镇上。陈国泰跪求三轮车夫。车夫感动，没有讨价还价，两辆三轮车送陈国泰一行人。

晚上8点20分抵达泉州刺桐医院时，黄和贵已昏迷。和贵妻和三个女儿在一旁流泪。陈国泰为了照顾黄和贵坚决不住客栈，说："阿叔身边要时时有人，我睡在他身边。我体力好，也方便。你们不方便，身体也吃不消。"

和贵妻、黄怡琴、黄怡芬、黄怡芳白日在医院，晚上到泉州刺桐医院附近的客栈休息。

三夜二日，陈国泰守在黄和贵身边。困了，手搭在黄和贵的手上，趴在床沿打盹。第三个午夜，打盹的陈国泰感到手指振动。他的手牵着黄和贵的手。他惊醒，见黄和贵苏醒，高兴地跑去找值班医生。

值班医生跟过来察看后，高兴地对陈国泰道："你父没危险了，再观察几日就可以出院。"

六天后的早上。黄和贵办完出院手续，一家六人到开元寺烧香，拜谢。

开元寺鞭炮声阵阵。善男信女，络绎不绝。烛火跳荡、香烟缭绕。陈国泰、黄怡芬、黄怡芳都是首次到开元寺，好奇地东张西望。惊奇开元寺的建筑风格。

和贵妻排队买香、烛。陈国泰等人跟着和贵夫妻排队到香案前燃香，恭恭敬敬、规规矩矩跪拜，许愿。陈国泰愿这一家人平安健康。

黄和贵领着家人吃早餐，然后游览清真寺。陈国泰、黄怡琴、黄怡芬、黄怡芳等人都是第一次看着阿拉伯风格的清真寺，门楣上雕刻着的是阿拉伯文《古兰经》。

古早泉州叫刺桐，是世界上最大的港口之一，非常的热闹。唐床时，泉州港商船进进出出，阿拉伯人，锡兰人。很多生意人来来去去，货物堆积如山。南洋，阿拉伯半岛各国商船带来各种珍奇的货物在泉州卖，载走中国的丝绸、瓷器回他们的国家。黄和贵讲泉州有句老话"苏家的鼻子、丁家的胡子"的故事。

泉州城区“东西两座塔，南北一条街”。宋元时期“可容十四匹马齐驱。”民国初年华侨出资将土路修成石板路，并沿街建起两排商住两用的骑楼洋窗。

次日上午，和贵夫妇带着陈国泰、三个女儿购物。和贵妻问陈国泰想买什么吗，陈国泰总是摇头说不想要。和贵夫妇看着孩子们欢天喜地的样子心理蜜般甜。和贵夫妇了解陈国泰不舍得花钱。想让他买一些自己喜欢的东西。和贵妻拿了数元钱塞入陈国泰裤袋里，说：“带妹妹们买些玩具、书，还有吃的。”

七贤路商业街是连排红砖骑楼。西街多是平房、少数是一二层矮楼房。和贵夫妇故意放慢脚步，与儿女们保持一定的距离悠然自得地闲逛。

陈国泰领着黄怡琴、黄怡芬、黄怡芳走进麦芽膏店。麦芽膏的香甜味充满店铺。突然，陈国泰的心一惊，定神再看，确实是看清了一个久违的身影。这时陈国平也认出陈国泰。陈国泰转身就跑。陈国平立即猛追。

黄怡琴慌忙叫黄怡芬告诉父母，自己跟在陈国平身后跑。黄怡琴跑到街口，早就不见了陈国平、陈国泰的身影。和贵夫妇听到黄怡芬报信一阵恐慌。黄和贵叫了三辆黄跑车，他分配妻和黄怡芳，黄怡琴与黄怡芬，自己单独一人分坐三辆黄跑车。黄和贵与三位车夫商议分三条线路全城大街小巷子找人。黄和贵叮嘱妻女在开元寺门口汇合。

陈国泰已是个身体强壮的小伙子。陈国平的体力比不上陈国泰，渐渐地落后，无可奈何地、远远地看着陈国泰搭上一辆驴驮车。

一个小时后，黄和贵与妻女汇合，都没有找到陈国泰。

黄和贵留在泉州寻找陈国泰。和贵妻带着三个女儿去永春向郑成安求助。

第三十一章　鹭岛险滩

陈国泰慌忙见一中年汉赶着一辆驴驮车，他对中年汉说有人要打自己，恳求解救。中年汉要去厦门。陈国泰庆幸和贵妻塞给了钱。他掏出所有的钱，对中年汉说："留一点给我，其它都给你。"中年汉想自己也是顺道搭人，拿了一半钱。

下午，驴驮车到厦门与车夫道别，找了一条街又一条街，没有找到郑氏咏春拳馆。身上的钱所剩无几。他不知不觉走到了第二码头。触景生情，八年前的往事在脑海里闪现。那时人小搬不动货物，没有人雇用，而今人高、壮、有力气。

陈国泰打听着找到码头主事，一位看上去不足三十岁、理平头的壮汉。他见陈国泰强壮的体格，破格当场考工，连续不停地扛一百包大米。每包二百斤的货，从船舱上肩，走过"鸳鸯跳"（弯弯曲曲、高高低低的跳板），登上三十六层阶梯到达岸上，再上四十二层阶梯到达栈房，并上栈房里架设的跳板，把米包堆叠上去。

陈国泰砍柴、劈柴、练拳举石臼，扛二百斤的货轻步如飞。扛过三十包后步伐渐小渐慢，扛过六十包后，陈国泰后悔刚开始用劲过多，不懂得后面这么艰难。超过八十包时，陈国泰的步子艰难。超过九十包时，陈国泰的手、脚有些颤抖。陈国泰咬紧牙根，三步一顿。边上的二十余人为陈国泰捏一把汗、鼓劲加油。陈国泰额冒青筋，脖子红涨。当陈国泰将最后一包堆上时，码头工人们高叫着鼓掌。陈国泰气喘得说不出话，四肢发软无力地摊倒在地上。

陈国泰与单身码头工人住码头的工棚，每间七八人。每日，陈国泰与多数码头工人一样带杠棒、绳子和搭肩布，扛着或挑着二三百斤重沉甸甸的货包奔走于码头与仓库间，遇到上楼，爬几十级阶梯。少量码头工人踏着人力板车、推手推车。

这日下午，刚卸完货的码头工人正在码头货仓外的荫凉处歇息。八月腥甜的海风吹着他们身上的酸汗味。

一个汗流满面、光膀被烈日晒得如麦芽膏一样的老头将手中的竹烟管递给陈国泰说："来抽一口解乏。"

五十余岁的陈老头喜欢陈国泰，时常关爱陈国泰。

陈国泰感激地接过陈老头的烟管吸了一口。

"烧烟不会爱睡。"陈老头笑得露出满口烟色的牙。

"谢谢。"陈国泰将烟管还给老头。

"你一身好力气，做啥不拜码头？"陈老头道。

陈国泰问拜码头是什么意思。陈老头道拜码头是入帮会，入帮会工钱更高。

陈国泰不想入帮会，无所谓地听着陈老头讲帮会的琐事。

一艘大洋轮驶入港内。巨大的锚链开始哗啦啦往下摇坠时，管头大声喊："船来了。"

陈国泰与码头工人随着管头的叫喊声摇着小舢舨朝着尚在滑行的洋轮追去。顿时，海面上如群鲨搏鲸般的喧嚣、腾激起来。有的舢舨被撞碎。其它的舢舨、小船仍努力逼近庞然大轮。矫健凶猛的汉子们纷纷用长篙，用链锤去纠缠庞然大物，不要命地往上攀爬……

卸完货物已是傍晚。金色的夕阳把浩渺的大海染成璀璨夺目，粼粼水波追逐金黄色的海滩。陈国泰与其他人一样缓缓前行，垂首恭敬地领工钱。

突然，人群一阵骚动。陈国泰来不及反应，两帮人挥舞长棍、短棒打起来。相互掷砖、瓦、石及码头上的货物。有人拔出匕首乱捅。双方各不退让，斗意越来越浓。陈国泰没见过这么气势汹汹的场面，不知所措地往后退。对方的两人挥拳击向陈国泰。陈国泰敏捷避过。

陈国泰眼观六路，耳听八方，以一抵三，以拳抵挡保护自己。陈国泰从怯怯地自卫抵御到后来的勇猛主动攻击。有人喊警察来了，对方一阵撤离口哨，抬着伤残的人，扶着一拐一瘸的伤者跑了。

码头主事为陈国泰擦伤口，夸赞：“你的拳头够硬。勇猛。”

陈国泰害怕打架，想离开码头到别处挣钱。他心狂乱地跳。庆幸自己只是擦破皮的轻外伤。

主事请陈国泰等人吃点心，饮酒。主事让陈国泰不要扛大包，跟自己做。陈国泰从大棚搬到主事的边上住。同室还有两位主事的随行。两位随行像是陈国泰的随行，陈国泰没有偷溜的机会。

陈国泰提心吊胆半年。隔三岔五地就有人来抢码头。打打杀杀，头破血流。陈国泰不想打死人，也不想被人打死。更不想被打残，生活不能自理。他想偷跑，又怕被抓回来受罚。这晚，吃夜宵时，陈国泰见主事开心，推心置腹地诉说：“我没有父母，兄弟姐妹。刚说了一门亲事，还没有娶回家。万一我被打死了，我这一房就绝后了。万一我残废了，没有人肯嫁给我，也是绝后，而且没有人照顾我。我是出来挣聘金、办酒席的钱。你让我走，我会记住您的恩情。”

陈国泰实实在在的肺腑之言话打动了主事。陈国泰举手发誓道：“我不会加入别的码头。”

当晚，陈国泰离开码头正在找客栈。突然，前方冲出六个人围着他。

陈国泰不知是哪路人紧张地说：“我不认识你们，为什么要找我麻烦。”

领头者冷笑一声，恶狠狠地说：“在第二码头，你打伤了我们很多兄弟。”

陈国泰苦笑地解释：“是你们的人打我，我只是还手不被你们打。”

领头一挥手，五个人冲向陈国泰。陈国泰赤手空拳，以一抵六。这六人的咏春拳与陈国泰相当。陈国泰臂长、拳头大的优势撑不住六人，他边打边跑。

“为什么打人？”一个响亮的声音响起。一个壮实、高大的人挡在那六人面前。六人见状转身离开。

陈国泰上前致谢。他见男子大方脸，宽额、宽颌、浓眉大眼。

男子自我介绍姓许名志平。许志平见陈国泰很有勇气，便问姓名、家哪里、父母是做什么的，陈国泰如实相告。

许志平比陈国泰大二十六岁，南安人。六岁那年，父亲被人贩子贩作奴工出洋，一去不返。留下年轻的寡母、一个小妹妹和一千个铜钱。他九岁便去一家鞋铺子当童工。为了多赚几个钱，十二岁当泥水工。十六七岁的时候，跟着一位永春“拳头师”练咏春拳。他好打抱不平，为弱小者出气。许志平由小工升大工，升师傅，直到中年当上建筑工程的包工者。相似的苦难童年，使他对陈国泰有更多的怜爱，他给陈国泰回家的路费，让陈国泰回家。陈国泰说要找郑氏咏春拳馆。许志平与郑成安是师兄弟，他的师傅是郑成安的父亲。许志平高兴地带陈国泰找到郑氏咏春拳馆。

郑氏咏春拳馆在沙坡头月牙海湾边。

郑成安、黄和贵在泉州找了三天。客栈、旅社，码头都没有发现陈国泰。郑成安、黄和贵到泉州警察局打听消息。警察说近日并未发现伤亡案件。郑成安劝黄和贵：“阿泰是个聪明的孩子，躲过危险就会回去，估计已离开泉州。你回家，若阿泰回家了，写信告诉我。我去厦门找。找到了，我亲自送他回家。”

郑成安带着徒弟到厦门，客栈、旅社，码头，大街小巷地寻找陈国泰无影。

陈国泰跟着许志平跨进门槛，走到见正厅。见厅中间贴着祖师爷的画像。上联：郑氏咏春拳代代精；下联：爱国爱民世世传。横批：强身健体。

郑成安见许志平带着陈国泰进来惊喜万分，吩咐厨娘烧菜喝酒。徒弟们都礼节性地拜见师伯、认识师兄弟，然后各自回屋。

三十余岁的厨娘炒一碟花生仁、一碟蛋，洗一碟咸萝卜。郑成安、许志平、陈国泰、两位拳师饮酒聊天。陈国泰讲述遇到陈国平逃到厦门的经历。

郑成安、许志平、两位拳师接住陈国泰抢码头的话题，讲起厦门帮派的种种恩怨，械斗血腥惨景。陈国泰听得毛骨悚然。他遵守“孩子有耳没嘴”不敢插嘴。

第二天清早，陈国泰起床、洗漱后，走了一圈主厝与护厝。一座二进五开间悬山式屋顶，燕尾屋脊，土木结构旧房。东西两侧各有护厝一组，回字形。22个房间。6间厅堂、5个天井，占地约1400平方米。花岗岩条的大埕。木栅围起面积260平方米的习武场。

郑成安厦门的拳馆比永春的拳馆小，同样设有练拳厅、上课室、兵器室。兵器室里有陈国泰熟悉的三股八齿钉耙、狮头刀、月眉戟、蛇矛、半斩刀、虎叉、青龙刀……

次日吃完早饭，郑成安送陈国泰回妹妹家。他知道妹妹一家一定生活在焦虑之中吃不下、睡不着。

陈国泰回来了，黄和贵厝前的大埕又热闹。黄衍明等人围着陈国泰问这问那。和贵父母满脸皱纹溢满笑容。和贵夫妇、黄怡琴三姐妹万分兴奋。

中午，和贵妻做了数道佳肴。黄衍明一家一起共进午餐。听陈国泰、郑成安叙分别的事。

陈国泰绘声绘色的讲述让众人觉得如看戏一般精彩。

衍明之父是黄和贵的堂兄，住在同一祖厝。陈国泰一有空余的时间就看衍明父子做家具，帮助磨刨刀片、煮胶水，帮助将刨花、锯糠装在篓框里，整理下角料。衍明之父教黄衍明时，陈国泰耳听、心记、眼看，脑思。

陈国泰说服和贵夫妇购置木匠工具，自己试做一张小方凳。衍明之父看了陈国泰做的粗壮的小方凳四平八稳，连声赞叹：“天生的木匠才”。

和贵夫妇见陈国泰喜欢学做木工，商量让陈国泰学木工。衍明之父爽快答应：“我会帮你们留住这个孩子。”

黄和贵告诉陈国泰：“学徒至少三年，第一年干粗活、杂活，磨刀、打水、煮胶水。第二年开始学些简单的基础，当师傅的帮手，第三年

才能学一些高难度的，并动手操作。要听师傅的话，要勤快……”

陈国泰频频点头表示记住。

陈国泰手脚快，常常快速做好自己的事，帮师弟黄衍明干活，从而多学一点。木匠的精湛在于打榫头的精确度。很多木匠干一辈子，也没过好榫头关。陈国泰打得榫不差毫发，令黄师傅佩服地称：“天生的木匠。”

一些熟人鼓动陈国泰自己出来干。陈国泰觉得要遵守约定满三年出师，师傅对己如亲儿子一般，不能打了师傅的饭碗。陈国泰对黄师傅说：“师傅，我不是吃屎的人。猪仔饲大不认猪哥做老爸，狮仔嘴须剃起来变做虎将师傅踏在脚下。”

第三十二章　苦人孩婚娶妻

春节前，陈国泰跟衍明父子从厦门回到黄和贵家。黄怡琴兴奋得满脸泛红，沏茶、削水果。陈国泰拿出厦门花生酥、菩提丸、青津果、馅饼、海产干货，万全堂药酒、烟、数双厦门珠绣拖鞋。黄衍强、黄衍阳、黄衍泉等伙伴们都来了。陈国泰敬烟、沏茶。黄家顿时热闹、喜气许多。

连续数日，和贵妻忙于量身、剪裁、缝制全家人过年的新装，手忙，脑子更忙。她不停地在想如何向陈国泰开口提婚事。如何说才不会被陈国泰拒绝。

陈国泰看着和贵妻为自己做新棉衣罩衫、新裤，心理充满感激、温暖。他从小穿堂哥、堂姐短小退下的衣裤，只有冬季才穿草鞋，平时赤脚，从未奢望过能穿上鞋袜。

和贵妻如亲生母亲一样疼爱地看着陈国泰试新服。陈国泰连声说合身。和贵父母在一旁喜滋滋地看着陈国泰。

这日上午，黄和贵厝的大埕聚集喜笑颜开的村人。黄和贵请来屠夫杀猪。陈国泰兴奋地转来转去，看屠夫磨刀、看村里数位壮人捆猪。和贵父母、和贵夫妇看到当屠夫要动刀宰猪时，陈国泰转身悄然离开。

和贵父母、和贵夫妇更加喜欢陈国泰的心软、见不得残忍、血腥。

黄怡琴跟在陈国泰身后进屋。她更加喜爱陈国泰的心软。

村人围观的，拔猪毛的，切肉的，在大灶上熬猪油的。女人洗碗筷，葱、蒜、菜……聊天声，笑声连连。

中午，黄和贵厝的大埕摆十六张八仙桌，全村人都来吃肉饮酒庆宰猪。金田等两位长工吃饱渴足，带着排骨、板油、五花肉、腿肉回家过年。

和贵妻忙着做肉松。黄怡琴三姐妹在一旁学做肉松。和贵妻问三个女儿："你们仨，谁愿意给泰哥做婗。"

黄怡琴三姐妹都羞笑无语。和贵妻心理清楚她们都乐意。她们没见过比泰哥更帅气、更有男子气的小伙子。

这日晚，黄怡琴三姐妹在邻居家玩。和贵父母、和贵夫妇与陈国泰在上厅八仙桌坐。饮茶。

和贵妻先说了一会儿村里谁为哪户姑娘提亲到哪个村，准备出嫁；哪户小伙相中哪个村的姑娘准备何时娶媳妇。

陈国泰明白和贵夫妇要把话题引向自己的婚事。他的心跳顿时加快，喜、忧、羞、乱塞满胸，透不过气。他大口地饮下一杯茶，想疏通胸部、稳定心跳，效果不佳。

黄和贵抓紧机会说："泰啊。你已经大人了，该要考虑结婚了。"

陈国泰脸红，难为情地笑着无语。

黄和贵边往银制水烟筒塞烟丝边说："你知道，我们全家人都很喜欢你。我的三个查媒仔没仙女的水，生得也不错，知书达理。"

陈国泰不知如何才好，沉默不语。小时候，他听过一些长辈骂贫穷人家的儿子，去给人做儿子。而自己无父无母，无兄弟姐妹，孤孤

单单一人，一间破屋，吃都没有。三个姐妹任自己挑。陈国泰受宠若惊，不知如何回答。他从没有想到要娶三姐妹中的一人做媳妇。三姐妹各有所长所短。黄怡琴文静、贤淑、稳重、勤俭。黄怡芬心直口快，开朗、健谈、泼辣。黄怡芳漂亮、娇气、聪慧、活泼。

陈国泰夹一块竹火笼里的炭火为黄和贵点烟，说：“我想回家一趟。”

黄和贵担心陈国平一家人对陈国泰下手，深深地吸了一口水烟说：“我陪你一起去。”

“我已经长大了。”高大壮实的陈国泰很有底气地说。

黄和贵给陈国泰一百个大洋。陈国泰拒收。黄和贵说：“这是茶场的工钱。”

陈国泰感激地接过钱。他明白二年的工钱没有这么多。

这日清晨，陈国泰带上和贵妻准备的三份肉松、茶叶回家。当日下午，陈国泰走进似陌生的村子。陈国泰亲切地喊长辈们。长辈们个个愣愣地看着陈国泰。陈国泰连忙说：“我是‘路狗’”。多年未回家，村里许多人已认不出陈国泰。很快有人传话到国泰的伯伯、叔叔家说“路狗”风光回来了。

村人多数穿自织的麻粗布服、赤脚或穿草鞋、木屐。陈国泰穿着洋细布便服、黑布鞋。

国泰的伯伯、叔叔两家人迎出大门。伯母、婶婶既兴奋又内疚。堂伯母的喜泪唰唰流。多少个日夜梦见陈国泰惊醒。

陈国泰看着熟悉破旧的祖屋一阵心酸，皱眉。伯母、婶婶热情地让座、泡茶、煮面线蛋。

村里男女老三五成群，陆续都来看多年不见的苦孩子。七嘴八舌地问长问短。陈国泰反复向问候的村人叙说离家后的日子。

伯母、婶婶一起进陈国泰的房间清理，换上干净的被套、枕巾。陈国泰不在家这些年，这房间成了堂兄弟的房间。

“青瞑（瞎眼）鸡啄到虫。”国泰婶婶涌起阵阵后悔羡慕又不以为然地说。

“没想到‘路狗’会这么好命，遇到贵人。”伯母的心理像打翻五味瓶不是滋味。

吃过晚饭，陈国泰给伯母、婶婶各一份肉松、茶叶。陈国泰拿出一份肉松，茶叶准备到隔壁堂伯家。

堂伯、堂伯母看见陈国泰如看见亲儿子一样甜蜜，满脸乐开花。堂伯母挽着陈国泰进屋、让座、泡茶。

陈国泰如向母亲倾诉，将八年来的一幕一幕讲给堂伯母听，说到悲伤处，眼眶湿润，喉处哽咽。

“好竹出好笋。你会有出息的。”堂伯母满脸欣慰的笑容，爱怜地摸了摸陈国泰的脸。

陈国泰向堂伯母道明此行的目的。堂伯母开心地笑建议娶黄怡琴，贤惠、勤劳、节俭。

堂伯在一旁不住地点头。

陈国泰起身告辞时，从衣袋拿出两个光洋递给堂伯母。堂伯母客气地推辞。陈国泰真诚地说：“阿姆，您是最有资格得我的东西。我从小得到您的疼爱。日后我若是有更多的钱，我一定会孝敬您，给您享福。”

堂伯兴奋地对堂伯母说：“你疼‘路狗’，值！”

晚饭后，村人又陆续来坐。陈国泰的破厝一下子热闹起来。陈国泰情绪激动，绘声绘色地讲述离家后的日子。村人同情、敬佩陈国泰。

第二天早饭后，陈国泰向伯伯、伯母、叔叔、婶婶说明此行的主要目的。

国泰的伯伯、伯母、叔叔、婶婶你一言我一语，“白马畏青牛”、“猪猴不到头”……

陈国泰耐着性子听了半个小时，听得头晕脑涨，打断：“这个黄阿姨已经算过八字。”

四位长辈都建议陈国泰娶大姐。七嘴八舌地说这说那。伯伯强调要按家乡的习惯把姑娘娶进家门。

陈国泰看着摇摇欲坠的土坷塔房又脏又破，心想：自己住不惯，黄怡琴更住不惯，淡淡地说：“我打算长住黄家。”

伯伯欲言，伯母抢先说：“娶进门后就是陈家的媳妇了。过年过节回来看看。”

陈国泰将八十个大洋交给伯伯说由伯伯做主。

第二天早上，陈国泰跟着伯伯、叔叔到父母坟前。坟头长满杂草。陈国泰与伯伯、叔叔一道拔草，摆上水果糕点。陈国泰烧香、跪拜、告诉坟墓里的父母，自己就要娶妻，请父母保佑。

突然，陈国平的四个弟弟冲到坟前抓陈国泰。陈国泰以一抵四。国泰的伯伯、叔叔操起边上的树枝，左一下右一下打陈国平的弟弟们。村人赶来劝开。

数个回合，陈国平的四个弟弟鼻青脸肿，无力招架。

陈国泰警告：“告诉你们，我是‘闪电’的徒弟。拳脚最厉害的徒弟。今天我看在我们也是堂亲的面上，要不，你们个个没有骨头。”

陈国平的弟弟们感到了陈国泰手下留情。他们知道陈国泰学了咏春拳，但不知拳脚这么好。他们不知陈国泰手臂长于常人，大拳凸凸的指骨、掌骨如粒粒钢珠。师兄弟叫陈国泰“长臂大拳”。外人不知，闪躲以常人臂长之距，往往躲不过。

陈国泰回黄和贵家后，国泰的伯伯立即请媒人到黄和贵家提亲、送定。

国泰的伯伯见黄和贵的大祖厝，心底荡起一阵欣慰。陈国泰终于有一个好栖身处。

和贵夫妇热情款待陈国泰伯伯、媒人。和贵夫妇知道陈国泰家贫，对聘金、聘礼不计较。双方按陈国泰、黄怡琴的八字择无伤双方的良辰吉日订婚。

订婚这一天，陈国泰回九都听长辈吩咐。国泰的伯伯在神佛和祖先的牌位前供上香烛，求告神祖保佑婚姻美满。随后，伯伯、伯母、叔叔、婶婶到黄和贵家提亲。他们穿着最新最好的衣裤。只有逢年过节，办大事，走富亲戚时才穿。陈国安、陈建设各挑着一担“面前”：猪腿、线面、糖、鸡、鸡蛋、酒、桂圆干、目鱼干、蛏干。

临近中午进村，陈国泰指着不远处的黄宅，告诉堂弟那就是黄家。

国安、国建都不禁叹道："真水（漂亮）。"

黄怡芳早就在门口观望，远远望见陈国泰一行人，跑进屋报告。一阵长长的鸣炮响过之后，陈国泰一行入宅。

和贵夫妇出门热情相迎，让座，沏茶。和贵夫妇亲自将礼物供于神佛和祖先的牌位前，敬告神祖，祈求赐福，按习俗收下聘金，从担子里取出各类礼物中的一半，另外再加上七斤茶叶和七斤花生，送还男方作为答礼。双方订立"婚书"，立下了婚约，择吉日迎亲。

正月十六，陈国泰跟着衍明父子外出做木工挣钱。木匠活一个接一个，日子很快到年底。陈国泰要回家办婚事。衍明父子起早摸黑将手中一家的家具完成后，三人一起回家。

黄和贵为陈国泰理了发。陈国泰洗了澡，睡了一夜安稳觉。次日早饭后，陈国泰带上和贵妻、黄怡琴准备的行装回家，准备迎娶之事。

走进村，陈国泰找不到熟悉的房屋，怀疑走错地方，正犹豫，堂哥、堂弟叫他。一问才知是黄和贵以陈国泰的名义出钱请人翻修房宅。

陈国泰的伯母、婶婶高兴地贴对联、贴双喜，披红挂彩，将居宅装饰一新，争先恐后地向陈国泰献功劳，说明操办婚事的用心、细心和操劳。请村里命最好的"福气"人洪婶在吉日良辰，安新床、缝制被褥、挂帐、铺床。洪婶将八文铜钱安置于四个床脚，其余压于床头床尾，夫妻"同心同体"。当晚，陈国泰伯伯、伯母祭拜床神保佑陈国泰夫妻恩爱，多子多福。安床后，让小男孩上新床翻爬滚闹。

天刚蒙蒙亮，陈国泰穿着在厦门做的红缎棉马褂长袍，头戴红礼帽。堂哥陈国建、陈国民，堂弟陈国设、陈国宁都穿着陈国泰为他们订做的蓝色对襟细布新装、黑布鞋。穿戴整洁的四个轿夫欢天喜地吃完早饭，出发迎亲。

一路上，陈国泰兴高采烈、滔滔不绝地讲述厦门的见闻趣事。同行者都没有去过厦门，希望哪一天泰哥发达了能带他们去厦门。陈国泰爽快地答应。东方吐白，天亮了。要赶在九点四十五分将女方娶进门，九个人加快脚步。

黄和贵将祖厝打扫、清洗，装饰一新。红对联、红双喜，披红挂彩，盛满喜气。新房全新的家具是陈国泰设计，与衍明父子精工细雕的一张典型的十八堵带排楼的床，正面细雕精致的“梅兰菊竹”、“喜鹊闹春”，另三面雕花栏杆、梅花装饰花板。橱、柜的画都是黄怡琴画的。成双成对的鸳鸯戏水、喜鹊登梅、梅花鹿、松鹤延年、山水。油漆是陈国泰漆的。他将漆调成朱砂红，花朵配以金色的漆晶闪闪，

黄怡琴没有出嫁离伤感，五天后陈国泰、黄怡琴回娘家住。

黄厝大埕望风的人见迎亲队来了高兴地蹦进屋禀报。

陈国泰一行到达大埕，等待。黄衍明点燃一串长长鞭炮。一阵热烈的“噼里啪啦”后，陈国泰等人进大门。黄衍明之母等帮忙的人忙着搬凳子请坐，沏茶、奉茶、递烟。口渴的迎亲队员接过茶水就喝，一杯接一杯。

一会儿，和贵父母、和贵夫妇、黄怡芬、黄怡芳相续从屋里走进厅堂。个个新装整洁、满面喜笑。和贵母、和贵妻髻上的银簪银光闪闪。欢快的笑声充满厝内外。一会儿，衍明母等婶子们端着一碗碗面线蛋到八仙桌。凌晨吃饭，到现在已胃肠空空的迎亲队员看到二个白亮亮的蛋、闻到了鸡汤的香甜，看到鸡肉、香菇、海蛎干，肚子更饿，客气一下就津津有味地吃了起来。一年只有大年初一、生日之时才能吃上一碗面线蛋。

黄怡琴穿着红缎彩绣大襟棉袄、袄裙，髻上插一支金簪。拔过的圆脸光亮，擦着淡淡的胭脂、口红，柳叶眉下不大的单眼皮里的眼儿盈盈有水，比平时更加美丽，楚楚动人。

一串鞭炮响过后，陈国泰将黄怡琴牵上花轿。陈国宁担一对六角宫灯，一路吹吹，唱唱来到陈国泰家的砖埕前等待时辰。时辰到了，陈国泰“踢轿子”，福气女人牵新娘。村老大喊：“过炉子，家伙（闽南话财产的意思）蓬蓬起；跨火烟，年年春，隔年抱‘大埔’（儿子）”。黄怡琴跨过火盆，陈国泰扶着她拾阶而上，跨过门槛进大门。大厅里空无一人。黄怡琴知道：夫家人怕“对冲”而躲藏起来。过了一会儿，陈国泰的亲戚陆续来到厅堂，按辈分坐在自己的位置上等着新娘敬茶。

伴娘黄秀华从衣袋里拿出精心准备的灶心土、竹心、盐、米、茶

叶交给洪婶冲泡。

洪婶将红纸包的喜茶到厨房端着洗净的茶具，来到黄怡琴身边。新娘敬茶，黄怡琴双手端着小茶杯，依洪婶介绍，亲切地喊长辈，一一敬茶。喝过茶的长辈后将“答敬茶”礼与茶杯给新娘。

中午，喜宴三桌于顶厅、下厅。

国平妻怒火烧胸，小儿子的死一直压在心底。今日陈国泰结婚的喜庆点燃了心理的悲伤。小儿子若不是被陈国泰骂死，也该娶妻了。她欲带家人要去搅婚礼。

陈国平告诫：“做事不可过头。不是任何时间都可以做任何事的。这时候去乱陈国泰的婚礼，全村人都会咒骂。一家人都被人看不起。”

陈国平的弟弟领教过陈国泰的拳头，觉得结婚是一辈子的事，闹婚场，陈国泰的脾气会出人命的。陈国泰的师兄弟来了十余人。陈国泰的母舅师傅“闪电”拳也在。

中午，除陈国平及家人外，村里的男女老少都来了。

第三十三章　新的旅程

一个月后，陈国泰带黄怡琴到厦门，住在郑氏咏春拳馆。次日上午，黄怡琴拎一袋水煮花生、地瓜干、菜干紧随陈国泰一起去拜见许志平。

许志平的住宅与郑氏咏春拳馆隔条巷子。走过数百米曲里拐弯的脏、乱、窄小的青石板路。穿过高低不一、新旧各异的平房，走进一座二进五间张的红砖厝，见厅里无人。

陈国泰呼道：“许师傅。”

许太太满面笑容迎上前牵过黄怡琴的手夸赞："新娘真正水。"

许先生有一个两个儿子，一个比陈国泰大两岁、一个与陈国泰同龄，两个比陈国泰小的女儿，他们前后脚到正厅。

黄怡琴腼腆地笑与众人点头招呼。黄怡琴惊奇许太太与许志平反差甚大。许太太鹅蛋脸，细眉细眼、小巧玲珑，轻言细语。许先生高大、壮实。大方脸，宽额，宽颌、浓眉大眼，急声快语，响亮。

许家人热情地让座、泡茶、上水果、糕点。

许太太很快煮出两碗热气腾腾、香气喷喷的面线蛋。黄怡琴实话："吃不完，剩下，倒了浪费。另拿一个碗拨一点吃一个意思。"

起身双手接茶杯是一个懂礼，好家教的女人。许家人初见黄怡琴印象极佳：像一株水仙花，白净、青爽、淡雅、不娇贵。

第三日，陈国泰带黄怡琴游览鼓浪屿。站在最高峰日光岩远眺。鹭岛风光尽收眼底。依山傍海，山峦起伏，坡缓沙细，树绿花艳错落有致，黄怡琴心旷神怡。情不自禁地赞叹："哇！真正水。"

"当然好。四季如春，气候宜人。要不外国人、有钱人都在这里买地盖房。"陈国泰将许志平讲的话搬给妻子。鸦片战争后，景观秀丽多姿的小岛深深吸引了入西方列强。1843年11月，英国首先设立"领事事务所"，接着德国、美国、法国、日本等十三个国家竞相设立领事馆。领事官员、传教士、商人、华侨纷纷兴建建筑。

"住这里多好啊。"黄怡琴感叹道。

陈国泰笑说："等我赚到钱也在这里盖别墅。"

"真的啊！"黄怡琴惊喜地看着丈夫。她不敢奢望住在这美如仙境的地方，但也不愿意泼丈夫的冷水。

陈国泰信心满满地说："当然了。有人说，最有本事的人用晋江出的火炉，金门出的茶钴，用清源山的虎乳泉的水，焚南安的甘蔗粕，用德化的茶具，泡安溪的茶叶，用惠安的咸余甘和永春的甜金桔来招待人客。我看这些不是什么做不到的事。"

黄怡琴喜滋滋地看着丈夫。丈夫"吹大炮"令她欣慰，有梦想可盼。

下了日光岩，陈国泰、黄怡琴在一条巷里见远处围着放许多人。

陈国泰、黄怡琴上前打听：今日是别墅主人为母亲做寿。贺寿的人超过500人。别墅内搭了两个戏台，别墅大门旁放一个木桶，里面装染红的银元，施舍穷人。规定每人只能拿一个。想多拿的人因手上已沾有红色，不可再拿。贺寿的、看寿星的、看戏的、为了拿银元的人，络绎不绝地从厦门渡海到鼓浪屿，把别墅围得水泄不通。

黄怡琴想排队等待拿一个银元。缺乏耐心的陈国泰拉着黄怡琴走。他宁可多做数件家具，也不愿意等待数小时拿一个银元。

“这么水的厝就好了。来世能住进这洋楼就好了。”黄怡琴回望着，羡慕地感叹。

陈国泰自信地说：“不用等来世，我能让你住上洋楼。”

黄怡琴没有泼冷水，幸福地笑了笑，点点头。

陈国泰陪着黄怡琴在厦门玩了数日。回家之前，黄怡琴遵照母亲的叮嘱到南普陀烧香。

第一次来此，黄怡琴充满新奇，细细欣赏，南普陀背依秀奇群峰，面临碧澄海港。与开元寺的风格、建筑全然不同。

陈国泰、黄怡琴请香烛，虔诚地点香烛、跪拜、许愿。陈国泰许愿人丁旺盛、发财在鼓浪屿盖别墅。黄怡琴许愿家人健康、平安，早生儿子。

陈国泰与黄怡琴回家。陈国泰执意要跟衍明父子到厦门做木工活。和贵父母、和贵大妇劝陈国泰在家打理茶园。他们嘴上没有明说，心底十分不放心陈国泰在厦门。陈国泰性急，遇事缺乏冷静，好打抱不平，引火烧身。在厦门的陈国平一心要为儿子报仇。陈国泰万一有个三长两短怎么办？陈国泰长得一表人才，男子汉大丈夫气概令女人欢喜。厦门女人洋气、漂亮，被拐了去怎么办？

陈国泰雄心勃勃道：“几亩茶发不了大财。要到厦门去，才有机会。我要赚大钱在五龙屿盖别墅，接你们去享受。”

和贵父母、和贵夫妇、黄怡琴不奢望陈国泰大富大贵，只求陈国泰平安，一家人平安过日。陈国泰的话还是让他们开心。

隔日清晨，陈国泰穿上岳母做的新装，怀揣一块大洋，拎着包裹。

和贵父母、和贵夫妇千嘱咐万叮咛，不要太节省，要吃饱穿暖，身体要顾好，要听师傅的话，常写信回来报平安，钱不够，我们会寄……

从小没有父母的陈国泰感到父母的爱，家庭的温暖。他竟哽咽起来，不敢多言，嘴里只应“哦”、“嗯”、“知道了”。

黄怡琴已哭出声来。

陈国泰安慰：“厦门离南安这么近，来去方便，不必伤感。我要多多挣钱，让家里人在鼓浪屿住上大别墅。”

黄衍明与父亲在门口站了好一会儿。黄衍明之母安慰和贵妻：“放心吧，又不他一人，还有衍明父子。你哥也在厦门。”

陈国泰怕家人看见眼眶里的泪，头也不回走了。

鼓浪屿的建筑越来越多，黄师傅的木工活一个接一个。陈国泰跟着黄师傅、黄衍明为别墅做门、窗；为别墅的主人做家具。

黄师傅说：“这些人真懂得享受，这里听不到车马的喧嚣，宁静，幽雅。”

这日上午，一位着白衬衣、湛青色西裤、蹬黑皮鞋的中年男子走进来看装修，从衣袋拿出一盒烟，抽出两支递给衍明父、陈国泰、黄衍明，自我介绍姓名：陈树铭。他看衍明父子、陈国泰做的门窗、家具，果然斗榫合缝，刻楮功巧，无可挑剔。正如传说他们的手艺精湛。他当即与衍明父约定装修并做家具之事。

数日后的一个上午，陈树铭带着衍明父子、陈国泰到位于日光岩南麓的一座三层别墅。刚竣工的别墅利用鼓浪屿的天然地势和自然景色，人工建造补缀山海景之不足。面向大海，背倚晃岩，借山藏海，巧夺天工。园中有园，入园一短墙挡住入人视线，绕出短墙，碧波千顷，豁然开朗。右侧为曦轩，紧领海滨浴场，凭栏远眺，千帆如织，一派海上风光。

陈树铭从缅甸购五根黄花梨木。衍明父子、陈国泰足足用三个月时间，依据材色、纹路，搭配面、脚、挡板，雕刻做成一套的绝美的家具，轰动鼓浪屿。

陈树铭惊叹陈国泰的工艺。陈树铭听黄师傅赞赏陈国泰学艺的过程，深感陈国泰是个能吃苦、勤快、聪明、懂事、能干的人，悄悄地问陈国泰肯不肯跟自己干，每月管吃管住，再给五个大洋，年底根据情况给一个红包。

陈国泰觉得这是留在厦门的一个机会，将陈树铭想要自己去学做生意的事告诉黄师傅。黄师傅毫不犹豫地支持说："我做了大半辈子的木匠，只有温饱。年轻人该有更好的发展。"

陈树铭的家具做好了，陈国泰告别师傅、黄衍明。

陈树铭的大儿子陈敬德比陈国泰小一岁，负责教陈国泰穿西装，打领带、握手、如何从座位上判断来客的身份、辈分大小等商务礼仪。

陈国泰买车船票、找住宿，办一些琐碎的小事。陈国泰对老板处理事务看在眼里，记在心理。陈树铭批评人员时，他都用心分析。不让别人的错误发生在自己的身上。他记住茶馆陈嫂的叮嘱"有耳没嘴。""祸从口出"骂死"鬼都怕"的教训刻骨铭心。商人多说了，不经意就会泄密，让人抢先机，从而损失。因为能吃苦，诚实，陈树铭开始让他接触业务，充当陈敬德的助手。

陈国泰很快悟出饮茶、聊天可以增进情感，收获丰富的知识，可以从别人的言谈中得到启发，嗅到最新的信息。这日上午，陈国泰办完手头上的事，独自到驻厦门美国领事馆。

美国领事馆明快、流畅舒展。东南立面白色高大廊柱，洋瓦坡面。四面山墙五个三角形作为屋顶装饰。廊柱沿用希腊林斯柱式。

美国领事馆的打字员林爱兰、会计华人张丽娜、翻译兼教中文和闽南语的邹莹莹、出纳欧阳莲凤、华人通译陈雪萍等人见陈国泰来满面笑容，让座、泡茶。她们喜欢陈国泰讲各国风土人情、见闻让她们长见识。陈国泰讲笑话让她们欢笑，身心舒畅。时近中午，林爱兰要求陈国泰请客。陈国泰爽快地答应，并电话约陈敬德一起吃午餐。

陈国泰一挥手："走。"林爱兰等五个美人跟着陈国泰说说笑笑到沙坡头"苞记五香店"。

“苞记五香店”价廉物美，生意红火。一根四两重五香条二毛小银。卤豆腐和卤肉远名新加坡、马来西亚。楼上、楼下能容下五六十人。陈国泰常请人到这儿来饮酒聊天。店老板、伙计知道陈国泰不富却豪爽。

陈国泰笑哈哈地对前来的伙计说：“五香条，卤豆腐、卤肉、土笋冻、线面糊、九层粿、麻糍，一壶店里的米酒。”

陈国平接到帮里一位喽啰的电话说：陈国泰带着五位美女走进苞记五香店。陈国平即刻带了四个得力的人去抓陈国泰。十余年了，陈国平一直没能抓到陈国泰回家乡，在儿子的坟头跪拜。陈国泰害得自己没有了传宗接代的香火。

第三十四章　义勇结缘

店伙计很快摆上碗筷、杯、酒菜。陈敬德走进来在林爱兰身边的空位坐下。陈国泰为陈敬德倒一杯茶。林爱兰接着说：“日本领事提出书面抗议并威胁说，如强制拆卸日籍民房屋，就要用武力保护‘日本臣民’。日商会会长气势汹汹地走进市政督办公署。市政督办公署不怕恫吓坚持执行市政章程的有关条款，对华人和外国籍民一视同仁。”

陈国泰愤怒道：“贼更凶人。”

陈敬德不想陈国泰接下去骂坏了在座人的心情，影响食欲，转移话题：“黄奕住在楼前增建一个小花园、迷宫和观海台。观海、听潮、休息。夏天，沐海弄潮。海潮拍岸极有节奏，拍来时汹涌激越，退去时轻轻叹息，涛声直按传到卧室，似一曲悦耳的催眠曲。”

陈国泰没有领悟陈敬德的用心愤愤不平地说：“市政计划填筑厦

门通向禾山的马路，决议挖掘兜仔尾水鸡腿一带山丘，就近取土，以节省造价。英国、美国、法国、荷兰和日本的领事馆都以保护本国籍民利益借口，阻挠市政建设。利用中国人讲究风水，到处讲风水。利用有祖坟在山头的一些有影响的地方绅士、官吏、侨商的头面人物，出面召集坟主六七十人开会，组织'保存兜仔尾水鸡腿附近坟山公民团'反对迁坟取土。"

林爱兰补充："市政派警察劝阻，保护工人挖土。"

"外国仔有什么好嚣张。一人一嘴沫淹死他们。"陈国泰说话时，见"六龙"的阔嘴龙、快龙、拳龙、文龙、黑龙神气十足地走进来。

"六龙"的五人走到角落唯一的空桌，边吃喝边对着边上一桌的两女子嬉皮笑脸，扬手叫两女子过来陪酒。两女子不理睬。满店的食客敢怒不敢言。

陈国泰骂道："目中无人。"

林爱兰知道陈国泰好打不平，连忙劝："你请我们吃饭别多事。"

背对黑龙等人的陈国泰边吃、边喝、边聊，耳朵听着凸眼等人的动静。

黑龙等人嬉皮笑脸说着调戏的污言秽语。两位女子起身准备离桌。凸眼起身走向女子挡着。两女子鄙夷道："你是人吗？"

黑龙抓起圆脸女子手说："你摸摸看，是人吗？"

圆脸女了挣脱手，愤愤地骂："流氓。"

黑龙摸了一下圆脸女子，圆脸女子挥手挡。

陈国泰立身。林爱兰抓住陈国泰的衣角劝阻。陈国泰拨开林爱兰的手，冲向凸眼，怒吼："无法无天。"

黑龙猝不及防，连退数步。同伙四人一下围住陈国泰。

陈敬德、林爱兰等人起身围上前。两女速离桌。

食客都立身，紧盯着陈国泰、凸眼等人。

"快龙"见陈国泰面生横横地问："林老大听说过吗？"

陈国泰冷笑道："陈大胡听说过吗？"

黑龙指着身后一位清秀的男子说："他就是陈大胡。"

陈国泰哈哈大笑道："像查嫫人，胡子没几根，还叫陈大胡。"

陈大胡气愤："胡子多不一定就是男子汉。"

陈国泰怒目圆睁，握起拳头吼道："那就试试看。谁是男子汉。"

食客们见双方剑拔弩张，一触即发，惊慌逃出店，站在街对面远远观望。

店伙计们跟着老板跑到店的对面。老板挂电话报警。

瘦矮的"快龙"怒道："大箍头（高大）是菜头（萝卜）。"

陈国泰轻蔑："瘦猴还敢大声。"

"快龙"听得骂自己瘦猴怒火中烧，一步跨上前，一掌向陈国泰。陈国泰退闪在"快龙"的右侧。"快龙"顿感一只从飘渺云天外而来的手掌轻轻往头上按落，急忙一个倒翻，往后退。陈国泰两手同时伸出，触手之处仿佛什么都没有，知道遇上太祖拳的高手。"快龙"起如风，击如电，前手领，后手追，两手互换一气摧。因身似猫，抖身如虎，行似游龙，动如闪电。手步相连，上一相随，遇隙即攻，见空则扑。所用招式，非攻即防，虚中寓实，实里含虚，一式多变。陈国泰的手突然加力，一股暖流从"快龙"的手臂上飞速而上，慢慢与那股大力相抗。陈国泰默运玄功，掌如幽灵。一招接一招，一环套一环连续不断，没有喘息反攻之机。

"快龙"不禁骇然，知道遇上咏春拳高手。陈国泰右脚闪电般踢出，脚尖点"快龙"小腹。"快龙"身子突然拔起，一脚踢向陈国泰。陈国泰一闪，身子退回。"快龙"等人感到眼前一阵寒光闪现，一个大拳头砸向脑门，浑然忘了自己身在何处。

"阔嘴龙"挥拳向陈国泰。陈敬德眼快一拳砸向黑龙。"快龙"一脚踢向陈敬德。陈敬德躲闪不及被踢到大腿。陈国泰一脚踢向快龙。

陈敬德、陈国泰与"黑龙"、"快龙"等五人打成一团。

林爱兰见"文龙"溜出店，猜想"文龙"跑去叫搬救兵。林爱兰跑出门坐上人力车向郑氏咏春馆奔去。

张丽娜、邹莹莹、欧阳莲凤、陈雪萍、两个女子抓起桌上的碗筷瞅着机会砸向"快龙"。"快龙"从腰边拔出匕首向陈国泰背部撞去。

圆脸女子冲上前去夺。横肉与两女子挣夺匕首。匕首刺向圆脸女子的下腹。

“六龙”手下十余人冲入“苞记五香店”围打陈国泰、陈敬德。

与此同时，陈国平等五人也冲进店。陈国平对手下喊：“打。”四个手下围住陈国泰。

陈国平大吼：“猪啊！打坏人。”

陈国平手下的四人转身打惹事的日本浪人。

林爱兰带着郑成安的徒弟十余人冲进“陈记五香店”与日籍浪人拼命。

林爱兰见瓜子脸女子扶抱圆脸女子，连忙上前与瓜子脸女子一起抱圆脸女子上了边上的人力车，向医院飞奔而去。

打斗从店内打到店外的大街上。十余名全副武装的警察赶到。双方不愿意惹上警察一轰而逃。

陈敬德对陈国平说：“谢谢！”

陈国泰充满谢意地看了看陈国平。陈国泰明白陈国平原本是来抓自己的。

“我不会乘人之危。”陈国平心底佩服陈国泰敢惹日籍浪人，带着手下离去。

张丽娜、邹莹莹、欧阳莲凤、陈雪萍追上陈敬德、陈国泰说林爱兰送一个受伤的女人去医院。陈国泰、陈敬德急忙奔向最近鹭江医院。

林爱兰与瓜子脸女子在抢救室外焦急地等待消息。瓜子脸女子叫苏爱花，与圆脸女子苏爱梅是同村堂姐妹。

苏爱花对陈国泰说：“阿梅见一个日本浪人的匕首向你的背部刺去，她快步冲上前去挡。”

陈国泰感动地将随身的钱都递给苏爱花，说：“医药费的事别担心，过两天，我再送一些钱来。”

陈敬德接口说：“我已交代院长，苏爱梅的治疗费全部由我来结账。”

半个小时后，一位男医生出来说：“血止住了，没危险。”

陈国泰、陈敬德、林爱兰与苏爱花道别，离开医院。

陈敬德问："他与你有什么仇？"

陈国泰内疚说起骂死"鬼都怕"。

陈敬德嬉笑："你是乞丐身皇帝嘴。"

晚上，林爱兰点一支吕宋雪茄烟靠在床边悠悠地吸着，回想与陈国泰结识的日子。她听见稳重、快、大步的脚步声回过神，兴奋地翻身而起，快步到门。熟悉的连续三下的敲门声。她兴奋地开门。陈敬德与往常一样，一进门还没有坐，就迫不及待地告诉她这个新闻、那件趣事，滔滔不绝。他在红木沙发常坐的位置上坐下，从茶几上的烟罐拿出一支吕宋雪茄，拿起边上的打火机点上火，猛吸一口。

林爱兰转向为陈国泰沏茶。

林爱兰月白色的软缎旗袍裹住苗条的身子，隐约可见隆起的乳峰。在开得很高的旗袍下时隐时现半个白腿。一双红玫瑰的绣珠拖鞋，轻盈地从地毯上移来移去。那张脸嫩得滴水，弯细的黑眉下，闪动的细眼深情地看着他。她递过一碟贡糖。他拿了一块剥去包装纸，往口中送。她轻轻地拈一块贡糖，小心翼翼地解开包装纸将贡糖扶入口中。她呷一口茶，将口中那香甜的贡糖送下喉，妩媚一笑，在他的腿上坐下。

林爱兰笑知道他在家乡有妻和一个女儿。她胆大地看着他，眼里放出热爱的神情，热辣辣的力量像磁一样吸住他，令他心慌意乱。她起身把灯关上。他闻到一股清清、淡淡的水仙花香水味。她灼热的体温俯在他的身上，刘海的发丝触到他的脸庞。她闻到他男子汉的体味。她搂着他的脖子，她的唇离他那么近，使他觉得一种新的刺激。她搂着他的腰，使他欲离离不去。她的身子越来越紧贴着他，脸蛋先在他的肩上轻轻地摩擦，缓缓移依在他那刮得干干净净的大胡腮旁。

陈国泰、陈敬德隔三岔五地到医院看望苏爱梅。这日上午，陈敬德拎着一些零食、水果与陈国泰一起走进病房。陈敬德请的保姆正在喂苏爱梅吃鲈鱼。苏爱梅苦着脸说吃不下。苏爱花正在劝说苏爱梅。

苏爱梅喜欢陈国泰两腮大胡髯刮得青青，英武。苏爱花喜欢陈敬德的斯文、英俊。此时见陈国泰、陈敬德进来。两位姑娘心儿激烈地跳荡。苏爱花起身，搬凳子，泡茶。

陈国泰、陈敬德劝苏爱梅多吃一些营养的食物恢复快。聊了一会儿便告辞。

苏爱花从陈敬德、陈国泰进门时就在思考要不要说苏爱梅的伤情。当她送陈敬德、陈国泰出门时，顾不得苏爱梅是否会责怪，皱眉说："有一个情况我想了许久，决定告诉你们：医生告知苏爱梅可能会失去生育能力。"

陈敬德、陈国泰的心顿时一沉，相互对视，不知该说什么。短暂的沉黑后，陈国泰、陈敬德让苏爱花多开导、开导苏爱梅。陈国泰、陈敬德来十余分钟，都令两位姑娘兴奋一整天。

苏爱梅不能生育的消息沉重地压在陈国泰的心上。一个姑娘不能生育就意味着嫁不出去。姿身多美都弥补不了传宗接代、续香火的重要。除非嫁给已有妻儿的人。

第三十五章　恩将仇报

欣荣贸易公司拥有五艘航行于厦门与日本、南洋之间。公司进出口蜡烛、肥田粉、茶叶等20多种商品；经营五金化工店、客栈等。陈树铭知道"天有不测风云"。其他儿子尚小，家中必须有一个大男人顶住。他极少与陈敬德同行、远行。他常带陈国泰出国谈生意，培养陈国泰，将来陈国泰可帮助陈敬德。

日本东京新建成的帝国饭店只有三层（塔楼五层），楼层不高，却是东京最豪华的饭店。陈国泰、陈树铭放好行李，洗漱一番，走进

边上的一家餐馆享用午餐。

十余平方米的餐馆内有六张小方桌。身着和服的年轻老板娘正在喂一个三四岁的男孩吃饭。

陈树铭用流利的日语点菜“炒一碟肉，一碟青菜，煮一碗鱼汤，来两碗……”

大地突然剧烈颤动。地震！陈国泰抱起边上的男童，随陈树铭冲出餐馆。餐馆轰然倒塌。到处是倒塌的巨响，烟火。陈国泰、陈树铭同时想到帝国饭店前的水池。陈国泰抱着男童敏捷地躲避飞抛而来的物品。陈树铭先跳入水池。陈国泰抱着男孩机警地跳入水池。水池里挤满的人如插蛏。男童被吓蒙了，左顾右盼一会儿才大声哭喊。

这一刻是1923年9月1日11时58分，关东大地震。登陆的强台风旋卷未灭的煮饭烧菜之火追赶着人群。许多人的脚或鞋粘在熔化的柏油路里而遇难。街道、广场、公园、海滩、学校操场等避难场所挤满人群。数万慌乱的人群在惊恐万状中被熊熊的火龙吞噬。避难场所变成火葬场。

大火过后，帝国饭店水池里的人纷纷爬上。陈国泰将男童交给帝国饭店的服务员，用日语说：“这是边上餐馆的孩子。”

获救的人们连声感谢设计帝国饭店的工程师考虑到日本多地震，帝国饭店安然无恙，庭园中兼作消防水源水池救了众人。

四周余火未灭，空气中到处弥漫着刺鼻的肉焦味。陈国泰、陈树铭满眼尽是瓦砾和废墟间，残肢断臂。幸存者有的神情漠然、呆滞、疲惫、如同无头苍蝇地发傻；有的悲痛欲绝的哭喊。

余震不断。陈国泰与陈树铭又饿又渴寻找食物，靠从废墟中找出的食物、水充饥。找了一处安全的断垣残壁靠着，一会儿迷糊，一会儿惊醒。两人不知道东京戒严。军队警察和各地的“自卫团”大肆逮捕、屠杀在日中国人。

9月3日晚上9点多钟，饥寒交迫的陈国泰、陈树铭乘电车到三河岛站。准备下车时，两人惊愤地看到日本人拿长棍、大刀、枪、长杆铁钩，追打穿朝鲜服和中国服的人。一位编着长辫的中国人被日本人用竹竿上扎的铁钩钩住，倒地不动。陈树铭、陈国泰只得在下一站下车。两人走过一条条巷子，在废墟瓦砾找到一袋饼干，正分吃。突然，听到一男声日语高喊："地震！卧倒！"

陈树铭、陈国泰卧倒。过了数分钟没有发生什么，两人便站起来。两人惊悸看到：百米外数十个日本人对卧倒在地的百余人斧劈、刀砍、剑刺、钩扎。听得惨号声是中国人。两人对视，饥渴无力，手无寸铁，寡不敌众，无法帮助同胞。两人乘着夜色，愤恨躲开。没走多远，听得一个男的声音用日语喊："站住。"

陈树铭、陈国泰飞快地跑，左拐右拐地甩掉日本人，走进一间倒塌的空屋。两人靠着断垣残壁睡觉。第二天天亮时，陈国泰惊叫道："你的棉衣后有二个洞。"陈树铭发现自己棉衣后面有两个洞，却没有伤，只是身上一直带着的祖传双龙透雕玉佩裂成两半儿。陈树铭惊奇在前心位置的玉佩怎么转到背面救自己的命呢？

这时，一位日本"青年自警团"的青年走进来。陈树铭用日语道："我们是出来找食。"

这时进来一名日本警察用日语："送交给日军戒严部队。"

陈树铭、陈国泰拒理力辩。这时进来七八个持枪、刀的日本人强行带走陈树铭、陈国泰。

此时此刻的中国正在积极地援助日本。

北洋政府通电全国，号召百姓忘却战争前嫌，不再抵制日货，以减轻日本人民负担，利于日本恢复经济。

厦门市政府在市区主要街道张贴"救灾恤邻"布告。陈树铭的五个儿女正积极援日发。陈宝珠、陈宝兰、陈敬伟、陈敬雄所在的中、小学都成立了"募捐队"，手执"救命"、"恤邻"等字样小旗，沿途演说，挨户劝捐。厦门的各家报纸劝解义囊倡议。京剧大师梅兰芳义演募捐、上海佛教领袖王一亭募捐……上海总商会派商船十艘，载运食物、药品分赴东京、横滨、神户等处接济。由海军李总长，调派军舰两艘，载运粮食急驶往横滨拯救灾民。中国红十字会总办事处理事长亲自率领男女医士、救护员、护士，现款二万元，药品十余大箱，于9月8日乘“皇后丸”日轮前往日本东京参与赈灾工作。这是到达日本灾区的第一支国际医疗救援队伍……

厦门商会人员分成南安、永春、安溪、惠安、同安等十余个组，分头收购白米、面粉和布匹。刚从新加坡回来的陈敬德带着十余人到南安筹集援日物质。二人一组到各乡镇收购白米、面粉和布匹。

闽南山高林密，军阀、土匪猖獗。在南安、永春、晋江交界处的山间安营扎寨着闽南一带强势的土匪之一的陈元宝。土匪窝背峙苍苍大山，莽莽山林，山险陡峭，居高临下、视野广远，易守难攻。在山腰建有炮台1座，架设大炮1尊。设3道防线。第一道防线由士兵防守，二、三防线由“乌兵”轮流防守。每道防线都有电网，防御工事。开设造枪厂2所，能自制快枪、步枪，25响至30响手提机关枪。密林掩映着不计其数的大小石洞。肉票关禁于洞中，待到赎款达成协议，方移至村中。山上有一极其隐蔽的特大岩洞，经整修，分为上下两层，可容上百人。这个秘密据点只有陈元宝家人及其少数亲信知道。

陈元宝身边站有二个悍妇，母亲与妻。与陈元宝年纪相仿的喽啰跟着陈元宝叫其母：“阿母”，年岁小的喽啰就叫“阿嬷”。泉州人叫“吃人嬷”。有些人家被绑票，直接托人恳求“阿嬷开恩”。由她出“盘口”再来讨价还价。她常令喽啰遍寻古墓开掘，所得陪葬之物必先给她挑选，剩下的赏赐给手下。闽南一带的孩子吵闹不休时，大人只要说声“吃人嬷”来了，小孩就会吓得面色如土，缩作一团。

陈元宝的结发之妻，绰号“鬼手婆”，家境贫寒，兄弟姐妹甚多。她16岁时嫁给陈元宝。陈元宝当了土匪后，她“夫唱妇随”，勤学苦练，不仅白鹤拳术灵活运用，而且射击弹无虚发。她身不高，体不胖，精骨肉一身，胆大心细、刚毅果断、心狠手辣。她常率领群匪，凭借当地的复杂地形，神出鬼没，杀人越货，幽灵般活跃在山谷，使警察顾此失彼，疲于奔命，使周围村镇的百姓闻风丧胆，惶恐不安。

“吃人嬷”与“鬼手婆”婆媳性情相投、配合默契。多半的绑票由婆媳俩策划。一些散匪绑了人常以低价卖给婆媳。

“吃人嬷”正对手下喽啰绑劫不力横眉竖眼大声斥训：“这是我们

的生意，不出力做，吃什么？不管他大富小富，砂母也能榨出油来。抓一个人比养一只猪值钱！”

陈元宝淡笑一下，道：“阿母啊，赌博总是有输赢。”

这时，厦门茶叶店的小伙计急匆匆而来。陈元宝使一个眼色，扬了一下头，几个喽啰赶紧离开。陈元宝在厦门、泉州、晋江、南安、永春开茶叶店作为情报点，打探抢劫、绑架信息。

小伙计气喘吁吁报告：“厦门商会为了救援日本地震，到各地收购米、面粉和布匹。”

陈元宝从裤袋掏出一块银元递给小伙计说：“住一晚，明早再回厦门。”并叫一位小喽啰带小伙计去厨房吃点心。

聚义厅，陈元宝坐在正中的太师椅。母亲、妻、三个弟弟坐在边上的太师椅。陈元宝的大弟陈元金伶俐听话，绰号“规矩”，照管家务。二弟陈元银属虎生性残忍,绰号“半夜虎”。三弟陈元坤机灵属猴绰号“白猴”。

“吃人嬷”、“鬼手婆”婆媳一唱一和：这么多的白米、面粉和布匹去哪里找。这一次若成功可以吃穿数年。

陈元宝派眼线天天跟踪打探。

十余日，陈敬德等人收的千余担白米、面粉和上百匹布全部集中堆放南安县政府大院。警察持枪站岗、巡逻。白米、面粉、布匹不适合水路。陈敬德等人商议如何防范陈元宝抢劫，将粮布安全运回厦门。

陈敬德带马车、骡车、牛车队进入崇山峻岭后，车队分为三段走。陈敬德吩咐十余个弟兄枪上膛，刀出鞘。陈国泰的堂弟陈国建绰号“赤狗”在后，众人警觉地快速地向前走。

这日早饭后，陈元宝高兴叫道：“弟兄们。干完了这票，我们好几年不愁吃不愁穿。”陈元宝与母亲、妻子、二弟、三弟分别带一队人埋伏在四个要口等车队到来。

陈元宝眼见车队完全进入埋伏圈，举枪一扣，一位车夫应声倒下。随着枪声一响，“吃人嬷”、“鬼手婆”、“半夜虎”和“白猴”的手下跟着开枪，瞬间枪声大作。

“鬼手婆”头扎花布巾，身穿蓝布衫，脚穿布鞋，精神抖擞拔出两支乌黑锃亮的手枪，指挥十余位小喽啰战斗。“鬼手婆”一枪击中“赤狗”胸口。陈敬德命一人背起“赤狗”跑，自己断后。陈敬德一枪击中陈元宝的脚跟。

等待在埋伏圈外的南安县保安大队听见枪声冲进埋伏圈包围陈元宝等土匪。“鬼手婆”命人背陈元宝跑，自己指挥众匪抵御，断后，撤退。

陈敬德指挥车队的人边战边跑。

厦门商会一楼。郑成安带着咏春拳馆的人搬着一箱箱“一片止”交给陈敬德。“一片止”可内服或外敷，对伤口化脓、感染及一切炎症所引起的疼痛、发热，高烧有退热退烧、消炎的作用。

“陶园”商店老板带着雇工拉着捐赠10万盒“冠德鸡蓉面”，数十辆板车队到码头。

日侨商会会长双手握着老板的手，感动地连声谢谢。

年轻的老板说明：“‘鸡蓉面’滚水泡5分钟就可以吃。很方便，上等的猪油炸的，香。数分钟就可以食，小孩子也爱吃。面是用鸡蛋做的，里面有一包鸡肉松，香脆，有营养。”

日侨商会会长含笑说：“我吃过，很好吃。我很喜欢吃。”

年轻的老板自豪地说：“上海、南京等许多地方缺货。日本地震先支援日本。工人轮流睡一会儿，工厂没停地加班。”

日侨商会会长感动地握着老板，发自肺腑地说：“非常感谢！”

码头工人日夜加班装救灾日本物质。数日后的傍晚，圆红的日头渐渐沉下大海时，陈敬德跟着满载面粉、大米、食物、药品和布匹等大阪商船会社十支商船，分赴东京。陈敬德心理牵挂、担忧陈树铭和陈国泰的安危，吃不香、睡不安，晕船了。船长、船员轮流照顾、安慰陈敬德。

一个星期后，船到东京。陈敬德将救援物质交于日方年轻的接收员。接收员满脸感动说：“中国人会如此热心来救灾实在是日本人梦想不到之事”。

陈敬德问接收员：“能不能借到自行车？我想找前一段时间来日本的父亲与哥哥。”

接收员感动中国人援救日本爽快地答应，并带着陈敬德借一辆自行车。

陈敬德迫不及待地寻找父亲和陈国泰的下落，在接待站匆匆填饱胃，骑着自行车寻找父亲、陈国泰。他在帝国饭店查到陈树铭、陈国泰的名字却不见影子。他找遍东京的医院、急救站也没有任何消息。医院、急救站的地上凝固一层厚厚的血浆。数十位受伤的人挤在一个病房，痛苦呻吟，不是缺胳膊断腿的，就是五官不全的伤员。浓重的血腥味使他一阵阵恶心。陈敬德敬佩中国来的救护队女医生、女护士为伤员清洗伤口，换药包扎，协助大小便，喂药喂饭。

第三十六章　纳妾

陈敬德寻遍东京大街小巷没有任何父亲和陈国泰的踪迹、消息。东京百分之九十以上损毁，十余万人死亡。陈敬德推测父亲、陈国泰生存希望渺茫，悲伤地返回厦门。

全国各大报公诸日本人残害华工，野蛮暗杀中国华侨领袖王希天，发表《罹灾留日学生归国报告书》。全国一片哗然，抗震援日的热潮变为要求日方面惩凶、抚恤等运动。

陈家祖厝更加悲沉。陈树铭、陈国泰都是性急，吃软不吃硬之人，就算没有被地震震死，也会被人残害。

1923年10月12日中午，码头上的一个小伙子兴冲冲地跑进陈家祖厝喊道："头家回来啦！"

一辆人力车拉着满身伤痕、满面胡须，衣衫不整的陈树铭在祖厝前停下。树铭太太、陈宝珠、陈宝兰失声痛哭。陈敬德、陈敬伟、陈敬雄、管家、厨娘在一旁抹泪。

树铭太太叫管家在门口放火盆，去晦气。

与陈树铭年纪相仿的管家端着红彤彤的炭火盆置于大埕。陈敬德扶着陈树铭跨过炭火盆。

陈敬德找来一位理发师为陈树铭理发、刮胡。陈树铭洗了个痛快的澡。

与树铭太太年纪相仿的厨娘端上一碗热气腾腾、香喷喷的平安面。

陈树铭三口二口地下了肚。从未见过陈树铭这么狼狈的吃相。在场的看得心酸，树铭太太忍不住啜泣。

陈树铭的兄弟姐妹和邻居闻讯送来夹红纸的鸡蛋、面线去邪祝安的礼物。众人听了陈树铭的诉说后，怒骂日本人恩将仇报。

陈国泰满身伤痕、满面胡须，衣衫不整出现在郑氏咏春馆。郑成安惊喜、愤怒。他让徒弟在门口点起火盆去晦气。

陈国泰在师弟的搀扶下跨过火盆进拳馆。郑成安为陈国泰理发、刮胡。陈国泰洗了个痛快的澡。郑成安为陈国泰处理化脓的伤口。

一会儿，厨娘端上一碗热气腾腾的面线蛋。陈国泰迫不及待地坐到八仙桌边。一个多月没有闻到饭菜的香味。陈国泰忘记文雅，边"呼、呼"吹着热气，边不顾烫嘴，"咕噜、咕噜"吞下肚。

郑成安、厨娘、郑成安的徒弟怜悯地看着陈国泰狼吞虎咽的样子说。

不足五分钟，一大碗面线一扫而光。

"休息一下再吃。"郑成安对陈国泰说。

"塞伊母的日本矮儿。三餐饭菜不到二口。"陈国泰讲述东京大地震的惊心动魄的一幕幕。讲到日本人屠杀中国人时，他不时地怒骂。

郑成安知道"苞记五香店事件"。他告诉陈国泰：苏爱梅天天到郑氏咏春拳馆打听陈国泰的消息。

每日，苏爱梅来郑氏咏春拳馆无微不至地照顾陈国泰。苏爱梅知道郑成安是陈国泰妻的舅舅，不敢明显地表现爱慕。只是洗衣、端茶、炖一些猪蹄汤、鸡汤等送来。郑成安看出苏爱梅喜爱陈国泰。

这日晚上，郑成安走进陈国泰的房间。苏爱梅起身倒茶后，小坐一会儿，提着空钵告辞。

郑成安坐在陈国泰床边的凳子上为陈国泰察看背部伤口，有的收口，有的结疤。郑成安问："你想娶苏爱梅吗？"

陈国泰笑而未答，他不知妻舅为什么要这么问，妻舅明明知道自己挣钱不多，怎么可能纳妾，是替妻试探吗？

郑成安真诚地说："我不是试探你。我看得出苏爱梅喜欢你。我是阿琴的舅舅，于情于理我都不能劝你娶苏爱梅，但是苏爱梅不能生孩子，要为她想一想。"

"我又不是木头。我挣那一点钱喂嫫（妻）都不会饱，还想娶小姨（妾）。"陈国泰对于苏爱梅不能生一直纠结。哪个男人愿意娶一个不能生的女人？哪一对父母会接受不能生孩子的查嫫做儿媳。自己再娶一房对不起妻、岳父母。

郑成安听完陈国泰坦诚的倾诉后说："过几日，我要回家一趟。我去劝说阿姐、姐夫、阿琴。他们是通情达理的人，阿琴也是明事理的人。"

陈国泰的办公室。陈国泰、陈敬德对坐地沙发上饮茶。陈国泰对陈敬德说起郑成安想促成自己娶苏爱梅的事。

陈敬德感动地说："想不到郑拳师这么深明大义。"

陈国泰苦笑道："苏爱梅的事真是头痛。"

陈敬德笑责："你就是爱冲动。劝你少管闲事，你就是不听。如今你不娶她，谁娶她？"

陈国泰愤愤道："日籍浪人太目中无人了，我是看不下去。"

郑成安回永春办完事，准备回厦门时到黄和贵家。黄和贵恭敬地为大舅子点上烟。和贵妻见哥哥来分外高兴。黄怡琴进厨房煮点心，耳朵却在细听上厅郑成安的声音。郑成安讲了“苞记五香店事件”。

黄和贵由衷赞道：“这个人真有男子汉气。”

和贵妻：“查嫫不生仔嫁不出去。嫁出去，不会生也会被夫家休了。”

郑成安浅笑说：“刚才说的那个人是阿泰。”

黄和贵、和贵妻一时沉默无语。和贵夫妇不愿陈国泰娶妾。

郑成安继续说服。

黄和贵饮了一杯茶，放下杯子说：“阿哥说得有理。阿泰是义气人，他不可能不为那个姑娘考虑。将心比心，那个姑娘不能嫁人，如何过一世。”

郑成安详述苏爱梅到拳馆尽心尽力地照顾陈国泰一事，说：“阿泰在厦门也要有个人照顾，洗衣，煮饭。做生意没日没夜，有一个人照顾好一些。像阿泰这样的人才，早晚都会娶小姨。他的身边水查嫫不断，他算安分的。苏爱梅这个查嫫孩不是翘头查嫫，是一个规矩人，懂礼数。阿泰若娶她，她不会翘阿琴的头。”

黄怡琴一百个不乐意。她换位思考，若是自己遇到此种情况会如何呢？对于一个姑娘不能生育、不能嫁人是多么痛苦的事。她默许了。

陈国泰告诉许志平要娶苏爱梅一事。许志平主张一夫一妻制，反对纳妾。但面对苏爱梅的情况，他找不出反对的理由。许太太、许丽丽都支持，陈国泰给苏爱梅一个家，一个希望。许家人从心底敬佩陈国泰、黄怡琴的人品。

吉日的早晨。陈敬德陪同陈国泰乘一个小时的班车颠簸到五通村苏爱梅家提亲。陈国泰拎烟、酒、糖、饼。

五通位于厦门的东北部，隔海与同安、金门相望，北临钟宅湾，是厦门通内陆的咽喉，数百年来是厦门岛的古驿站。京城到台湾任职的官员都得乘船到五通，再经蛟塘至凤铺后过海峡至台湾。从村头到村尾的村道已走得坑坑洼洼的红砖充满喜庆。五通由泥金、凤头、浦口等十个自然村组成，以捕鱼为主，农业为辅。南洋的华侨寄钱回来盖房，村民衣食无忧安乐生活。

陈国泰、陈敬德感叹五通的美、静、安宁。黑翅鸢在高空翱翔，栗喉蜂虎雀跃枝头，黑卷尾栖落在树枝上，成群的鹬在海滩上漫步，蓝翡翠在池塘边窥视猎物，白鹭在海边时而展翅飞翔，时而散步。西式风格的洋房、中西式的别墅、红砖厝、“蚵壳厝”分散坐落在大榕树、彰树、龙眼树、番石榴树、相思树间。红、绿、白美轮美奂。

苏爱梅家在四棵榕树边百米处，一幢十间张格局的“蚵壳厝”。陈敬德惊叹“蚵壳厝”的美：花岗岩的墙基，上下红砖、窗框红白相间，大面积的墙面用蚵壳垒砌。

陈国泰念念有词：“千年砖，万年蚵。不积水，冬暖夏凉，不潮湿。”

苏爱梅家人见陈国泰、陈敬德喜得手忙脚乱地迎接。陈国泰、陈敬德在厅里的一张八仙桌边坐下，神龛前的长桌两边各有一张交椅。

苏爱梅前天回家向父母说明陈国泰提亲的事。爱梅父母虽不愿意女儿为妾，可是女儿可能不能生育，又能嫁给谁呢？虽然女儿是为这个男人挡刀不能生。但这个男人也是为女儿出头才与人打架。今见陈国泰一表人才，宽慰许多。

爱梅妈泡茶、倒茶。爱梅大妹擦桌椅。爱梅摆糕点、橘子、香蕉。陈国泰恭敬递一支烟给爱梅爸，并用打火机点上烟。

左邻右舍有些人借故搭话进屋看陈国泰、陈敬德，两人都仪表堂堂，气宇非凡，觉得无论哪位是提亲人都很不错。

午饭后，陈国泰直截了当问苏爱梅父母有何要求。

爱梅父母说按礼数就可以。对聘礼、聘金多少没有提具体数字。爱梅父母已听爱梅说过陈国泰是个苦人孩。从小没有父母、兄弟姐妹是现在的岳父母养大的。家境虽说还可以，但毕竟是老婆娘家的。爱梅不能生育，很难嫁人。只能嫁给陈国泰这样有妻的人，再说陈国泰也是为女儿挺身而出，长得一表人才，很有男子汉气概。

陈国泰、陈敬德感动苏爱梅父母的通情达理。

雍菜河环境差，垃圾随处可见，到处是蚊子、苍蝇、死老鼠，房租比较便宜。陈国泰在一相对安静、干净的巷子的一幢二层砖木房租了一间。比周围的“帮皮仔厝”好多了。边上是锦华阁南音社，不时可以免费听南音。苏爱梅满意租的房间。

陈宝珠、陈敬德帮助参谋购置一些新房的用品。

吉日吉时，陈国泰迎娶苏爱梅。在郑氏咏春拳馆办七桌喜宴请拳馆的师徒，陈树铭、陈敬德、许志平及欣荣贸易公司的一些同事。

第三十七章　玉缘

东京大地震，双龙玉佩的护佑使陈树铭深感：“玉必有意，意必吉祥”。他派大儿子陈敬德与陈国泰去仰光摸玉市场的情况。

水仙码头，海风里含着寒气。陈国泰与陈敬德站在“丰美”冲洗过的湿意未干的甲板，身边许多黄种人，只有少数的白种人、黑种人。

摇船人哼着：

福祸住厝边
贫富会转移
只要肯打拼
无钱变有钱

每次来码头，陈国泰都会触景生情，想起在码头扛包的苦日子。他熟悉、喜欢这首歌，并相信贫富会转移，也祈盼自己打拼变得富有。

汽笛一响，船上船下的人抹泪，抽泣。正是：

离乡愁

下南洋，未知番平路多远，
心头酸，未知头路是吉凶，
泪如雨，未知越头是何时。
……

陈国泰想缓解身边穿粗布衫的五位青年的离伤，问：“去哪里赚食？”

五位年轻人异口同声说：“去仰光。”

在一旁的一位三十余岁、身着白色西服的清瘦男子说：“我叫陈永康，在仰光生活。你们若没有地方住，可以住我的‘好头路’客栈。免费用。”

“免钱！？”五位年轻人惊喜疑问。

“不是长期免费。找到头路，有地方住就要走。没找到头路前，可以先到我的工厂做工。工钱和我的人工一样。若要担保，好头路旅栈可以担保。”

五位青年人喜出望外，纷纷自我介绍，南安县人周瑞涛、同安人陈六玉、安溪人陈延平、永春人李岱俊、德化人王顺前。他们都诉说日子贫苦不得不下南洋谋生的无奈。

陈永康微笑说：“我20岁时，一人到缅甸，经常流落街头。后来生意好了，想到帮助初来的华侨。”

陈国泰、陈敬德敬佩地与陈永康交谈。午餐时间，陈永康热情邀请人家吃饭。

五位青年、陈国泰、陈敬德都婉拒说带了“鸡蓉面”。一角五分，滚水泡一下，方便又好吃。

“我也带了。我们在船上有15天，一日三餐，餐餐吃‘鸡蓉面’会怕的。”陈永康拉着、推着五位青年向餐厅去。

随后的日子里，陈敬德、陈永康、陈国泰不时做东请五个青年吃饭。彼此很快熟悉起来。

四月的仰光最燥热。陈国泰等人都换穿短衫。首次到缅甸，陈国泰等人眼里充满新奇：吃槟榔似“血”口的人，乌鸦在街上仰首阔步，缅甸男人穿筒裙，缅甸女人脸上涂一条条的黄膏，如花猫的两把须。

陈永康解释：“这是一种香楝树的根磨成的‘达那卡’的香液涂在脸上可防太阳晒。”

狭窄的仰光街两侧耸立的伦敦色彩的欧式建筑，与传统白尖顶、黑柏油漆的缅甸木屋交错排列。触目所及多是缅文，英文、印度文和中国文；隔三五间就有一家珠宝行。时时走过一些身着白色长袍、扎头巾的巴基斯坦人、印度人。

仰光街道两旁不时有男女老少满面笑容、喜气洋洋搭台、装饰台子、热闹非凡。

缅甸泼水节的喜庆感染众人。

仰光的五十尺路、百尺路、广东大街、南勃陶街是华人街，缅甸人称“玛哈班都拉街”。华人街建有观音庙、武帝庙。金店、银店，一间接一简的商铺。陈永康不时地与人招呼道好“丽赫（你好）！”一行人感觉走在闽南的街上。

华人街有两条横街，一条陈氏街、一条杨氏街。陈永康的家、好头路客栈都在陈氏街。

一座水泥钢筋五层大厦。楼前一棵高大茂盛的榕树和两棵玉兰树。双开大门，门楣上悬挂着黑底红字浅雕“好头路旅栈”长牌匾，一行人跟着陈永康走进旅栈。陈永康吩咐身着灰色长衫的中年掌柜安排好五个青年的住食。转头对五个年轻人说：“明天是泼水节，你们可以玩一玩，找一找亲戚朋友。后天，我来带你们到我的工厂看一看。”

大家依依不舍告别。

陈永康带陈国泰、陈敬德走到数百米外的一座四层水泥钢筋楼房。黑漆鎏金浮雕隶书“思源客栈”牌匾。屋前有五棵相思树。陈永康与陈国泰、陈敬德道别时，再三邀请：“一定要到我家坐坐。”

陈国泰、陈敬德谢过陈永康后，走进思源客栈。

身穿乳黄色长衫的小伙计微笑地迎上前问："客人住店？"

陈敬德从裤兜拿出白绸手帕说："是。"

小伙计见白绸手帕绣着熟悉的一株五朵水仙花，转身进入里屋。很快走出一位三十余岁身着海青色长衫，目光炯炯有神，向精悍的男子。

掌柜带陈敬德、陈国泰到二层一个双人间入住，说："缅甸人信佛，是个平和的国家，路不拾遗，夜不闭户。"

陈国泰、陈敬德洗了澡，干净、清爽而舒坦。

一个小时后，掌柜告诉陈敬德：陈家帮的头家在华人街的冠南楼为陈敬德、陈国泰接风洗尘。

冠南楼是一座二层木砖楼。陈敬德、陈国泰在二楼的包间坐一会儿，一位矮瘦、精悍的中年男子带着随行五人个魁梧大汉准时到达。陈国泰、陈敬德起身，自我介绍。

"我是你父的师弟。我叫陈树俊。"矮瘦、精悍的中年男子笑说。

陈国泰、陈敬德惊异仰光陈家帮的头家洪亮、富有男子汉浑厚、磁性、刚硬的声音。若是只闻声音不见本人，定然会误以为是一个威猛的彪形大汉。

随行五人互通姓名。此时陈永康走了进来，笑说："我与他俩同船，已认识了。"

陈树俊笑说："但你不知道，阿德是厦门陈家帮头家的大公子。"

陈国泰、陈敬德按头家的手示入座在头家的左右。陈永康坐在陈敬德身边，随从谦让入座。

一个随从端上一小坛虎骨酒，为每人倒三分之一小碗。

陈树俊笑道："泡了好几年的虎骨酒太补，一人只能喝一点。"

陈国泰接话："前些年，南安有一户人家，儿子托人带了一瓶东北的虎骨酒。老父像喝番薯一样，一瓶全喝了。当天晚上，睡不着觉，热得脱光衫裤在村里哭喊，疯跑。村人把老人送到泉州医院，命保住了，背弯如弓，成了罗锅。"

闽南菜、广东菜、缅甸菜一会儿上一道。

喝完虎骨酒，喝自酿米酒。弟兄们频频敬陈敬德、陈国泰酒。陈敬德酒量有限，陈国泰替陈敬德酒。陈国泰的海量令在座的惊叹。陈永康敬酒恰到好处，既不像陈家帮的弟兄们那般猛烈的热情，又不似陈敬德那般彬彬有礼。

陈树俊举止豪迈，笑声豪纵，与陈国泰相似，两人相互好感。

第二天早饭后，陈国泰、陈敬德逛街。仰光到处是穿着缅甸新装的男女老少喜气洋洋地端盆、提桶，拿瓢，互相泼水。盛装的缅甸少女在露天舞台上欢快地跳着缅甸传统舞蹈。台下的人不停地朝台上泼水。陈国泰与陈敬德小心翼翼地走着，新奇地看着泼水。正看的出神，突然，一盆水泼得陈敬德和陈国泰从头到脚湿淋淋。

陈国泰急起来，仍会脱口蹦出一口粗话。一位着缅装美貌如仙的女孩瞪着陈国泰回骂。

陈国泰、陈敬德愣然。眼前用闽南话回骂的女孩卷黑的长发不停滴水，湿漉漉的白衣、红裙吸贴身上，更显得婀娜。她赤脚、抓着小木盆。鹅蛋脸，高挺的长尖鼻，两片薄唇，齐白的牙，弯弯的细眉下都是水，清澈的眸子逼视陈国泰。

一位上着白衣，下围金黄色筒裙，浑身湿漉漉，赤脚、拎着小木桶的小伙用缅语轻声制止女孩。边上两位着缅装浑身湿淋淋的小伙子提着木桶，盯着陈敬德、陈国泰。

陈敬德用闽南话轻声劝陈国泰："出门人多一事不如少一事。"

陈国泰用闽南话忿忿自语："衰小。（倒霉）"

"对不起。"穿金黄色筒裙的小伙子用闽南话道歉。

"没要紧。"陈敬德客气地说。

陈国泰惊奇道："你会说闽南话。"

金黄色筒裙的小伙子微笑道："我母是闽南人。我叫登盛。她是我妹妹叫妙妙丹。"

陈国泰、陈敬德好奇这兄妹俩性格颠倒。哥哥温文尔雅，彬彬有礼。妹妹咄咄逼人，出言不逊，霸气。

登盛个子不高，卷发黑亮，方脸，高眉骨，黑白分明的大眼睛，帅气。他微笑解释道："缅甸人认为水象征着幸福。只有三种人不会被水泼身，一是穿着袈裟的僧侣，二是孕妇，三是老人。素不相识的人是可以相互泼水。”

陈国泰为自己孤陋寡闻而羞愧地笑。边上两位缅甸小伙子对登盛说了数句缅语离去。登盛指着远处一座缅式别墅说：“那是我厝，去擦一擦水，饮一杯热茶。”

陈敬德客气地推辞。陈国泰想借此机认识缅甸人，连忙说：“擦擦水，喝杯热茶不会受凉。”

陈敬德、陈国泰并肩跟着登盛兄妹走进一片富人区。这里有缅式高脚屋、中国式、欧洲式小楼、别墅。房屋四周围着低矮的木栅，种植各种花卉。这里的人穿着的面料更高档，打扮更讲究，更时尚，泼水更斯文。走过长长的、二米高的红砖围墙是两扇对开的五米宽的红漆铁门。门前，有一条像小阁楼的建筑放着大大小小的陶罐，一个小水瓢。陈国泰忍不住问登盛：“每隔一段路就有不同的架子门或小阁楼。这是什么风俗？”

登盛笑道：“缅甸很多地区很干燥。为行路人解渴，每隔一段路就会有人架设一个架子门或小小阁楼。里面盛着清澈甘甜的饮用水。这水是不过夜，主人会保证一天一换。”

陈敬德由衷赞叹：“缅甸人行善真到位。”

红漆铁门里边站着一个着印度装的印度人。印度人与陈国泰、陈敬德相互微笑点头。陈国泰、陈敬德跟着登盛兄妹进入院子。木匠出身的陈国泰眼 扫，估算出庭院占地至少 千平方米。 幢三层柚木缅式别墅面朝铁门。

妙妙丹对正在晾衣服的一位年轻女子说：“拿两条干的大毛巾给他俩擦。”

年轻女子快步到另一根晒衣竿上拿下两条大毛巾，微笑地将毛巾递给陈国泰、陈敬德。

陈国泰、陈敬德见年轻女子清秀、细眉细眼，纤细的双手却很粗糙，猜到是女佣。

两人礼貌地回笑，接过毛巾用缅语说：“谢谢！”

年轻女子是家中的女佣秀丽。她嘴角上扬又是一个笑盈盈："不必客气。"转身去做事。

陈国泰、陈敬德擦着头上、身上的水，欣喜地观赏着菩提、芒果、木瓜、椰子、香蕉树、榕树。一棵相思树掩映着精心培栽的兰花、茉莉花、整洁有序，就像小植物林。

登盛指着一棵鲜绿叶簇似一团团火焰的花："这叫龙船花，也叫'百日红'，一年四季都开花。"

陈国泰喜欢别墅、庭院、花草、果树。此景正是他梦寐以求，拼搏的目标。

一只猫轻柔地叫唤，跳到妙妙丹和登盛的跟前戏耍，撒娇。陈国泰、陈敬德惊奇地看着这只他们从未见过可爱、漂亮的棕色猫。圆头圆脑，浑圆丰腴。一双富有表情的金黄色的大眼睛。妙妙丹抱起猫，轻轻地摸着猫说："缅甸猫是世界上最有名的猫。温顺，活泼好动，叫声轻柔，诙谐有趣，表情丰富，聪颖，爱撒娇，对人很友好。英国皇宫里就养缅甸猫。"

林美珠听见陌生声音走出来。陈敬德和陈国泰暗暗惊叹其美丽优雅。林美珠约一米五八的个子，从头到脚的秀。白嫩透红的瓜子脸，杏眼、小巧玲珑的鼻，薄唇小嘴，白齐的小牙。她穿着淡淡蓝的短袖中式襟衣，八分长裤，发髻上插紫檀花，趿红皮拖鞋。

林美珠听登盛叙述与陈敬德、陈国泰相识之事后，热情地请陈国泰、陈敬德进屋喝热茶去湿气。

陈敬德、陈国泰脱鞋进厅。客厅里西洋式吊灯、壁灯。地板上除了过道外都铺满席子。席子上摆放传统的矮脚缅甸柚木圆餐桌。客厅东墙正中雕花贴金的佛龛，里面是一樽精美、纯净剔透，雕功精细的翡翠佛像。龛摆放着鲜花、清水和芒果、石榴、香蕉。花香飘满客厅。客厅中央摆着茶几、沙发。沙发边上一台最新式的德国留声机。一对极品黄花梨木的太师椅。陈敬德、陈国泰在长沙发上就座。

一位年约四旬，高个、宽肩、圆脸，弯眉大眼，笑哈哈的妇人端着茶盘、茶壶、茶杯快步而来。

登盛微笑地介绍道："芹姨。"

芹姨是林美珠的表姐，比林美珠大三岁。林美珠怀儿子时，芹姨从南安来照顾林美珠坐月子。她快言快语、快手快脚，纯朴、勤快，煮的饭菜可口。月子过后，林美珠和丈夫再三挽留。芹姨觉得这一家子为人厚道就留下了。

芹姨沏两杯铁观音茶递给陈敬德、陈国泰。秀丽拿出烟卷和槟榔盒。陈敬德、陈国泰把小绿包塞入口中嚼数秒钟，鲜红的口水如泉涌，边吐边擦，搞得手忙脚乱，手臂和脸上都成红花纹。妙妙丹笑得前俯后仰。芹姨带着两人到厨房清洗。秀丽浅笑，下弯的眼睛，上弯的红唇，白齐的牙画出灿烂的笑容。她转身退出客厅。

一会儿，芹姨端出两碗香气扑鼻的面线蛋。陈国泰、陈敬德早餐尚未消化再三婉拒吃面线蛋。

"'好歹亲情，礼数照行'。"林美珠不强求，关切地询问闽南的情况。陈国泰打开话闸。陈敬德偶尔补充。

妙妙丹忘了刚才的不愉快，滔滔不绝向陈敬德介绍大湖皇家湖和茵雅湖，仰光大金塔的美景。

陈敬德微笑地说："听了你介绍，我们现在就想去了。"

登盛微笑道："泼水节过后的第一天，缅历新年，家家都到佛塔寺庙礼佛，去野外放生。后天，我陪你们去。"

林美珠关心地问陈国泰、陈敬德家人情况。陈敬德简明扼要地说明家里是做贸易生意的。母亲、二个弟弟、二个妹妹。

陈国泰眼眶红润地说："五岁没母，八岁没爸，没兄弟姐妹。"

林美珠心疼说："从小吃了很多苦。"

陈国泰点点头道："竽杆晒干做菜、地瓜叶、豆叶当菜吃；麦皮磨粉捏成团当饭吃；冬天穿草鞋，其它时间赤脚。冬天睡草垫。八岁就砍柴，拣牛粪、猪粪、放牛。"

妙妙丹第一次知道还有这么不幸的人。林美珠对儿女说："你们从小生活好，不知有多少苦孩子。目睭（眼睛）生前不生后，要惜福。"

陈敬德说明来缅甸是想涉入玉石行业。林美珠笑盈盈说家就是做玉石生意的。

喝了一会儿茶，聊了一会儿玉石。陈敬德知礼，不宜久坐，起身告辞，与登盛约好下午参观玉店。

陈敬德、陈国泰一离开，妙妙丹就说：“陈敬德看上去斯文，面笑笑，有文化。那个陈国泰大头大脸、大胡须，面臭臭、看上去粗鲁。”

林美珠语重心长说：“量大福大，不要记恨人家。”

下午，登盛带陈敬德和陈国泰到自家最大的善缘玉石行。是珠宝街最气派的店。三开两米宽的门，金黄的浮雕叶片边框老柚木店牌“善缘玉石行”上行鸽血红缅文、下行烫金宋体中文字。

陈国泰、陈敬德跟着登盛走进富丽堂皇的玉店。花岗岩地板净得发亮；三根柚木圆柱分别用缅文、汉文写道：山有玉而草木润，家藏玉则万事兴，玉有缘，缘有意，意有喜。

三排透亮的玻璃柜。长柜摆放着玉镯、玉链、玉戒、玉坠、玉簪、玉佩等小件品。中间柜台摆放着玉佛像、玉大象、玉树花、玉山等玉雕摆件。短柜摆着大大小小的原石。台面上用缅文和汉文写道：“购原石有风险。”

登盛叫店员拿出不同等级，不同品种的玉，耐心详细地讲解识别玉的等级优劣：“鸽血红、羊脂玉是缅甸玉最上品的，极为稀少……”

德智从楼上下来。登盛介绍陈国泰、陈敬德。德智与两人握手表示欢迎，有事走了。

陈敬德、陈国泰不仅大饱眼福，而且学了许多鉴玉知识。

第三十八章　金枝玉叶生日

每天，通往大金塔的路上人来人往，络绎不绝。上至王公贵族，下至平民百姓都要到大金塔顶礼膜拜，参神拜佛。陈国泰、陈敬德学着登盛兄妹见到穿和尚服者都礼让。

大金塔四周是挺拔苍翠的树木。大金塔的金、银和各色宝石，钻石在太阳光下光芒闪闪。微风吹来，大金塔的小钟撞击金银发出悠扬悦耳如同在演奏着的圣曲。陈国泰情不制禁喊出“哇。难怪叫仰光。”

妙妙丹纠正：“仰光的意思是‘战乱平息’、‘战争结束’。”

陈国泰尴尬地笑了笑。

许多和尚、尼姑、百姓跪坐在大金塔周围的场地上向大金塔朝拜。有些人手拿一串念珠一颗颗地数，有些人拿着佛经轻声吟诵，有些人静静地默默祷告。登盛、妙妙丹、陈敬德、陈国泰找了一处跪坐，默默祷告半个时辰。登盛、妙妙丹往功德箱捐款。陈敬德捐一个大洋。陈国泰跟着捐一个大洋。登盛对陈国泰道：“缅甸有一句俗话：‘心诚的人施舍一个像榕树籽一样小的东西可以得到像榕树那样大的报答；心不诚的人即使施舍榕树一样大的东西，也只能积下榕树籽那样小的功德。’”

陈国泰感动登盛的善解人意。

日头照当空。陈敬德拿出怀表一看，已是正午，对登盛说：“你们兄妹俩辛苦大半天，你找一家饭馆，我请客。”

陈敬德与登盛争着请客做东。登盛客气：“在这里，我们是主，你们是客，怎么能你们请客。下次到厦门，你们再请我吧。”

登盛引路到水深浪静的仰光河边的一家正宗的缅族菜馆。中年老板夫妇着缅甸服，热情地笑迎。老板娘很快上了缅甸茶。登盛招呼陈敬德、陈国泰尝一尝。陈国泰、陈敬德尝了一口，又苦又涩，皱了皱眉，同声道：“不习惯。”

说话音，年轻的伙计开始上菜。椰浆饭、咖喱鱼粉汤、姜酒鸡……每上一道佳肴妙妙丹都要介绍吃法。

陈国泰、陈敬德都会评价一句口感。

妙妙丹笑吟吟道：“五月节是我的生日。你们如果还在这里，就来我家参加庆生。”

陈敬德立刻答应。

陈国泰惊异地看一眼陈敬德。不知陈敬德是看上妙妙丹美貌还是想要借机密切与兄妹的关系好做生意。

登盛没想到妹妹会请初识的人参加庆生。

午饭后，陈国泰、陈敬德回到思源旅栈，掌柜笑问玩得如何。

陈国泰笑哈哈道：“和尚多、佛塔多、寺庙多。”

陈敬德请教掌柜参加生日宴的送礼事宜。

“你真的要参加‘水番婆’的生日？”陈国泰问。

陈敬德笑道：“多住一个月嘛。我们可以到缅甸各地走一走，了解缅甸。”

陈国泰开玩笑道：“你看上水番婆？她是个‘恰查嫫’，你是管不动。”

掌柜笑说：“只要礼数到了就可以了。这家人很富，是缅甸最大的玉商。各种传闻，隐藏着发家史的秘密。德智的祖父去世后，德智的父亲继承经营玉石。德智的伯伯继承经营柚木。德智的大叔叔继承经营稻米。德智的小叔叔继承经营石油。德智的父亲名声大振，被誉为‘翡翠大王’。由此开设玉石加工厂，并在缅甸各城开设善缘玉石行。形成开凿、加工、销售一条龙，成为缅甸最大的玉石家族。德智大学毕业后，经营玉石行。德智的大弟经营玉矿开采，德智的二弟经营解玉坊、加工玉石。这个家族的血亲、姻亲网庞大，渗透到仰光的方方面面。英国人都不敢随便动这个家族的人。”

陈国泰、陈敬德都听得入神。

掌柜神秘地说：“传闻这个家族的女人会种蛊，男人会腾空术。家族人人会医术。家族掌握着一种神药的秘方，有药粉、药丸。不会被蚊虫、蛇、蜈蚣等咬，不怕瘴气，能令人安全到达玉石场。”

陈国泰惊诧地道：“这么神秘。”

陈国泰跟着陈敬德到缅甸的曼德勒、蒲甘等城市。寻找商机，游览佛教胜迹，寻找适合妙妙丹生日礼物。

妙妙丹出生后，每年的端午节，添一份庆生喜气。端午节前，德智家的门头挂艾叶、菖蒲。庭院门外，长木架上摆放着德智购置的常用药品、中国粽子，任人自取。许多贫穷人记住了中国的端午节。早早就来红漆大门等待取所需药、粽子。人们只取所需不会多取，会留给后来的人。

闽南人对十六周岁生日极为重视。林美珠为妙妙丹举行隆重的“及笄”仪式。从五月初一开始忙碌。林美珠与丈夫商议宴请的客人的名单，定菜谱。

德智的厨房里这儿一把葱、蒜，那儿一堆青菜、这儿一盆瓜果，那儿一碗鱼、肉、鸡。德智的两个保镖“飞人”、“三嘭”挑水、劈柴、搬柴等进进出出。

“飞人”原名吉旺，身材不高、壮实。可腾飞三米高，半分钟飘三米远。

“三嘭”的名字叫孟勇出生缅甸拳家族，骨骼粗大，腕力惊人，出拳奇重，曾徒手猛拳打死蛮牛。“嘭”一声就碎骨。他轻易不致人死。若他想让人死，多数在三声“嘭”内毙命。

五月初四晚，德智家厨房的灶台上蒸气滚滚，灶肚里火焰跳跃着。芹姨蒸红糖发糕、九层粿；煮大肠灌糯米、猪血。

秀丽一直默默无语地洗菜、洗碗筷。印度保安一边守门，一边帮忙。

林美珠、芹姨是包粽子的好手，粽子煮得透，有咬嚼之味，口感好。德智家的亲朋好友邻居都喜欢吃她包的粽子。每年端午节，家中都包数十斤糯米的粽子，请亲朋好友、左邻右舍来吃。碱粽包成牛头形，豌豆和花生包成四角形包，肉粽包成尖尾型。

妙妙丹见全家为自己的十六岁生日忙碌，感到无比欢快与满足。厨房砍肉骨头的、剁肉的，刀板声此起彼伏。秀丽洗完碗筷，又擦桌椅，忙到午夜。

端午节的早晨，芹姨见妙妙丹下楼，就放下手中的事到厨房，从昨晚煮好的鸡汤中舀了大半碗鸡汤和一个鸡腿，煮一碗生日线面。芹姨小心翼翼地拨去蛋壳。将两个白亮光滑的蛋放在寿面面上。

芹姨喜笑颜开地对林美珠说："两个蛋都光光滑滑，小姐今后顺顺利利。"

林美珠高兴地说："好，好。"

早饭后，德智最好的朋友瑞波及太太、儿子盛温、盛暖、女儿丹娜过来德智家帮忙。

秀丽、芹姨在庭院的圆桌上摆上一盘盘的水果。

德智、林美珠笑容可掬地站在大门口迎候陆续到来的宾客。

三十六岁的林美珠，丰满，健康，富态，穿着一件淡淡红的红花锦缎旗袍。额前的头发梳得滑亮，脑后圆髻黑丝网横穿一支金镶鸽血红玉簪，金镶鸽血红玉双耳坠，金镶鸽血红玉项链。她目光温柔，微笑的面容让每个见她的人都舒畅。

年近四十的德智头戴缅式礼帽，上衣是白色锦缎对襟缅式衣服，下身是黄色锦缎"笼基"，穿着一双红皮拖鞋。

首先来的是人力车行的王南、王安兄弟。因家境贫寒，兄十八岁，弟十五岁一起到仰光拉人力车。随后是春美航运公司老板林振兴及太太。他的多艘大轮船航行于厦门、汕头、香港、新加坡与缅甸之间。

妙妙丹扎着两根麻花辫至背部，天生卷发，一浪一浪的波纹刘海飘在额前，纯真秀美的鹅蛋脸楚楚动人，上着粉红色绸缎新衣，下着白底粉红条纹绸缎特敏裙跑来跑去。到处都能听到她的咯咯笑声，甜甜的招呼声。

陈永康携太太、大女儿陈水仙、小女儿陈刺桐走进来。妙妙丹、丹娜迎上前拉着姐妹俩加入孩子们圈，踢毽子、跳绳、荡秋千。

参加庆生的还有相思南音班的全体人员。厦门、南安等公会的人。西滨社、高浦社、福建公司、颖川公司（陈）等来了二十余人。

陈国泰、陈敬德的到来令德智、林美珠惊讶。登盛解说是妙妙丹的请来的。

陈国泰与陈敬德将礼物送给妙妙丹："生日欢喜。"

陈国泰悄悄地问妙妙丹："门口放了许多东西是什么意思？"

妙妙丹笑眯眯地说："有'舍'才有'得'。从曾祖父开始，节日和家中有喜事时，购买药品，放在庭院前给穷人。"

缅甸客人都包着头布、穿着缅式对襟衫、围着纱笼，行合十礼。中国客人，男穿长衫或西服，女穿旗袍，行恭敬礼。

红绸灯罩的灯光照得厅堂桔红、桔红的，充满喜气。留声机里播放着南音《相思》《百鸟归巢》《远望乡里》。

德智的父母、兄嫂、弟弟、弟媳、姐姐、姐夫、妹妹、妹夫都穿着艳丽的缅甸服、打扮得喜庆，热情地请坐、沏茶、递水果、甜点。

衣装整洁的先生、小伙子及衣装艳丽的太太们、姑娘们站着、坐着、喝着中国茶、缅甸茶、咖啡，交谈着。来宾夫妻多是中缅联姻，交谈有时用缅语、有时是闽南语。

厨房的大锅炊烟腾腾，漂出阵阵粽子香味。粽子的香味让华侨们想起家乡的端午节。

厨娘芹姨与保姆秀丽在厨房忙着午宴。

午餐前，秀丽、芹姨、林美珠、德智将发糕、包子分送给未参加宴席的人家及邻居。

客厅、餐厅摆了七张桌椅。来宾各自掂量长幼谦让入座，形成了先生桌、太太桌、孩子桌。华侨们想起家乡一片片的相思树，父母、兄姐弟妹；想起童年的朋友、同学。

在席边的一旁有一张八仙桌放着钵盆。盆里放着红纸中文、缅文写着的肉粽、碱粽、花生粽。宾客们按自己的口味到盆里各取所需。

印度保安关上大铁门。两位保镖、秀丽、印度保安端菜、递酒。

先生桌的先生们从美国总统伍德罗-威尔逊去世到广东米行工人要求加工资被拒绝后罢工，米价暴涨。谈话从国际形势到厦门日籍浪人“六龙”持枪白天冲入龙头街鸿丰金铺，抢劫金银及现款达2万余元等恶行说到“台吴事件”。华侨们愤愤道：“日本越来越嚣张。太狂了。”

“国弱被人欺。”陈永康感叹。

宾客对林美珠、芹姨厨艺赞不绝口。脆嫩甘美，醇甜可口薄饼、南安菜干饭、鱼翅汤、海参炒肉丝、红菇鸡汤、鲍鱼党参瘦肉汤、花生汤、鱼粉汤、荔枝肉、红烧猪蹄。

妙妙丹最喜欢芹姨的卤面。她招呼朋友说：“卤面最好吃。”她起身搛满了一小碗吃起来。众人跟着搛了一小碗卤面，吃起来，果然好吃，

陈国泰笑问妙妙丹说：“你能用闽南话把碗、坩、缸、镜，连起来说吗？”

陈敬德脸上露出怪笑。

妙妙丹不以为然，心想这有什么难。随口就连说。妙妙丹闽南话不标准，说得快，就说成“我尻穿（屁股）疼。”

懂得闽南话的人哄然大笑。

妙妙丹脸红地低下头偷笑。陈国泰得意地笑。

宴后，一些宾客带着主人准备好的发糕、甜包客气地告辞。一些闽南华侨围坐在庭院里唱戏、听戏。

林美珠第一个被众人推上去。她清了清嗓子唱了一段《想乡里》。“举目遥望，海水无头无边。日日想我家山，夜夜梦我父母……”林美珠唱着唱着泪溢出眼眶。

琵琶、洞箫声声叙述着远渡重洋的闽南侨民岁月的风雨沧桑。袅袅南音令人回肠荡气，清婉的古调令华侨恍如置身故乡，感受故乡的温馨、亲切、振奋。那如怨如慕如丝如缕的声音犹如玉兰花香，在椰风蕉雨中，南音温暖了无数海外华侨的心。不管人生道路多么坎坷曲折，听到、唱起一曲南音，就会牵动万缕乡思。

华侨们思乡之泪盈出眼眶，掏出手帕拭着泪。

陈永康唱《念家》，妙妙丹唱《划龙舟》，陈刺桐唱《乡里乡亲》，陈敬德唱一段《有缘千里》，陈国泰唱一段《陈三五娘》，大家谦让着轮流唱。

第三十九章　斗勇斗智

每逢星期日晚，仰光揽面佐五十尺街觉民阅书报社灯火通明。这里不定期举行演讲。华侨可以在这里了解祖国，了解家乡。来听演讲的华侨多则二三百人，少则一二百人。

华人街随处可见抵制日货标语。这日上午，聚集在观音庙、关公庙、庆福宫前的华侨们分别向仰光街心汇聚。陈永康带万人的游行队走过华人街、印度街等主街声援五卅运动活动。

仰光黑龙会对华人抵制日货恨之入骨。厦门的“六龙”得到消息：陈永康携妻女四人乘“安安”号邮轮回闽南给父亲做寿。“六龙”的老四“阔嘴龙”、老五“拳龙”、老六“快龙”连续五日昼夜守在码头未发现陈永康携妻女影子。陈永康为防不测，全家人在香港下船，从香港坐船到广州，直接坐车回南安官桥。

陈永康的家乡是南安官桥最偏远的小山村，不足十户，百余人。新建的红砖房是村里最耀眼、最好的房子。陈永康远嫁的姐姐、妹妹的家人都回来给父亲做寿。村人欢天喜地吃着流水席。华侨们远渡重洋回一趟家难。船来回快则半个多月，慢则数月。大海风浪无情，甚至无命返回，收不到信。陈永康的多数时间忙于奔波南安官桥的各个

村落，送华侨委托带的信、钱，看望他们的亲人。陈永康的妻女不习惯穷乡僻壤的生活。半个月后，陈永康携妻女入住厦门的白鹭客栈。每日，陈永康仍忙于为缅甸华侨送信、钱，看望缅甸华侨的亲人。

福星旅社二楼议事厅，“大龙”林双对道：“陈永康全家住白鹭客栈。你们轮流跟踪，伺机下手。最好要活的。”

这日晚九时，没有星星、月光，天黑沉沉。陈永康送完最后一家信和钱，完成了缅甸华侨的托付，一身轻松地、悠然地转进通往白鹭客栈的巷子。突然他的前面冲出并肩的两个男子。陈永康德转身想跑。身后一人逼近。陈永康挥拳迎击。那人拳起如风，拳击如电，前手领，后手追，两手互换一气摧，猴子似地跳跃、闪展腾挪，灵巧地跌扑滚翻。陈永康知道遇到太祖拳高手。此人正是“六龙”的老五拳龙、日籍浪人，台湾武术界赫赫有名的“太祖拳”第一人。因身似猫，抖身如虎，行似游龙，动如闪电。并肩两人中的一人是“六龙”的老三黑龙，擅长五祖拳的短打，出其不意地偷袭陈永康。另一人是“六龙”的老六，快龙。擅长咏春拳。出手快，见缝插针。陈永康以一抵三，一会儿就力不从心，他边抵抗边叫喊。

白鹭客栈的伙计、客人朝陈永康跑去。当周围的人赶到时，三人已没有踪影。陈永康身中数刀倒地，血流如注。数人齐心协力将陈永康送至鹭江医院抢救。

伙计慌忙跑上二楼客房通知陈永康的妻女。伙计拨电话告诉陈敬德。陈敬德拨电话到公司叫上陈国泰赶往鹭江医院。

陈永康的妻女惊骇地、哭哭啼啼地跟着客栈伙计赶往医院。

陈国泰、陈敬德前后脚赶到鹭江医院。陈永康的妻女正在抢救室外抹泪。永康妻向陈国泰、陈敬德行缅甸的合十礼。陈国泰、陈敬德回了鞠躬礼。抢救至凌晨。一位青年男医生走出来道：“脱离危险。”

陈国泰守候在抢救室外。陈敬德带陈永康的妻女到客栈取行李，接到陈敬德的祖厝住。

树铭太太不时地安慰永康妻女。每日，永康妻用不流畅的闽南话与树铭太太谈丈夫，说子女。树铭太太有时陪永康妻到医院探望陈永康。

陈宝珠、陈宝兰姐妹与陈水仙，陈刺桐姐妹一起看书、聊天、到医院看望陈永康。陈敬伟讲闽南故事缓解陈水仙、陈刺桐姐妹的不安。

福星旅社二楼议事厅，井上庚二郎斥责“大龙”林双对：“让你们请他到领事馆，谁叫你们动武。闽南人乡土情结深、宗族观念强，讲义气。他们的彪悍民风与中国南方人普遍偏文弱的气质不太相似。《拍胸舞》就是一个例证。别看他们帮派之间抢地盘争生意，常械斗，但有外人欺负，他们就会联手一致对外。”

林双对委屈地笑着不时点头认错。井上庚二郎要求林双对做好部署应对厦门各帮派。

蕹菜河五层红砖的欣荣贸易公司大楼。五楼议事室坐着陈家帮“八虎”。方形的长桌正中坐着陈树铭，两边一边坐三人、另一边坐四人。陈树铭目光炯炯如鹰目之厉，绰号“鹰目虎”。陈树铭的大师弟勇猛如下山虎，绰号“下山虎”；二师弟脾气火爆，爆发力强，绰号“火爆虎”。陈树铭的堂弟伶牙俐齿，绰号“灵牙虎”，陈敬德斯文绰号“斯文虎”。陈国泰满面络腮胡，绰号“大胡虎”。陈敬德的堂哥声大如雷，绰号“劈雷虎”，陈敬德的堂弟面色赤红，绰号“红面虎”。

陈树铭对“八虎”下令：“三个凶手是年轻人应该是‘六龙’的瘦龙，黑龙、快龙。‘二十八宿’是日籍老浪人，‘聚义堂’是日籍中年浪人。阿德你带几个人去夕阳寮，‘大胡须’（陈国泰）你带几个人去水仙宫……”

晚上九时，陈家帮十一路人冲进“六龙”的妓馆、烟馆、赌场棍棒扫荡10分钟。

当晚，福星旅社茶室。林双对与五龙饮茶聊天。一个电话又一个电话报告妓馆、烟馆、赌场被砸。林双对满脸怒气：“姓陈的有八头虎，我们也不怕。”

“做事要理智，不要武来武去。”排行第二的“文龙”劝道。他姓陈名大胡。稀少的胡须，拔得干净，白净、清秀。

黑龙、快龙叫嚷道：“谁怕谁。不给姓陈的那帮人一点教训，以为我们没有人。”

文龙劝阻："相打都会有死伤。"

第二天上午，"六龙"的人到陈树铭的码头、仓库，煤油淋货，放火焚烧，用扁钻刺死两个看货人。

陈树铭等"八虎"立即冲向福星旅社。

福星旅社位于厦门晨光路11号。是厦门最高档豪华的娱乐所。将厦门本土文化与国际酒店风格搭配到极致。讲古场浮雕艺术，顶部有塔楼，四面圆框镶玻璃各有"福星旅社"四字。这是六龙经营的旅社。表面上是接送旅客的酒店，实际是一个大赌场，经营"十二支仔"赌博。鸦片馆、妓院、舞厅。

陈国泰指挥人冲进福星旅社一、二楼狂砸。

林双对指挥手下，居高临下，开枪抵抗。

陈树铭带人冲进福星旅社，与"六龙"火拼。陈树铭泰对"枪神"道："干了那个'狙击手'"。

"枪神"瞄准"六龙"的"狙击手"，一枪击毙。

陈国泰压阵，掩护陈家帮人撤离。

"六龙"中有四人喜欢武力解决。文龙、快龙喜欢文斗。"六龙"、"二十星宿"、"聚义堂"成立"自卫团"，夜袭咏春拳馆、安溪茶馆，陈家帮码头。

厦门各帮派自发驰援咏春拳馆、安溪茶馆、陈家帮码头。驻厦门日本警署火速增援。双方在石埕街相遭，顿时枪声大作。行人远避，店户关门。这场火拼日本警署及"自卫团"死7人，伤10余人，厦门"反日团"死1人，伤10人。

随后，厦门各帮派在势力范围内与日籍浪人械斗。身受浪人荼毒的民众，对官方外交总是气短心惊不抱希望，对帮派的行动大快人心、扬眉吐气。

陈永康伤情稳定后，出院到陈树铭的家中养伤。

每日，树铭太太、永康太太谈论各自的丈夫和子女。陈宝珠教陈水仙绣枕巾。陈宝兰与陈刺桐"编翻绳"、踢毽子。陈敬伟、陈敬雄有时约她们一起跳绳，走高跷。陈敬伟有时讲一些笑话、趣事。

这日晚，着便服的厦门市公安局长走进来。陈国泰、陈敬德忙起身相迎。局长表示来看陈永康的伤情。

陈树铭关切问抓起来的人如何处理。局长愤愤不平："抓了。交给日本领事馆处理。结果放了。"

陈敬德冷冷地说："结果是可以想到的。"

陈国泰愤愤道："抓到这些人，别让他们承认是日籍人。"

局长竖起大拇指笑夸："妙，真正妙。难怪大家都说你有二个脑。"

陈树铭、陈敬德恍然大悟，心底佩服陈国泰的聪慧。

陈敬德微笑说："当年我爸就是看中他的聪明。"

局长笑道："你爸有眼光。他做木工真是浪费人才。"

日籍浪人与厦门各帮派械斗越来越激烈。日本借口"护侨"，4艘驱逐舰闯入第七码头停泊示威。日海军陆战队分3队登陆，驻扎老叶街、赖厝埕、思明北路，并在各路要点的屋顶架机关枪，在街上巡逻。英国从香港调2艘战舰停泊在电灯厂的海面。市民纷纷关闭店门。商业停顿，港口几乎成为"死港"。厦门政府惊慌失措。厦门市民举行大规模游行示威，张贴标语迫使日本陆战队下海。

与此同时，市公安局长悄悄地交代手下："抓到犯罪的日籍浪人要让他们自愿地在口供上自认是同安人或晋江人、南安人。"

夜里，一位日籍浪人"无声"地摸到思明北路警亭边无声地刺死值班警察。

厦门侦探队马队长接报，立即下令侦探队全体出动搜捕。搜捕无果。过了数日，侦探队抓到三个日本浪人凶手。

第四十章　中缅之恋

当政府在忙调和厦门各帮派与日籍浪人关系的时候，陈国泰忙于贷款买地盖房。厦门房地产价格不断飙升。陈国泰明白不能等有钱了再盖房，赚得钱还不够涨价。他通过陈树铭、许志平担保向汇丰洋行、中国银行、台湾银行、三井银行等银行贷款30万银两。

陈国泰站在日光岩上，双眼紧盯风水先生手指的方向，听风水先生感叹："五龙屿岛上海岸线蜿蜒曲折，鬼斧神工的碎石奇趣天成。山和海相拥，自然造化和人工雕凿相映成趣，实实在在是一处天然美丽之岛，每一处都是风水宝地。最佳的地方已被各领事馆、洋行抢先。"

风水先生将空地的风水列出一、二、三，说："想盖就抓紧时间。"

陈国泰像一只猎犬一样寻找到关系人，投其所好，爱喝酒请喝酒，爱看戏请看戏，爱钱给钱，爱古董给古董……本人走不通，找他们的太太、儿女、长辈、上司。他不惜花钱、花时间打通层层关卡，买下宝地。

这日下午，陈国泰带陈敬德看买的地，说话间到了龙头街。不远处围着许多人。陈敬德提醒道："别管闲事。"

陈国泰没有听劝挤入人群。

两个美军水兵正在打躺在地上的一个约三十岁的中国男子。男子脸上、手上多处伤血。陈国泰冲上前对准美国水兵左一拳，右一脚。

两个美国水兵合力打陈国泰。站在陈国泰身后的陈敬德上前揪过一个水兵就是一拳。水兵从陈敬德手中挣脱，挤出人群去搬救兵。一会儿，冲进许多美军水兵围打陈国泰、陈敬德。围观者见状与美国水兵打起来。40多位美军水兵与摊贩、居民大混战。巡捕闻讯赶来。众人散去。

陈国泰轻伤，功夫不高的市民数人受重伤。

陈敬德陪陈国泰到郑氏咏春拳馆。郑成安敬佩陈国泰的正义，同时担心陈国泰爱管闲事惹祸上身，万一伤残、死亡，苦了妹妹一家。他没有责怪陈国泰，也没有夸赞，拿出药箱为陈国泰上药，听着陈国泰怒叙美军水兵打人。

陈敬德从郑氏咏春拳馆回家后，再也抑制不住相思之情，第N次劝说父亲与德智建立生意关系。

陈树铭说："你去买船票。我、阿泰也去，护送永康一家人，免得路上再出现什么歹事。将永康一家人的票一起买了。"

半个月后，"丰平"号邮轮到达仰光。陈树铭、陈敬德、陈国泰将陈永康先生一家送到家后，入住思源客栈。

次日上午，陈树铭、陈敬德、陈国泰带着铁观音茶、贡糖等特产依约来到德智家。陈敬德等人脱鞋入厅。

秀丽快步上楼告诉林美珠、妙妙丹。林美珠、妙妙丹梳妆穿戴整齐下楼。

德智、登盛毫无保留地详细介绍缅甸的玉石、柚木、大米等产地、产量和价格。

陈树铭惊叹德智、登盛流利的闽南话："没想到你们的闽南话如此流畅。"

德智笑道："闽南人的半个儿子。"

陈国泰的话题总是跳跃式的。当别人的话题暂停，他就打开另一个话题。有他在场，就不可能冷场。陈国泰知道陈敬德的心思，想为陈敬德追求妙妙丹的事创造机会，说："《华侨回闽兴办实业章程》《侨商兴办实业条例》《奖励华商工商公司章程》《内政部侨务局保护侨民专章》，对国内侨属的法律保护。"

陈敬德意会地附和："已在侨务局注册之旅外侨民，其在内地家属，财产均受侨务局绝对的保护。”

陈树铭、德智英雄所见略同，对当前缅甸、厦门、世界经济、贸易的分析、见解相同，谈得投机，都有相见恨晚之感。

陈树铭瞟了一眼手表，不知不觉已坐了一个小时。商场礼节，不得再坐下去，影响家中的其他人。陈树铭起身告辞。陈敬德、陈国泰立即起身告辞。

林美珠盛情挽留一起共进午餐。

陈树铭知道这是闽南人的待客礼节，坚持告辞。

当晚，陈树俊在冠南楼为陈树铭等人接风，陈永康、德智作陪。

陈树铭频频点头，思考。陈国泰“有耳无嘴”静静地听着。在场的人无论是地位、辈分、年纪，他都无资格插嘴。

次日晚，陈永康在家中设宴答谢陈树铭救命之恩。德智、林美珠、陈树俊作陪。

陈树铭经过数日与仰光陈家帮座谈、华侨聊天、德智的商谈。了解缅甸政治、经济。陈树铭决定在仰光开“欣荣贸易公司”。通过对房屋的风水、朝向、采光、地点、人气、价格进行反复比较，权衡，在华人街购置一栋临街二层红砖楼房。一楼为门卫室、门卫的卧室、厨房、饭厅、茶室、办公室、客房。二楼第一间为陈国泰的房间、第二间陈敬德房间，另有三间为办事人员的宿舍。

陈永康推荐一对中年华侨夫妇给陈树铭，夫为门卫，妻为厨娘。陈树铭父子非常满意。

思源客栈老板推荐数位陈家帮弟子给陈树铭。陈树铭调选面善、机灵、口齿伶俐、沟通能力强的三位小伙为公司办事员。

吉日的早上，陈永康一家，德智一家、仰光的南安公会、温陵会馆和陈家帮等华侨数十人参加“欣荣贸易公司”挂牌庆典。吉时鸣鞭炮揭牌。中午，陈树铭在福裕餐馆设宴七桌，招待来宾。

次日，陈树铭启程回厦门。

这日上午，陈敬德、陈国泰来到善缘珠宝店二楼登盛的办公室。登盛泡茶。三人饮茶聊天半个时辰后，陈敬德从衣袋拿出三张电影票给登盛说："谢谢你、妙妙、尼拉。请你们看电影《山野之恋》。"

陈国泰掩不住怪笑，陈敬德回瞥了他一眼。

数日后，登盛回请陈国泰、陈敬德看缅甸自拍的，引起轰动的电影《情义与勇气》。

一进电影院，陈国泰就挨着登盛身边坐，妙妙丹坐在登盛身边，陈敬德顺理成章地坐在妙妙丹身边。

陈敬德拉着陈国泰隔三岔五地到德智家。

妙妙丹开朗、大方，却从不单独与陈敬德、陈国泰出门。妙妙丹要出门总是约堂姐尼拉或陈水仙相陪。

这日晚，茵莱湖高大的合欢树下，棕榈树丛中陈敬德、陈国泰、妙妙丹、尼拉散步、欣赏湖滨美景。宽阔、清澈的茵莱湖，湖畔绿树成荫，碧草如茵，繁花似锦。

陈国泰不想影响陈敬德追求妙妙丹，也想摆脱夹在中间的尴尬境况，时常找借口不陪，让陈敬德独自去找妙妙丹。陈国泰喜欢赌石的刺激与悲壮，时常独自到仰光街头巷尾看赌石。

仰光街头巷尾这儿围一小圈，那儿一围大摊。陈国泰挤进一个赌石圈，见一位身材矮壮的缅甸中年男子用缅语介绍面前摆放的一块约400公斤的黄白砂皮毛料。陈国泰凑近细看：黄色皮壳，皮厚一寸有余，细看有三指宽的一条蟒带。从"开口子"看，紫中泛红，成色极好。边上另一个50岁左右的缅甸人挺着肚子，裹着一条鲜艳的"布梭"，右臂文着一条翻腾的蛟龙，左臂戴着一个粗粗的臂镯。他一看见陈国泰就笑嘻嘻地用纯熟的汉语说："我有一块好料，前几天刚从目乱干找来的，水好底好，有白雾。"

陈国泰笑着摇了摇手道："我只是看看。"

又一个缅甸人咧开一嘴交错的槟榔牙说："不同矿山，不同坑口的翡翠特色不同，质量好坏不同。识别采玉坑口对推断玉质的好坏有很大的帮助。玉石业有一句名言，即'不识场口，不玩赌石'，不懂玉料的产地和特征，就没资格做赌石生意。说到赌石的类别……"

陈国泰对语言的天赋，已听得较多缅甸常用语。陈国泰很认真地

听着、用心记着。

看的人络绎不绝，或若有所思，或悄声商量，但谁都不敢下手。

文身的缅甸人对陈国泰说：“赌石是五分眼光，五分运气。出自好的场口，赌赢的几率更高一些。其次，观察原石皮子上是否存有蟒、癣、松花。……”

“槟榔牙”缅甸男道：“缅甸的规矩是必须带现金，绝对不能赖账，也不能偷盗，不然就要被剁手。”

矮壮的缅甸男给每个人一个信封。有五六人接过信封。现场很安静。众人知道不能凑头不能问。陈国泰跟着大家围上前看，围着黄白沙皮毛料快速看，摸一会儿后，退后静观。这时旁边一个棚子里传出叫喊声。

矮壮缅甸人收回信封，悄悄地看，指着一人问：“先生哪里来的？”

一个瘦矮的中年男答：“腾冲的。”

矮壮缅甸男道：“这位云南腾冲商人以30万银元的价格成交。”

陈国泰吓了一跳，道：“这么一个石头就值30万银元！”

围观者捏着一把汗，跟着腾冲商人雇的一个解玉师到开石厂。开石厂的三个壮男抬黄白砂皮毛料，陈国泰上前帮忙。四人将石头放在切割机的固定位上。解玉师将盖子盖上后，腾冲商人画了切割线，一边是流水的冲刷，一边是巨大的刀片沿着画好的一条线缓缓切入。

围观者静得能听到自己的心跳，紧张地盯着刀。两个小时后，一直轰鸣的切割机终于停了下来。人群瞬间把角落里的这台切割机围了个水泄不通。石头一分为二，露出“内心”。人群一阵叹息。第二次切石，现场围观的人越来越多，气氛更紧张。解玉师一刀下去把石头破开。众人大喊“没有！”解玉师回头问紧咬嘴唇的腾冲商人“还切不切？”

脸色苍白的腾冲商人一跺脚，“切！”他的两个同伴劝他离开现场，他不肯。第三刀结束时，腾冲商人浑身一软，同伴扶着他。陈国泰从裤袋拿出仅有的一个光洋，放到腾冲商人手中。围观的人纷纷给腾冲商人一些零钱，劝他离去。腾冲商人婉言谢绝：“愿赌服输。”

众人不愿意再心惊肉跳，不愿意看腾冲商人痛苦，一哄而散。腾

冲商人的同伴劝腾冲商人离去。腾冲商人站在那里不停地说："切，切，切……"

陈国泰与另外二人没吭声，想看最后的结果。

解玉师傅往切面上泼了点水，拿着小油灯，把灯罩边缘放在切出的平面上，继续切，一刀、二刀、第三刀时解玉师傅惊喜地叫道："极品，极品。"只见切开的两块玉料都是"鸽血红"并且出现巧色现象。神奇的是第一半玉料拿出时，解玉师说："鸡冠"。

陈国泰仔细一看，果然形状像鸡冠。腾冲商人如喝多了虎骨酒一样疯狂地跳跃。陈国泰与另外两位观者仿佛自己中彩，喜上眉梢，呼唤。陈国泰最大的感慨：坚强、勇敢，坚持到底就能赢。

留下来的另二人是日本商人吉田太郎、田原一雄。田原一雄用日语对吉田太郎说："赌石注定是赌命运，赌手气，赌财富。"

陈国泰用日语接过话："赌石要拼眼力、智慧、胆量、勇气、财力、经验，毅力。"

田原一雄佩服道："你的日语说得很好。"

吉田太郎看一眼陈国泰，微笑说："其实赌石不是赌命，赌的是经验、智慧和悟性。人要相信自己的力量，不要奢望靠赌博改变命运。"

陈国泰笑道："不要奢望靠赌博改变命运，但是遇到机会也不能放过赌一把。敢拼才会赢。"

田原一雄淡淡一笑："你是日本人。"

"我是中国人。"陈国泰自豪地说。东京大地震的遭遇，他对日本人的印象一落千丈。他没有与两个日本人道别，转身向公司走去。

门卫夫妻说陈敬德还没有回来。陈国泰掏出一盒哈德门烟，抽出两支递给门卫。门卫一支夹在耳后，一支叼在口中，忙划上火柴为陈国泰点上，再为自己点上。陈国泰在门卫的小方桌边坐下饮茶，吸烟，兴奋地讲刚才看惊心动魄的赌石。

陈敬德回味着与妙妙丹、尼拉在一起的场景，满面微笑走进门，没有坐下饮茶聊天的意思。陈国泰与陈敬德一起上楼，到陈敬德的房间。陈国泰忍不住讲着今晚看赌石的精彩一幕。让陈敬德如临现场，感受到惊心动魄。

陈敬德担心陈国泰赌石，劝道："一刀穷，一刀富，一刀穿麻布。看赌石有什么好，跟着不相干的人喜大悲。"

陈树铭听仰光陈家帮的头人说过。德智家族血亲、姻亲人多势众，渗透缅甸政界、商界。财富有多少无人知晓，神秘。心理不愿意娶番婆作儿媳。娶这种旺族的女儿作儿媳，如娶公主，小心侍候。陈树铭派林强去接替陈敬德。让陈敬德从仰光直接去吕宋谈一笔生意。